CHRISTIAN BOURGOIS ÉDITEUR
8, rue Garancière-Paris VIe

Du même auteur
dans la collection 10/18

LE CAPUCHON DU MOINE, n° 1993
UN CADAVRE DE TROP, n° 1963
TRAFIC DE RELIQUES, n° 1994

LA FOIRE DE SAINT-PIERRE

PAR

ELLIS PETERS

Traduit de l'anglais
par Serge Chwat

10|18

INÉDIT

Série « Grands Détectives »
dirigée par Jean-Claude Zylberstein

Titre original :

Saint Peter's Fair

ISBN-2-264-01376-1.

LA VEILLE DE LA FOIRE

1

Tout commença au chapitre qui avait normalement lieu tous les matins à l'abbaye bénédictine Saint-Pierre-et-Saint-Paul, le trentième jour de juillet de l'an de grâce 1139, avant-veille de la fête de Saint-Pierre-aux-liens, fête solennelle, importante et profitable pour la maison qui portait son nom; et le travail de routine de cette réunion matinale avait été entièrement consacré aux mesures à prendre pour qu'elle fût dignement célébrée; quant aux problèmes mineurs, eh bien ils attendraient.

Le monastère, pour lui donner son nom complet, avait deux saints patrons, mais on avait tendance à négliger saint Paul, qu'on omettait même parfois des documents officiels ou qu'on abrégeait tant qu'il en disparaissait presque. Le temps c'est de l'argent, et les clercs trouvaient fatigant d'écrire cette dénomination entière jusqu'à vingt fois peut-être dans un seul document. Cependant, quand l'abbé Radulf [1] avait

1. Voir *Le Capuchon du moine*, dans la même collection, n° 1993. (*N.d.T.*)

pris en main les destinées de ce vaisseau claustral, ils avaient dû changer d'attitude, car il ne tolérait pas le moindre laisser-aller, et il veillait à ce que son équipage soit aussi méticuleux que lui.

Frère Cadfael s'était rendu au jardin clos dès avant Prime, pour observer, approbateur, la floraison de ses pavots d'Orient et pour s'assurer du moment où il faudrait songer à ramasser les graines. On était au cœur de l'été et les récoltes promettaient d'être riches; le printemps, en effet, avait été doux et humide après des chutes de neige en son début; juin et juillet avaient été chauds et ensoleillés, accompagnés de quelques pluies en guise de dédommagement pour que les feuilles restent vertes et les fruits prometteurs. Le foin était rentré, et emplissait les greniers; le blé paraissait prêt pour la faucille. Le royaume odorant de Cadfael, rafraîchi par la rosée de l'aube, commençait à se réchauffer au soleil levant et exhalait ses parfums, lui faisant éprouver un plaisir que réprouve parfois l'Église, souvent hostile à cette pure joie sensuelle. Il y eut des moments où frère Mark, qui était jeune et lui tenait lieu de compagnon de travail dans ce champ délectable, avait cru de son devoir de faire figurer cette joie parmi ses péchés à la confession et il en avait humblement accepté le châtiment bénin qu'on lui imposait. Il avait des excuses, dues à son manque de maturité. De tels scrupules n'étouffaient pas Cadfael, qui lui avait plus de bon sens. Il faut savoir profiter des nombreux dons de Dieu, sous peine d'ingratitude.

Cadfael avait déjà travaillé deux heures avant Prime, et comme la foire de l'abbaye, qui monopolisait toute l'attention, ne le concernait en rien, il opinait du bonnet, comme à son habitude, à l'abri de son pilier, dans le coin le plus sombre de la salle capitulaire, prêt à s'éveiller sur-le-champ si on s'adressait inopinément à lui, et très capable de répondre d'une façon cohérente à ce qu'il n'aurait que partiellement saisi. Seize ans auparavant, en toute connaissance de cause, il avait choisi de prendre les ordres, décision qu'il n'avait jamais regrettée, après une vie d'aventures qu'il n'avait jamais regrettée non plus, et il était pratiquement impossible de le surprendre. Il avait cinquante-neuf ans, il avait accumulé d'innombrables expériences, et il avait encore la pugnacité d'un blaireau, et, selon frère Mark, les jambes aussi arquées que l'animal en question, mais frère Mark était un privilégié. Cadfael sommeillait, silencieux comme une fleur qui se referme la nuit, et il ne ronflait presque jamais ; la règle de saint Benoît lui avait permis de se faire sa propre discipline, une règle personnelle qui lui convenait parfaitement.

Il dormait probablement à poings fermés quand l'intendant chargé de la cour de la grange, après s'être dûment excusé, entra dans la salle capitulaire, attendant que l'abbé l'autorisât à parler. Il était sûrement réveillé quand l'intendant commença son rapport.

– Messire, le prévôt est dans la grande cour, avec une délégation de la Guilde des Marchands ; ils demandent un entretien. Ils disent que c'est important.

L'abbé souleva à peine ses sourcils gris acier, indiquant gracieusement qu'on introduise les notables de la ville. Les relations entre Shrewsbury, située d'un côté du fleuve et l'abbaye, située sur l'autre rive, si elles n'étaient pas vraiment cordiales – c'eût été trop demander vu le nombre de conflits d'intérêt en jeu – étaient correctes, et les escarmouches toujours empreintes d'une courtoisie prudente. Si l'abbé sentit qu'il y avait de l'orage dans l'air, il n'en montra rien. Cependant, se dit Cadfael, regardant le maigre visage taillé à la serpe et le regard vif de Radulf, il devait avoir sa petite idée sur la raison de leur venue.

Les dignitaires de la guilde représentaient la moitié des métiers de la ville, ils n'étaient pas moins d'une dizaine et formaient une phalange compacte conduite par le prévôt. Maître Geoffroi Corvisart était grand, massif, vigoureux ; il n'avait pas cinquante ans ; rasé de près, il frappait par sa vigueur et sa dignité. Les souliers et les bottes de cheval qu'il fabriquait comptaient parmi les plus beaux d'Angleterre ; il en était conscient ainsi que de sa propre valeur. Pour l'occasion il s'était mis sur son trente et un, et même sans sa longue robe qui par cette chaleur estivale lui aurait donné un avant-goût du purgatoire, il avait grande allure, ce qui était bien son intention. Bon nombre de ceux qui l'entouraient étaient connus de Cadfael : Edric Flesher [1], chef des bouchers de la ville, Martin Bellecote, maître-charpentier, Reginald d'Aston, l'orfèvre, tous gens importants. L'abbé, lui, ne le connaissait pas encore. Envoyé de Londres pour redonner de la vigueur à une maison provinciale qui se relâchait un peu, il n'était

1. Voir *Un cadavre de trop*, dans la même collection, n° 1963. (*N.d.T*)

là que depuis six mois [1] ; il avait encore beaucoup à apprendre sur les gens des Marches et, ayant l'esprit vif, il en était très conscient.

– Soyez les bienvenus, messieurs, dit-il avec affabilité. Parlez sans crainte, je suis tout ouïe.

Les dix s'inclinèrent gravement, se plantèrent solidement sur leurs jambes, comme à la bataille, le regard aigu, mais sur la réserve. L'abbé, à peu près dans les mêmes dispositions, leur prêtait courtoisement attention.

Un jour où on l'avait envoyé jouer les bergers, Cadfael avait vu deux béliers s'observer ainsi avant de s'affronter.

– Messire, commença le prévôt, comme vous le savez, la foire de Saint-Pierre commence après-demain et durera trois jours. C'est la raison de notre venue. Durant ces trois jours, toutes les boutiques en ville doivent rester fermées et on ne peut vendre que du vin et de la bière, qui se vendent librement sur le champ de foire de la première enceinte, si bien que personne en ville ne peut gagner un sou avec ça. Pendant ces trois jours, les plus commerçants de l'année, alors qu'on gagnerait gros en taxant les charrettes, les chevaux de bât et ce que transportent les piétons qui traversent la ville pour se rendre à la foire, nous n'avons le droit de lever aucun impôt, ni sur le pavage ni sur les murs car seule l'abbaye le peut. Les bateaux qui remontent la Severn pour transporter des marchandises s'amarrent à votre jetée et les droits sont pour vous. Pour nous, rien. Pour ce privilège, vous ne nous versez que trente-

1. Voir *Le Capuchon du moine*, dans la même collection, n° 1993. (*N.d.T*)

huit shillings que nous devons même aller chercher chez vos locataires en ville.

– Trente-huit shillings, *un point c'est tout*! répéta l'abbé, toujours aussi calme et courtois, remontant à peine les sourcils. On a trouvé que c'était une somme honnête. Nous n'y sommes pour rien. Il me semble que vous connaissez les termes du contrat depuis un certain temps.

– Oui, et ce n'est pas d'aujourd'hui qu'ils nous écrasent; mais un contrat est un contrat et on ne s'est jamais plaint. Que l'année soit bonne ou mauvaise, on ne nous a jamais augmentés. C'est dur pour une ville dont les finances ne sont pas brillantes de perdre trois jours ouvrables et les meilleures taxes de l'année. Même si vous n'étiez pas là, vous savez que l'an dernier Shrewsbury a été assiégée pendant plus d'un mois et l'assaut final s'est fait aux dépens des murs de la ville : les rues sont en mauvais état et malgré tous nos efforts, il y a encore beaucoup à faire. Cela revient cher après nos pertes de l'an passé. On n'a pas effectué la moitié des réparations et en ces temps troublés qui sait si nous ne subirons pas un nouvel assaut? Ce sont nos rues qu'on empruntera pour votre foire, ce qui n'arrangera rien, d'autant que tous les bénéfices nous passeront sous le nez.

– Venons-en au fait, monsieur le Prévôt, le pria l'abbé, toujours aussi calme. Vous êtes venus nous demander quelque chose. Parlez sans détours.

– Très bien, père abbé! nous pensons – et je parle au nom de toute la guilde des marchands et de la ville de Shrewsbury – que cette année la situation est particulièrement favorable pour demander à l'abbaye d'augmenter notre redevance, ou mieux encore et de loin, de nous reverser une partie des taxes sur les marchandises apportées à cheval, en chariot ou en bateau ; la ville utiliserait cet argent à réparer les murs. Vous bénéficiez de la protection que nous vous offrons ; il serait juste à notre avis que vous participiez à l'entretien de ses défenses. Le dixième des profits nous conviendrait à merveille et nous vous en serions très reconnaissants. Nous n'exigeons rien, nous en appelons à votre générosité. Mais nous considérons que cette somme ne serait que justice.

Radulf, maigre, majestueux, était assis très droit : il regardait gravement la phalange des solides bourgeois en face de lui.

– Est-ce l'avis de tous ?

– Oui, dit Edric Flesher sans y aller par quatre chemins. Et celui de tous les citadins dont beaucoup se seraient exprimés plus fermement que Maître Corvisart. Mais nous avons foi en votre compassion et attendons votre réponse.

Le léger brouhaha qui parcourut la salle capitulaire évoqua un grand soupir précautionneux. La plupart des moines, inquiets, écarquillaient les yeux ; les plus jeunes s'agitaient et murmuraient, mais très prudemment. Robert Pennant, le prieur, qui espérait bien être abbé et que la nomination de cet étranger avait terriblement déçu [1], gardait un calme ascétique ; on aurait dit qu'il priait ; il jetait à son supérieur des regards en coin entre ses paupières couleur d'ivoire ; et malgré son air bénisseur et compatissant, il lui souhaitait de commettre une erreur fatale. Le vieil Héribert qui naguère encore dirigeait la maison, et qui

1. Voir *Un cadavre de trop*, dans la même collection, n° 1963. (*N.d.T.*)

était rentré dans le rang, sommeillait dans un coin tranquille, heureux de ne plus avoir de responsabilités.

– Nous parlons, n'est-ce pas, du conflit entre les droits de cette maison et ceux de la ville, dit enfin Radulf, doucement et calmement. En l'occurrence qui peut décider? Vous. Moi? Sûrement pas! il nous faut un juge impartial. Mais, messieurs, puis-je vous rappeler qu'une décision a déjà été prise il y a six mois, après le siège que vous évoquiez? Au début de l'année, sa Majesté le roi Étienne a confirmé les documents anciens ainsi que les terres qui nous reviennent, les droits et privilèges qui sont nôtres depuis longtemps. C'est aussi valable pour la fête de notre saint patron, aux mêmes conditions. Pensez-vous qu'il aurait confirmé quelque chose qu'il n'aurait pas trouvé juste?

– Pour parler franc, répliqua le prévôt avec chaleur, je n'ai pas supposé un seul instant qu'il s'agissait de justice. Je ne murmure pas contre la décision de sa Majesté, mais il est évident qu'il considérait Shrewsbury comme une ville hostile puisque FitzAlan, qui s'est enfui en France, a tenu le château contre lui pendant plus d'un mois [1]. Mais nous en ville on n'a jamais eu voix au chapitre, et qu'est-ce qu'on pouvait faire? Le château a pris le parti de l'impératrice Mathilde, et il nous a bien fallu en supporter les conséquences, alors que FitzAlan est loin et hors d'atteinte. C'est ça la justice messire abbé?

– Prétendriez-vous qu'en confirmant l'abbaye dans ses prérogatives, sa Majesté s'est vengée de

1. Voir *Un cadavre de trop,* dans la même collection, n° 1963. (*N.d.T.*)

la ville? demanda l'abbé avec une douceur dangereuse.

– Je dis seulement que le roi ne s'est jamais préoccupé de la ville ni de sa situation, sinon il aurait fait des concessions,

– Bien! Alors pourquoi ne pas vous adresser au shérif Gilbert Prestcote, qui a l'oreille du roi, plutôt qu'à nous?

– On l'a fait, mais nous n'avons pas parlé de la foire. Et il n'appartient pas au shérif de céder une parcelle de ce qu'on a donné à l'abbaye. Vous seul le pouvez, père abbé, s'exclama Geoffroi Corvisart, qui s'avérait décidément aussi adroit que l'abbé à se garder des pièges du langage.

– Que vous a répondu le shérif?

– Qu'il ne ferait rien tant que les murs du château ne seraient pas réparés. Il nous a promis de la main-d'œuvre quand les travaux seraient terminés, mais c'est de l'argent et des matériaux qu'il nous faut et les hommes, on ne les aura pas avant un an. Comprenez-vous, mon père, pourquoi la foire nous gêne tant?

– Nous aussi, nous avons nos priorités, tout comme vous, rétorqua l'abbé, après un long silence. Et dois-je vous rappeler que nos terres sont situées hors les murs, hors même la boucle du fleuve? Double protection que nous n'avons pas. Est-il juste que nous payions un tribut sur ce qui ne nous concerne pas?

– Pas toutes vos possessions! riposta promptement le prévôt. Il y a en ville une vingtaine ou une trentaine de maisons qui dépendent de vous. Vos locataires et leurs enfants doivent patauger dans les mares des rues délabrées, et leurs chevaux comme les nôtres se cassent les jambes là où les pavés sont défoncés.

– Nous traitons bien nos locataires, nos loyers sont raisonnables et cela relève de notre responsabilité. Mais nous ne saurions être tenus pour responsables des destructions subies par la ville comme nous le sommes de celles de nos terres. Non, dit l'abbé, péremptoire, élevant la voix alors que le prévôt allait recommencer à discuter, en voilà assez! Nous vous avons entendu et compris, et nous sympathisons. Mais la foire de Saint-Pierre est un privilège accordé à notre maison en des termes que nous n'avons pas choisis. Je n'en hérite pas en tant que personne privée mais en tant que chef de cette maison, et pendant mon ministère je n'ai pas le droit d'en changer un iota. Ce serait faire injure au roi qui nous a confirmé ce droit, et à mes successeurs, car cela constituerait un précédent. Non, je ne vous donnerai rien des profits de la foire, et je n'augmenterai pas la redevance que nous vous versons. Pas plus que je ne partagerai les taxes sur les marchandises et les étals. Selon les documents tout nous revient.

Comme une demi-douzaine de bourgeois allaient protester contre ce renvoi abrupt, il se leva, la voix et l'œil glacials.

– Le chapitre est clos.

Un ou deux membres de la délégation auraient bien essayé d'insister mais Geoffroi Corvisart voyait autrement la dignité des citoyens et la sienne propre. Et il savait mieux ce qui impressionnerait ou non cet homme austère et sûr de lui. Il s'inclina profondément, avec brusquerie et, tournant les talons, quitta la salle, suivi, du même pas hautain, par ses compagnons vaincus, qui s'étaient repris.

Des baraques foraines apparaissaient déjà dans le grand triangle de la foire aux chevaux, et tout au long de la première enceinte depuis le port jusqu'à l'angle de la clôture, là où la route tournait vers Saint-Gilels et la chaussée royale qui conduisait à Londres. En aval on avait construit une nouvelle jetée cn bois depuis le pont où commençait la berge longue qui bordait les grands jardins et les vergers de l'abbaye – cette terre riche qu'on appelait la Gaye. Par le fleuve, par la route, ou bien à pied, depuis la frontière du pays de Galles des commerçants faisaient leur apparition à Shrewsbury. Et tous les nobles du comté et des comtés voisins – hobereaux, chevaliers, francs-tenanciers – s'assemblaient dans la grande cour avec femmes et enfants et venaient s'installer dans l'hôtellerie pleine à craquer pendant les trois jours de la foire. Ils produisaient des biens de consommation, ou bien ils les brassaient, les tissaient et les filaient pour eux-mêmes toute l'année; mais en cette occasion ils venaient acheter des vêtements luxueux, des vins fins, des conserves de fruits rares, des bijoux d'or et d'argent : bref tous les trésors qui apparaissaient pour la fête de Saint-Pierre-aux-liens pour disparaître trois jours plus tard. Des marchands des Flandres et même d'Allemagne se rendaient à ces grandes foires; des bateliers transportaient des vins de France; des tondeurs, munis de leurs ciseaux, arrivaient du pays de Galles ainsi que des drapiers avec des robes, justaucorps et autres chausses pour faire connaître la mode de la ville. Ceux qui étaient arrivés n'étaient pas encore légion, la plupart ne seraient là que le lendemain, veille de la fête, pour installer leurs baraques pendant ce long soir d'été et commencer à vendre dès potron-minet. Mais les acheteurs étaient déjà nombreux, soucieux de s'assurer un bon lit pendant leur séjour.

Quand Cadfael eut passé la Méole, après avoir quitté ses plantations de légumes pour vêpres, au terme d'une dure mais agréable après-midi de travail, la grange regorgeait de visiteurs, de domestiques et de palefreniers et le va-et-vient autour des écuries était incessant. Il resta un instant à regarder ce défilé et frère Mark, près de lui, était tout ébaubi, émerveillé par le jeu des couleurs et des reflets dans le soleil.

– Eh oui, dit Cadfael regardant avec philosophie et détachement ce qui émerveillait et excitait Mark : toute cette foule impatiente de faire des affaires.

Il observait attentivement son jeune ami qui n'avait pas vu grand-chose du train du monde avant de rentrer dans les ordres ; un oncle fort ladre qui, malgré son travail, lui pleurait son pain quotidien l'avait mis au couvent à seize ans sans lui demander son avis, et il venait à peine de prononcer ses vœux définitifs.

– Cela ne te donne pas envie de retourner dans le monde ?

– Non, répliqua Mark, serein. Mais c'est toujours agréable à regarder, tout comme le jardin quand les pavots sont en fleur. Ça ne me choque pas que les hommes essaient de mettre dans ce qu'ils font autant de formes et de couleurs que Dieu dans sa création.

Il y avait, c'est vrai, bien des êtres charmants, tout à l'honneur de Dieu, parmi les visiteurs qui circulaient entre la grande cour et les écuries ; des jeunes femmes aussi vives et fraîches que des coquelicots, toutes roses d'excitation – ce qui les rendait encore plus jolies – et qui attendaient impatiemment cette grande occasion. Certaines montaient leur propre cheval, d'autres étaient en croupe derrière leur mari ou le palefrenier, et parfois une douairière importante du sud du comté apparaissait en litière.

– Quelle agitation! Je n'avais jamais vu ça, s'exclama Mark épanoui.

– C'est ta première foire. L'an dernier le siège a duré tout juillet et août, et on ne se bousculait pas pour venir faire des affaires à Shrewsbury. J'avais des doutes pour cette année mais apparemment le commerce est reparti et nos concitoyens, sevrés l'an dernier, veulent se rattraper. Je gage que les affaires seront bonnes.

– Alors pourquoi avoir refusé la dîme pour les aider à réparer les dégâts?

– Tu as le chic pour poser les questions qu'il faut, toi! Je vois bien ce que voulait dire le prévôt, il a été clair. Mais je ne suis pas sûr d'avoir bien suivi l'abbé, ni qu'il ait dit le fond de sa pensée.

Mark n'écoutait plus. Il fixait un cavalier qui venait de franchir le portail et qui poussait délicatement son cheval dans la foule vers les écuries. Trois hommes le suivaient sur des chevaux moins élégants : l'un d'eux avait une arbalète accrochée à sa selle. En ces temps troublés, nul gentilhomme n'entreprendrait un voyage un peu long dans ces régions pacifiées sans prendre quelques précautions, et une arbalète porte plus loin qu'une épée. Le jeune homme qui en avait une semblait savoir s'en servir, mais il avait emmené un archer à tout hasard.

C'est lui que Mark regardait fixement. Vingt-sept, vingt-huit ans peut-être; l'homme était sorti des incertitudes de la jeunesse, si tant est qu'il les ait jamais connues – et il avait grande allure. Élégamment vêtu et monté sur un bai brun à la robe brillante, il avait la négligence de ceux qui ont toujours vécu avec les chevaux. Par cette chaleur, il avait retiré sa courte tunique et sa chemise était ouverte sur son torse mince et musclé où une croix pendait à une chaîne d'or. Dans sa simple chemise de lin et ses chausses foncées, se distinguait un corps long et souple dont il était fier; il avait la tête nue et dans son visage animé et souriant brillaient deux grands yeux noirs impérieux : ses cheveux faisaient comme un halo blond soutenu; s'ils avaient été plus longs, ils auraient bouclé naturellement. Mark le suivit du regard, calme et désenchanté, mais sans une once de jalousie.

– Ce doit être agréable d'être ainsi fait qu'on donne du plaisir à ceux qui vous regardent, dit-il pensif. Pensez-vous qu'il soit conscient de son bonheur?

Mal nourri depuis l'enfance, Mark était plutôt petit; il avait un visage ordinaire, des cheveux blond pâle, ébouriffés autour de sa tonsure. Il se regardait rarement dans un miroir et ne savait pas qu'il avait un regard si clair et si pur qu'il faisait pâlir la beauté commune. Et Cadfael ne tenait pas à le lui dire.

– Du train où vont les choses, s'écria-t-il jovial, il ne voit probablement pas plus loin que le bout de son joli nez. Mais tu as raison, il fait plaisir à voir. Pourtant c'est l'esprit qui compte et il n'a rien à redire au tien. Allez! Viens maintenant. Tout sera encore là après le souper.

Ce fut pour Mark une agréable diversion. Avant d'entrer au couvent, il avait eu faim toute sa vie et pour lui la nourriture pas moins que la beauté était un plaisir sans mélange. Il suivit volontiers Cadfael vers vêpres et le souper qui suivrait. Ce fut Cadfael qui s'arrêta soudain, s'entendant appeler d'une voix aiguë et ravie qui lui fit tourner la tête avec bonheur.

Il s'agissait d'une dame, mince, jeune, gracieuse avec des cheveux d'or chaud, un beau visage ovale et des yeux comme des iris au crépuscule, violets et clairs. Au premier coup d'œil, surpris, Mark vit que son corps à peine épanoui était ceinturé haut, et s'arrondissait; elle était enceinte. Sa vie en contenait une autre. Il aurait dû baisser les yeux, mais il en fut incapable malgré ses bonnes intentions; elle resplendissait, semblable aux visions de la vierge de la Visitation qu'il avait vues. Et cette apparition tendit les deux mains à Cadfael, en l'appelant par son nom. A contrecœur, Mark baissa la tête et continua seul son chemin.

– Mon petit, s'écria Cadfael, ravi, prenant les mains offertes, vous êtes resplendissante! Il ne m'avait rien dit!

– Il ne vous a pas vu depuis cet hiver, objecta-t-elle, souriante, rougissante, et on ne savait pas alors. Ce n'était qu'un rêve et moi, je ne vous ai pas vu depuis notre mariage.

– Vous êtes heureuse? Et lui?

– Cadfael! Quelle question!

Elle était radieuse. Cadfael s'en aperçut, tout comme Mark.

– Hugh est ici, mais il doit d'abord rendre visite au shérif. Il passera sûrement vous voir avant Complies. Je suis venue acheter un beau berceau sculpté pour notre fils et une couverture galloise, en bonne laine ou peut-être en peau de mouton et de la belle laine tissée pour lui faire des robes.

– Vous allez bien? L'enfant ne vous donne pas de souci?

– Oh! Non, dit-elle, souriante. Je n'ai pas été malade une seule fois, seulement heureuse. Mais, Cadfael (elle éclata de rire), comment un moine peut-il poser des questions aussi pertinentes? Je croirais volontiers que vous avez un fils caché. Vous en savez trop sur les femmes!

– Il me semble être né d'une femme, risqua-t-il prudemment. C'est même vrai des abbés et des archevêques.

– Mais je vous retarde, dit-elle, avec remords. C'est l'heure des vêpres et je viens aussi. J'ai tant reçu que je n'aurai jamais le temps de dire merci pour tout. Dites une prière pour notre enfant.

Elle lui pressa les mains, et s'éloigna, légère, à travers la foule de l'hôtellerie. Aline Beringar, née Aline Sivard, était l'épouse de Hugh Beringar de Maesbury (près d'Oswestry), shérif-adjoint du Shropshire [1]. Ils étaient mariés depuis un an; Cadfael était l'ami intime du couple et leur bonheur faisait le sien. Il se dirigea vers l'église, content de sa soirée, de ce qu'il éprouvait et de ce que l'avenir allait apporter.

Quand il sortit du réfectoire après le souper, dans une lumière toute rose et d'ambre, la cour était aussi animée qu'à midi, et les nouveaux arrivants se pressaient au portail. Hugh Beringar

1. Voir *Un cadavre de trop*, dans la même collection, n° 1963. (*N. d. T.*)

l'attendait dans le cloître, confortablement assis; il était léger, souple; son visage était mince, mat, et son regard impossible à déchiffrer à moins de bien le connaître. Ce qui était heureusement le cas de Cadfael.

– Si vous êtes toujours rusé, commença le jeune homme, et si votre nouvel abbé n'est pas trop fort pour vous, vous n'aurez sûrement pas de mal à trouver une bonne excuse pour manquer les collations... et boire une coupe de bon vin avec un ami.

– Mieux que ça! J'ai une excellente raison. Il y a des ennuis avec les veaux qu'il faut purger dans les étables, et on me réclame une potion tout de suite et j'ai mieux à vous proposer que de la petite bière. Il fait bon dehors, allons nous asseoir devant l'atelier. Mais quel mari négligent! lui reprocha-t-il comme ils se dirigeaient tous deux vers les jardins. Abandonner votre épouse pour aller boire avec un vieux moine.

– Mon épouse, déclara Hugh morose, m'a déjà abandonné. Qu'une future accouchée montre le bout de son nez, et elle se fait mettre le grappin dessus par un essaim de vieilles bonnes femmes qui ronronnent comme des chattes et qui l'accablent de conseils sur tout, de la nourriture aux recettes de sages-femmes. Aline est en conférence avec elles, elle saura tout de leurs grossesses et prendra bonne note de leurs recommandations. Moi qui ne sais ni filer, ni tisser, ni coudre, on m'a exilé, dit-il si complaisamment qu'il rit en s'en rendant compte. Mais elle m'a dit vous avoir vu, ajouta-t-il. Je n'ai donc rien à vous apprendre. Comment la trouvez-vous?

– Radieuse! Éclatante et plus jolie que jamais.

Dans le jardin aux simples, protégé du soleil couchant sur un côté par une haie élevée, les parfums puissants de la journée étaient un enchantement. Ils s'assirent sur un banc sous l'auvent de l'atelier de Cadfael avec un pichet de vin.

– Ah! il faut que je commence à préparer ma potion. Vous pouvez me parler, je vous entendrai de l'intérieur, et dès que j'aurai fini de la remuer je vous rejoindrai. Quelles nouvelles du vaste monde? Le trône du roi Étienne tient-il ferme, à votre avis?

Beringar réfléchit un instant, écoutant tout heureux Cadfael s'agiter.

– Alors que tout l'ouest a pris le parti de l'impératrice, même prudemment? J'en doute. Rien ne bouge pour le moment, mais c'est le calme avant la tempête. Vous savez que le comte Robert de Gloucester est en Normandie avec l'impératrice?

– J'ai entendu ça. Je n'y vois rien d'étonnant, c'est son demi-frère et il lui est très attaché, à ce qu'on dit. D'ailleurs, il n'est pas envieux, mais généreux.

– C'est un brave homme, approuva Beringar rendant justice à son adversaire, l'un des rares dans les deux camps à ne pas essayer de prendre par la force ce qu'il peut obtenir par lui-même. Mais aussi tranquille qu'il soit, l'ouest obéira à Robert. Je ne peux pas croire qu'il ne se décidera jamais. Et même ailleurs, il a des amis et de l'influence. On raconte que depuis la France, Mathilde et lui travaillent secrètement à enrôler des alliés puissants dès qu'ils en ont l'occasion. Si c'est vrai, la guerre civile est loin d'être terminée. Si elle reçoit assez d'appuis, ses actions remonteront tôt ou tard.

– Robert a marié ses filles dans le pays, fit Cadfael, et à des hommes qui comptent, dont le comte de Chester. Si des gens comme lui se déclaraient pour l'impératrice, les hostilités éclateraient.

Le nez de Beringar s'allongea, puis, haussant les épaules, il pensa à autre chose. Le comte Ranulf de Chester était l'un des plus puissants seigneurs du royaume, lui-même régnant pratiquement sur un domaine immense où seule sa parole avait force de loi. C'était d'ailleurs la raison qui l'empêchait de prendre parti pour un côté ou l'autre. Ce qui lui permettait de compter les coups et de surveiller ses frontières non pour préserver ses possessions, mais bien pour les agrandir. Une terre disputée présente des occasions... et aussi des menaces.

– Famille ou pas, il en faudra des arguments pour persuader Ranulf. Il est très bien comme ça, et s'il bouge, c'est qu'il aura de bonnes raisons, il ne se souciera guère de l'impératrice. Il n'est pas du genre à prendre des risques pour les autres.

Cadfael sortit de la cabane et s'assit près de lui, heureux de souffler dans la fraîcheur du soir, car à l'intérieur le feu brûlait sous le breuvage qui mijotait.

– Je me sens mieux! Servez-moi donc une coupe, Hugh, j'en ai bien besoin. On craignait, ajouta-t-il méditatif, après avoir bu à longs traits, on craignait que cette situation troublée ne nuise à la foire cette année, mais apparemment si les barons boudent dans leurs châteaux, le commerce se porte bien. Les perspectives sont excellentes, après tout.

– Pour l'abbaye, peut-être, mais en ville on ne

partage pas cet enthousiasme; du moins, c'est ce que j'ai entendu en venant. Votre nouvel abbé a sérieusement semoncé les bourgeois.

– Tiens donc, vous savez cela?

Et Cadfael raconta la scène à son ami, au cas où il n'aurait entendu qu'un son de cloche.

– Ils ont des arguments pour demander de l'aide, c'est sûr, poursuivit-il, seulement, lui aussi pour refuser, et il ne plaisante pas sur ses droits. Il respecte la loi, il ne prend que ce qui est à lui. Mais il n'en cède pas un pouce! soupira-t-il.

– On s'échauffe en ville, l'avertit sérieusement Beringar. Je ne parierais pas qu'on ne vous cherchera pas noise. Je doute que le prévôt ait exagéré. Les gens disent que c'est peut-être la loi, mais pas la justice. Et vous, qu'en pensez-vous? Comment vous faites-vous à cette nouvelle direction?

– Vous entendrez aussi des choses chez nous, reconnut Cadfael. Moi, je n'ai pas à me plaindre. Il est dur mais juste, au moins aussi dur pour lui que pour les autres. Héribert nous avait trop gâtés, et le virage a été difficile à prendre, mais c'est comme ça. J'ai confiance en cet homme. Il punira les coupables, mais soutiendra en personne ceux qu'on attaque à tort. Je serais heureux de l'avoir à mes côtés dans une bataille.

– Mais sa loyauté va aux siens, uniquement? insista Beringar, malin, inclinant son visage mince.

– Ce n'est pas un monde de tout repos, admit Cadfael qui avait passé la moitié de sa vie à faire la guerre. Qui sait si la paix nous serait bénéfique? Je ne le connais pas assez bien pour savoir ce qu'il a en tête. Il ne me paraît pas borné. Mais il a prononcé des vœux pour sa vocation et son ordre. Laissez-lui du temps et on verra. Naguère, j'hésitais à votre sujet (il s'en étonna et sourit) mais ça n'a pas duré. Je prendrai vite la mesure de l'abbé. Passez-moi le pichet, il faut que j'aille touiller ma potion. Combien de temps nous reste-t-il avant le prochain office?

2

Le 31 juillet, les marchands affluèrent, par la route et par le fleuve. A partir de midi on marqua les emplacements pour les étals et les baraques forains, et les intendants de l'abbaye s'installèrent pour guider les colporteurs et les commerçants jusqu'à leur place, et lever les taxes selon la quantité de marchandises apportées. Un simple demi-penny pour une charge apportée à bras d'homme, un penny si c'était à cheval, jusqu'à deux et quatre pence pour une charrette en raison de sa taille et de sa capacité, et davantage encore pour les marchandises débarquées des péniches qui s'amarraient à la jetée temporaire de la Gaye. Sur tout le long de la première enceinte, l'air vibrait de couleurs et de mouvements, on bourdonnait, on s'agitait, on bavardait, la grange et l'écurie hors les murs de l'abbaye étaient pleines; chiens et enfants couraient parmi les baraques et les roues des charrettes en poussant des cris aigus.

La discipline conventuelle ne s'était pas relâchée, mais, entre les offices, un petit air de gaieté vacancière gagnait les hôtes. Élèves et novices pouvaient aller voir de plus près sans risque de punition. L'abbé gardait ses distances, pour préserver sa dignité ; en l'occurrence, il avait délégué ses pouvoirs aux intendants laïcs, tout en se tenant au courant de tout, et il avait envisagé les mesures à prendre en cas d'urgence. Dès qu'il apprit l'arrivée du premier commerçant flamand, dont le français était très limité, il lui dépêcha frère Mathieu qui avait passé quelques années en Flandres quand il était jeune et qui parlait couramment le flamand, au cas où il y aurait des problèmes. Si les négociants en belles draperies se présentaient, il faudrait leur accorder toutes facilités, car c'étaient des visiteurs intéressants. Le fait qu'ils entreprissent un aussi long voyage depuis les portes d'Est-Anglie montrait l'importance de la foire, puisqu'ils pensaient que cela valait la peine de louer chevaux et charrettes pour traverser tout le pays.

Il y aurait bien sûr bon nombre de Gallois, mais pour la plupart, il s'agirait de gens du cru, qui avaient un pied de chaque côté de la frontière et qui savaient assez l'anglais pour se passer d'interprète. Cadfael fut donc fort étonné de se faire encore aborder après le souper alors qu'il quittait le réfectoire, par un intendant préoccupé et hors d'haleine : on avait besoin de Cadfael à la jetée pour s'occuper d'un Gallois qui ne parlait que sa langue, un homme important, qui le savait, dont on ne se débarrasserait pas avec un Gallois qui habitait la région et qui serait peut-être son rival le lendemain.

– Vous avez l'autorisation du prieur, le temps qu'il faudra. Il s'agit d'un dénommé Rhodri ap Huw, de Mold. Il a remonté une cargaison importante de la Dee, avec partage sur la Vrny et la Severn ; ça a dû lui coûter chaud.

– Quel genre de marchandises? demanda Cadfael, comme ils se dirigeaient ensemble vers le portail.

Tout de suite il avait été sincèrement intéressé. Rien ne pouvait lui plaire davantage qu'un bon prétexte pour fuir le bruit et l'agitation de la première enceinte.

– Je dirais des belles balles de laine, essentiellement. Et aussi du miel et de l'hydromel. Il m'a semblé voir des peaux en provenance d'Irlande, s'il fait du commerce sur la Dee. Tiens le voilà.

Solide comme un roc, Rhodri ap Huw se tenait sur la jetée de bois, près de sa péniche, et il laissait les hommes s'agiter autour de lui. Le fleuve roulait, vert et calme; son niveau était correct pour la saison, même les bateaux nécessitant plus de tirant d'eau avaient pu circuler sans dommage et déchargeaient partout. Le Gallois surveillait, mesurant les balles des autres d'un regard aigu entre ses paupières à demi refermées, évaluant ce qu'il voyait. Il avait dans les cinquante ans; et il semblait avoir tant d'assurance et d'expérience que son ignorance de l'anglais étonnait. Il n'était pas grand, mais puissamment bâti, et d'une ossature très galloise, comme sa chevelure et sa barbe aussi noirs que fournis. Ses habits de travail, tout simples, étaient faits d'excellent tissu et lui allaient bien. Quand il vit l'intendant qui avait manifestement exécuté ses ordres à la lettre, ses dents brillèrent joyeusement dans sa barbe sombre.

– Me voici, maître Rhodri, dit gaiement Cadfael, pour vous servir d'interprète. Je m'appelle Cadfael.

– Soyez le bienvenu, frère Cadfael, dit cordialement Rhodri.

« Vous ne m'en voudrez pas, j'espère, de vous avoir arraché à vos dévotions... »

– Au contraire, je vous en remercie. Quel dommage de manquer toute cette animation ! J'aime bien aller dans le siècle de temps en temps.

D'un coup d'œil rapide et perspicace, l'autre l'apprécia des pieds à la tête.

– Vous venez aussi du nord, ce me semble. Je viens moi-même de Mold.

– Je suis né près de Trefriw.

– Ah, un homme de Gwynedd. Mais vous n'avez pas limité votre horizon à Trefriw, si je ne m'abuse, moi, si. Voici mes deux compagnons, prêts à décharger et faire mon portage avant que je n'envoie une partie de ma cargaison en aval, jusqu'à Bridgnorth où j'ai de l'hydromel à vendre. Si on commençait par mettre les marchandises à terre ?

L'intendant les pria de choisir un emplacement à la convenance de maître Rhodri et les laissa surveiller la manœuvre. Les deux petits bateliers gallois de Rhodri se mirent lestement au travail, manipulant adroitement les lourdes balles de peaux et de laines ; ils connaissaient leur affaire et les empilèrent sur la jetée ; Cadfael et Rhodri leur parlèrent avec plaisir, regardant de tous leurs yeux cette agitation, tout comme la plupart des citadins et des hôtes de l'abbaye. En cette belle soirée d'été, quoi de plus agréable que de s'appuyer au parapet du pont ou de flâner sur le sentier vert longeant la Gaye, en contemplant le spectacle, l'un des plus passionnants de l'année ? Si certains bourgeois faisaient la tête et s'entretenaient à mi-voix, il n'y avait là rien d'étonnant. Tout le monde en ville avait entendu parler de la discussion de la veille et on savait que la délégation était repartie les mains vides.

– Cela vaut la peine de remarquer que les deux moitiés de l'Angleterre arrivent à s'entendre pour faire des affaires alors qu'on se bat partout ailleurs, constata Rhodri, étendant ses jambes épaisses sur les planches de la jetée. Là où il y a de l'argent à gagner, les gens se précipitent. Si le roi et les barons avaient le même bon sens, le pays serait en paix et tout le monde y gagnerait.

– Je pense pourtant que les disputes ne manqueront pas entre les marchands, répliqua sèchement Cadfael. Et pendant ces trois jours, on trouvera mille manières de se couper la gorge.

– Oui, les gens raisonnables sont tous armés; simple bon sens. Mais nous cohabitons mieux que les princes. Je reconnais cependant que les princes savent aussi mettre les circonstances à profit. Pas de meilleur endroit que ces grandes foires pour échanger discrètement nouvelles et points de vue, pour comploter ou encore pour rencontrer quelqu'un avec qui on ne tient pas à être vu. On n'est jamais si seul que sur une place de marché.

– Dans un pays divisé, admit Cadfael, pensif, vous pourriez bien avoir raison.

– Tiens, regardez à votre gauche, sans tourner la tête. Ce bonhomme maigre et bien vêtu, qui marche comme sur des œufs. Il est venu pour voir ceux qui arrivent par le fleuve! Soyez sûr que s'il est là, il a dû arriver de bonne heure, et il a déjà entièrement préparé son étal pour pouvoir observer à loisir. C'est Euan de Shotwick, le gantier, un membre important de la cour du comte Ranulf de Chester, croyez-moi.

– Pour sa compétence professionnelle? demanda vivement Cadfael, observant avec intérêt la silhouette maigre au visage sérieux et au nez aquilin.

– Entre autres, mon frère. Euan de Shotwick est l'un des meilleurs espions du comte, et l'un des plus appréciés. S'il est venu à Shrewsbury, ce n'est peut-être pas uniquement pour affaires. Et la péniche de l'autre côté, prête à accoster, plus bas que nous... regardez son allure. Je parierais mille marcs [1] qu'elle vient de l'ouest, de Bristol, que le roi n'a pas pu prendre l'an passé, et qu'il laisse tranquille depuis.

Au-dessus de l'eau calme et verte de la Severn, qu'effleuraient les rayons argentés et obliques du crépuscule, la péniche vint se ranger le long des herbes de la rive, vers l'extrémité de la jetée. Elle était impressionnante, opulente et gracieuse, construite pour tirer à peine plus d'eau qu'un bateau deux fois plus petit, pour se manœuvrer aisément et rester stable. Elle n'avait qu'un mât et, apparemment, une jolie cabine fermée à l'arrière; trois hommes la tiraient vers le rivage à petits coups en attendant de l'amarrer dès qu'il y aurait de la place.

« Vingt pence », se dit Cadfael, « qu'on la décharge tout de suite ».

– Elle transporte du vin, et tient sûrement bien l'eau, signala Rhodri, les paupières plissées et le regard calculateur. Certains des meilleurs vins de

1. Monnaie d'or ou d'argent à la valeur variable, utilisée dans différents pays. (*N.d.T.*)

France arrivent à Bristol, ils doivent vendre jusqu'ici. Je connais ce gréement.

De nombreux spectateurs, qu'ils connussent ou non le gréement ou le port d'attache, descendaient du pont pour voir arriver le bateau de Bristol. Il était assez remarquable pour mobiliser l'attention. Cadfael remarqua des visages familiers dans la foule des curieux : Pétronille, la femme d'Edric Flesher, Constance, la suivante d'Aline Beringar, se penchaient sur le parapet, un des intendants de l'abbaye oubliait ses devoirs, et regardait avec attention; le soleil illumina soudain une courte chevelure d'un blond soutenu et un jeune homme arriva de la chaussée en courant, souplement. Il s'arrêta sur la pente herbeuse dominant la jetée pour admirer le bateau de Bristol abordant la berge, prêt à repartir. Le hobereau dont la beauté avait ébahi Mark était tout aussi curieux que les gamins qui parcouraient pieds nus et en haillons la première enceinte.

Les deux Gallois, ayant maintenant fini de décharger, attendaient les ordres, et Rhodri ap Huw n'était pas du genre à laisser aux autres le soin de ses affaires.

– Ils en ont encore pour un bon moment, dit-il. Si on allait choisir un endroit digne de mon étal, pendant qu'il reste de la place?

Cadfael l'emmena sur la première enceinte, où se dressaient plusieurs baraques.

– Je suppose que vous préférez vous installer sur le champ de la foire aux chevaux, au carrefour de toutes les routes.

– Mes clients me trouveront, où que je sois, répondit Rhodri sans s'en faire.

Cela ne l'empêcha pas de prendre son temps

pour choisir l'endroit idoine, alors même qu'ils avaient parcouru toute la première enceinte avant de parvenir au grand triangle de la foire aux chevaux. Les serviteurs de l'abbaye avaient monté quelques baraques plus élaborées qu'on pouvait fermer à clé, et qui fournissaient un abri à leurs occupants, mais elles n'étaient pas gratuites. D'autres marchands avaient apporté leurs tréteaux et un toit léger, alors que les petits marchands des campagnes transporteraient chaque matin ce qu'ils avaient à vendre, qu'ils étaleraient sur le sol sec ou une couverture tissée, remplissant tout l'espace intermédiaire. Rhodri, lui, voulait ce qu'il y avait de mieux. Il se décida pour une baraque solide près de l'écurie et de la grange de l'abbaye où tous ceux qui viendraient pour la journée pourraient mettre leurs bêtes et ne manqueraient donc pas de voir les étals voisins.

– Ce sera parfait. Un de mes gars pourra y dormir.

Le plus âgé les avait suivis; d'un mouvement adroit, il fit glisser à terre le premier paquet qu'il portait sur l'épaule; l'autre était resté pour veiller sur le reste. Il commença à ranger ce qu'il avait apporté, tandis que Cadfael et Rhodri revenaient vers le fleuve pour lui envoyer son camarade. En chemin ils arrêtèrent un des intendants qu'ils informèrent de l'emplacement choisi, et ils discutèrent le montant du loyer. Cadfael avait terminé sa mission pour le moment, mais continuait à s'intéresser à ce qui se passait sur la route et le fleuve, comme tous ceux qui assistent à cette scène une fois par an. Il avait du temps de reste avant Complies. C'était bon aussi de parler gallois; l'occasion s'en présentait rarement à l'intérieur de la ville.

Ils atteignirent le point où le sentier descendait vers le bord de l'eau et assistèrent à un spectacle animé. La péniche de Bristol était à l'amarre; trois de ses bateliers commençaient à porter des tonneaux de vin sur la jetée, tandis qu'un homme d'un certain âge, corpulent, au visage rouge, vêtu d'une longue robe à la mode, coiffé d'un capuchon transformé en une coiffe compliquée, agitait ses larges manches en faisant de grands gestes et donnait ses ordres. Il avait le visage plein mais puissant, rond et coléreux avec des sourcils épais commc épincux ct dcs bajoucs blcuâtrcs. Il se déplaçait vite, avec une agilité surprenante; manifestement il ne se prenait pas pour rien et il comptait bien que les autres en fissent autant.

– C'est bien ce que je pensais! s'écria Rhodri ap Huw, content de sa perspicacité et de ses connaissances. Thomas de Bristol, c'est ainsi qu'on le nomme. Un des plus gros importateurs de vins; il s'occupe aussi de babioles en provenance d'Orient, de sucreries, épices, bonbons. Les Vénitiens les lui apportent de Chypre et de Syrie. C'est cher et ça rapporte! Les dames paieront gros pour avoir ce que leurs voisins n'ont pas! Qu'est-ce que je disais? L'argent rassemble les gens. Qu'ils soient pour Étienne ou l'impératrice, ils se côtoient à votre foire, mon frère.

– Apparemment, constata Cadfael, c'est quelqu'un d'important à Bristol.

– Oui, et on le dit très bien vu de Robert de Gloucester, mais les affaires sont les affaires, et la peur de s'aventurer en territoire ennemi ne suffira pas à le clouer chez lui alors qu'il y a de l'argent à gagner.

Ils commençaient à descendre vers le fleuve

quand ils s'aperçurent qu'un murmure d'excitation se répandait parmi les gens qui regardaient du pont et qui tournaient la tête pour fixer les portes de la ville de l'autre côté du fleuve. La lumière du soir se répandait obliquement depuis le couchant, ses ombres profondes s'étendaient sous le parapet du pont, mais au-dessus flottait une fine couche de poussière, brillant dans la lumière du crépuscule et se dirigeant vers la rive de l'abbaye. Un groupe serré de jeunes gens apparut, se frayant un chemin parmi les badauds, marchant d'un pas vif, telle une petite troupe décidée. Les autres profitaient de cette promenade par cette belle soirée; eux avaient un but précis, ils étaient résolus et pressés, d'autant plus agressifs qu'ils craignaient peut-être de ne pas aller jusqu'au bout. Ils étaient une bonne vingtaine de garçons, tous jeunes. Cadfael en connaissait certains. Il y avait Edwy, le fils de Martin Bellecote, l'ouvrier d'Edric Flesher, ainsi que les héritiers d'une demi-douzaine des métiers les plus en vue de la ville; à leur tête, le jeune Philippe Corvisart avançait agressivement le menton et balançait les poings au rythme de ses longues enjambées. Ils paraissaient très graves et fermés; on les regardait, tout étonné, et on s'assembla, prudemment après leur passage, pour voir ce qui allait arriver.

– Que je sois pendu, lança Rhodri ap Huw, remarquant l'air sombre des jeunes gens maintenant à une distance respectable, s'il n'y a pas de la bagarre dans l'air. On m'a dit qu'il avait un différend entre la ville et votre maison. Je vais aller mettre mes biens sous clé avant que les choses ne tournent mal.

Et vif, comme un écureuil, il remonta ses

manches et descendit le chemin menant à la jetée pour mettre à l'abri ses précieuses jarres de miel, laissant Cadfael, tout pensif, contempler la route. Il lui semblait que l'instinct du marchand ne l'avait pas trompé. Les anciens de la ville étaient venus en ambassade et ils étaient repartis comme ils étaient venus. D'après les apparences, les fils de famille, les têtes chaudes, envisageaient des mesures plus radicales. Un bref coup d'œil le rassura : ils n'étaient pas armés, pas même d'un bâton. Mais il y avait indiscutablement de la bagarre dans l'air, et on n'allait pas tarder à sonner la charge.

3

La phalange atteignit l'extrémité du pont, et ne s'arrêta qu'un moment tandis que leur chef regardait prudemment devant lui, le long de la première enceinte qui était maintenant pleine de petites baraques, et jusqu'à la jetée, puis il donna vivement ses ordres. Ensuite, accompagné peut-être d'une dizaine de gros bras, il tourna et descendit au pas de course le sentier menant au fleuve, tandis que les autres continuaient leur route avec décision. Les citadins, intéressés, tout aussi vifs et silencieux, emboîtèrent le pas aux deux groupes. Ils n'auraient pas donné leur place pour un empire. Plus calme, Cadfael observait tout ce beau monde, et il eut confirmation qu'ils ne venaient pas pour discuter. Aucun n'avait de gourdin; il ne pensait pas non plus qu'ils aient des couteaux. Ils n'avaient rien de belliqueux, sauf la mine. De plus, il les connaissait presque tous;

aucun n'était dangereux. Tout de même, vaguement inquiet, il suivit le premier groupe. On savait que le jeune Corvisart avait la tête près du bonnet, qu'il n'était pas bête, qu'il était plein d'idées pas toujours heureuses, qu'il passait la moitié de son temps à se battre avec ses aînés, et qu'à l'occasion il buvait plus qu'il ne pouvait le supporter. Ce soir pourtant, il n'avait sûrement pas bu; il avait d'autres chats à fouetter.

Cadfael soupira, descendant sans enthousiasme le chemin menant au fleuve. Les jeunes ont souvent tendance à se laisser dangereusement entraîner sans réfléchir, là où ceux qui ont de l'expérience n'insisteraient pas.

Il ne fut pas surpris de constater que Rhodri ap Huw, qui ne manquait pas d'expérience, avait disparu de la jetée avec son second porteur et tous ses biens. Mais il ne serait pas loin, une fois qu'il aurait tout mis dans sa baraque. Il tiendrait à ne pas manquer le spectacle, et prendrait ses dispositions en conséquence, veillant à rester hors de vue, à un poste qu'il pourrait quitter sans peine quand il le jugerait bon. Une demi-douzaine de bateaux étaient occupés à décharger, dominés par la péniche majestueuse de Thomas de Bristol qui entendit soudain ce pas de charge descendant la colline; il se tourna pour jeter un coup d'œil impérieux de ce côté, avant de se consacrer de nouveau au débarquement de ses biens. L'étalage des tonneaux et des balles sur la jetée était impressionnant. Les jeunes qui arrivaient ne pouvaient manquer d'évaluer les forces auxquelles ils auraient à faire face.

– Messieurs...! appela Philippe Corvisart, s'arrêtant bien en équilibre, en face de Thomas

Bristol. – Sa voix portait loin et des marchands de moindre importance s'arrêtèrent pour l'écouter. – Messieurs, reprit-il, veuillez me prêter une oreille attentive, vous qui tous venez d'une ville comme moi de Shrewsbury, et qui aimez votre ville comme moi la mienne! Vous payez des loyers et des taxes à l'abbaye, alors qu'elle refuse d'aider la ville. Et nous avons plus besoin que l'abbaye de ce que vous lui versez.

Il respira profondément, ayant prononcé cette tirade sans reprendre haleine. Il ne savait trop quoi faire de ses membres, car il avait, à vingt ans à peine, tout juste terminé sa croissance. Il était élégamment vêtu, mais ses souliers étaient fatigués, remarqua Cadfael, qui vit là une preuve de plus au vieux dicton prétendant que les cordonniers (ou leurs fils) sont toujours les plus mal chaussés. Il avait une épaisse chevelure brune tachée de roux, et un bon visage ordinaire, que la colère faisait pâlir sous le hâle de l'été. Quand il n'était pas en colère pour une raison quelconque, c'était un habile artisan. Mais aujourd'hui, il avait de quoi se fâcher; il utilisait pour ces hommes d'affaires têtus les mêmes arguments que son père envers l'abbé, avec le plus grand sérieux, espérant même – sa naïveté passerait bien avec l'expérience – les convaincre!

– Si l'abbaye se désintéresse de nos problèmes, est-ce une raison pour vous d'en faire autant? Nous sommes ici pour vous donner notre point de vue; nous vous parlons comme à des hommes qui ont les mêmes soucis chez eux; et vous connaissez peut-être, et pour cause, les effets d'une guerre et d'un siège sur une ville. Avons-nous tort de réclamer une part des profits de la foire? Il n'y a pas eu autant de dégâts à l'abbaye que chez nous. Puisqu'ils ne veulent pas nous aider, nous nous adressons à vous, qui n'êtes pas protégés contre la dureté du monde et qui sympathiserez avec ceux qui ont les mêmes soucis que vous.

Ils commençaient à se détourner de lui, à hausser les épaules et à retourner à leur travail. Il éleva la voix pour se faire entendre.

– Nous vous demandons seulement de garder un dixième des taxes dues à l'abbaye et de les verser à la ville pour ses murs et ses rues. Si nous nous serrons les coudes, les intendants de l'abbaye ne pourront rien contre vous. Ça ne vous coûtera pas plus cher, et ça ne sera que justice. Qu'en dites-vous? Voulez-vous nous aider?

A d'autres! Le grondement indifférent et moqueur se passait de mots. Quoi? Remettre en question ce qu'une charte avait fixé? Qu'y gagneraient-ils? Pourquoi prendre ce risque? Ils se remirent au travail en haussant les épaules. Les jeunes gens derrière lui commencèrent à murmurer; ils se contrôlaient encore, mais leur colère montait. Thomas de Bristol, massif et méprisant, agita le poing sous le nez de leur porte-parole.

– Ouste, mon garçon! File, tu nous embêtes. Payer une dîme à la ville, rien que ça! Les droits de l'abbaye ne sont-ils pas légaux? Auras-tu le culot de me dire que l'abbaye ne vous paie pas la somme fixée par la charte? S'ils ne respectent pas la loi, allez vous plaindre au shérif, il est là pour ça, mais ne viens pas nous raconter n'importe quoi! Allez, disparais et laisse les honnêtes gens travailler.

– Les hommes de Shrewsbury sont aussi honnêtes que vous, monsieur, mais ils ne s'en vantent pas, eux. Pour nous l'honnêteté va de soi! Et quand je dis que nos murs et nos rues ont souffert, je ne dis pas n'importe quoi! Par contre, l'abbaye et la première enceinte sont intactes. Non, écoutez-moi...

Le marchand tourna dédaigneusement son large dos voûté, alla reprendre le bâton qu'il avait posé contre ses tonneaux et fit signe à ses hommes de continuer. Indigné, Philippe le suivit, vexé par cette brimade délibérée, comme si on avait simplement écarté un moucheron.

– Maître marchand, s'exclama-t-il furieux. Un mot encore! Et il empoigna la manche de beau drap de Thomas.

Tous deux étaient coléreux, et au mieux l'orage aurait pu éclater plus tard, mais Cadfael eut le sentiment que Thomas avait été vraiment surpris par cette main sur son bras et crut qu'on allait l'attaquer. Quoi qu'il en fût, il se tourna et frappa à l'aveuglette avec son bâton. Le garçon leva le bras pour se protéger la tête; trop tard. Atteint à l'avant-bras et à la tempe, il s'écroula pour le compte; du sang coulait d'une coupure au-dessus de son oreille.

La manifestation digne et pacifique s'arrêta net et ce fut la guerre. Beaucoup de choses arrivèrent à cet instant. Philippe, à demi assommé, était tombé sans dire ouf, mais quelqu'un avait poussé un léger cri aigu de protestation, aussitôt noyé dans le rugissement de colère des garçons de la ville. Deux d'entre eux coururent vers leur chef, mais les autres criant vengeance se précipitèrent sur les marchands, tout aussi excités, et on s'empoigna joyeusement. En un tournemain, les marchandises fraîchement débarquées retournèrent au fleuve, aussitôt suivies, dans une plus grande gerbe d'eau, d'un attaquant. Heureusement ceux qui avaient toujours vécu près de la Severn apprenaient à nager avant de savoir marcher, et le jeune homme ne risquait pas de se noyer. Quand il sortit de l'eau pour retourner au combat, on se colletait tout le long du fleuve.

Quelques villageois, plus calmes, s'étaient prudemment approchés pour essayer de séparer les combattants et de faire entendre raison aux jeunes agresseurs; un ou deux, plus audacieux, avaient pris des coups qui ne leur étaient pas destinés, sort fréquent chez ceux qui veulent rétablir une paix qui n'intéresse personne.

Cadfael aussi s'était précipité vers la jetée pour prévenir un second coup, qui aurait pu être mortel, à en juger d'après le visage congestionné du marchand et son gourdin levé... Mais quelqu'un le précéda. Une jeune fille était sortie à toute vitesse de la cabine minuscule, les jupes retroussées, et elle sauta à terre juste à temps pour s'accrocher de tout son poids au bras frémissant.

– Non, mon oncle, je t'en prie! gémit-elle, suppliante. Il n'a rien fait! Tu l'as sérieusement blessé!

Bien qu'il n'y vît pas, les yeux bruns de Philippe Corvisart étaient restés ouverts; il cligna furieusement des paupières en entendant cette voix inattendue. Il se mit péniblement à genoux, retrouva la mémoire et tenta de se redresser sur ses pieds pour se battre. Ses efforts ne furent guère couronnés de succès. Ses jambes se dérobèrent sous lui et il se prit la tête à deux mains comme s'il craignait qu'elle ne tombât s'il la secouait. Mais c'est la jeune fille qui, dès qu'il la vit, l'arrêta net. Elle restait accrochée au bras du marchand et lui parlait à l'oreille d'une voix angélique qui aurait apaisé un dragon; ses grands yeux inquiets s'apitoyaient sur Philippe. Et elle appelait ce vieux démon « mon oncle »! En un instant Philippe oublia sa vengeance, sans regret à en juger par le changement d'expression sur son visage meurtri et furieux. Encore sonné, se balançant sur les genoux, il fixait la jeune fille comme des pèlerins une vision miraculeuse ou des voyageurs égarés l'étoile polaire.

Et elle méritait bien qu'on la regardât. Dix-huit, dix-neuf ans, la tête et les bras nus, deux grandes tresses noires comme l'aile d'un corbeau se balançaient jusqu'à sa taille, encadrant un visage rond, enfantin, tout de neige et de rose, éclairé par deux grands yeux bleu sombre, pleins d'inquiétude pour le moment, protégés par de longs cils. Rien d'étonnant si sa voix seule pouvait calmer son diable d'oncle aussi sûrement que sa présence avait arrêté les deux garçons qui s'étaient rués pour aider et venger leur chef et qui restaient là, bouche bée.

A présent le combat sur la jetée se transformait en un désordre épouvantable; on se tordait sur les planches, on se bousculait près des tonneaux, on s'envoyait valser bruyamment dans tous les sens. Cadfael empoigna le jeune Corvisart, le remit debout, le tira à l'écart et le jeta dans les bras de ses amis, car il n'avait pas repris tous ses esprits. Un tonneau qui roulait flanqua Thomas par terre et la jeune fille, projetée sur le côté, oscilla dangereusement au bord de la jetée.

Une silhouette blonde, agile, frôla Cadfael en trombe, évita légèrement un autre tonneau d'un saut gracieux et la tira hors de danger. Cette grâce, cette assurance presque insolente, ces cheveux blonds étaient familiers à Cadfael. Il se contenta d'aider Thomas à se relever et à se réfugier hors d'atteinte; quand ce fut fait, il ne fut pas vraiment surpris de voir un long bras galamment passé autour de la taille de la jeune fille. Elle-même n'avait pas l'air pressée de se dégager. En fait elle regardait le visage avenant, souriant et rassurant de son sauveur à peu près comme Philippe l'avait regardée, elle.

– Là, vous ne risquez plus rien! Mais laissez-moi vous aider à remonter à bord, où vous feriez mieux de rester avec votre oncle. C'est mon avis, monsieur, dit-il très sérieusement. Personne ne vous ennuiera plus. Avec cette dame auprès de vous, qui pourrait être aussi discourtois?

Ses yeux étaient pleins d'une admiration candide. Et la belle peau crémeuse de la jeune fille devint toute rose.

Un peu secoué, Thomas s'épousseta; il pesait lourd et sa chute l'avait ébranlé.

– Merci beaucoup, monsieur, et à vous aussi mon frère. Mais mes vins... mes marchandises...

– C'est notre affaire, monsieur; on sauvera ce qu'on pourra. Restez tranquillement à bord et attendez. Il n'y en a plus pour longtemps. Les gens d'armes vont venir parler à ces jeunes agités d'une minute à l'autre. La moitié d'entre eux sont partis renverser les étals de la première enceinte et pourchasser les intendants de l'abbaye. Avant longtemps ils seront dans les prisons de la ville; ils auront une bonne migraine et regretteront de s'être opposés à l'abbé d'un monastère bénédictin.

Il gardait un œil sur Cadfael, occupé à redresser et à récupérer les tonneaux fugitifs, mais qui pouvait tout entendre. Il approuva les plans de ce jeune homme sympathique et plein de ressources au visage grave et digne, mais au regard malicieux, qui se moquait gentiment du représentant le plus proche des bénédictins.

– Je m'appelle Ivo Corbière, dit vivement leur sauveteur, du manoir de Stanton Cobbold, dans ce comté, mais la majeure partie de mes domaines se trouve dans le Cheshire. Si vous le permettez, je serai heureux de vous aider...

S'il avait enlevé son bras de la taille de la jeune fille, cérémonieusement mais à contrecœur, il continuait à la dévorer et à la caresser du regard; elle s'en rendait bien compte et ne trouvait pas cela désagréable.

– Tiens! s'écria Corbière, tandis qu'un jeune homme penché sur le parapet du pont lançait un coup de sifflet aigu. Regardez-les plonger pour se cacher. Leur vigie a localisé les hommes du shérif qui s'approchent.

En effet une demi-douzaine de têtes apparurent et un nombre équivalent de jeunes gens, tout ébouriffés, s'arrachèrent au combat et s'égaillèrent dans la nature comme une volée de moineaux. L'un d'eux passa même sous l'arche du pont pour se retrouver de l'autre côté de l'eau, sans autre dommage que d'avoir mouillé ses chaussures. Un moment après le pont résonna sous les sabots des chevaux, et une demi-douzaine de gens d'armes arrivèrent au trot sur la jetée, tandis que le reste de la compagnie se répandait sur le champ de foire.

– C'est presque fini! s'écria gaiement Ivo Corbière. Voulez-vous me prêter une rame? Je suppose que vous connaissez le fleuve mieux que moi, et une partie de la marchandise durement gagnée de cet homme y fait trempette; on peut sûrement en sauver une bonne partie.

Il ne demanda la permission à personne, il avait choisi le bateau le plus petit et le plus maniable qui se balançait près de la jetée et s'y était déjà installé, avant que les gens d'armes ne poussent leurs chevaux entre les combattants, et ne commencent à attraper par les cheveux ceux qu'ils connaissaient. Cadfael le suivit. L'horloge qu'il avait dans la tête lui signala que Complies était dans dix minutes et qu'il ferait mieux de laisser agir ce jeune homme sûr de lui, mais on l'avait envoyé là pour aider un client de la foire de l'abbaye, et il pourrait invoquer cette excuse. Il s'assit dans la barque d'emprunt, une rame dans chaque main, surveillant le tonneau le plus proche qui flottait à la surface de l'eau où jouaient les reflets du crépuscule, avant de trouver une réponse, ce qui était mieux que rien.

Le bruit s'atténua bientôt. Tous ceux qui étaient restés étaient occupés à rattraper des balles et des paquets jetés à l'eau, les poursuivant jusque dans des petites anses où ils s'étaient arrêtés; ils abandonnaient ce qui était trop trempé pour être récupéré, passant cela aux profits et pertes, calculant avec reconnaissance ce qu'ils pourraient encore gagner quand ils auraient acquitté tous les droits et taxes. Ça n'était pas si grave après tout. Sur la première enceinte, on redressait les étals, on ressortait les produits à vendre. Le désordre n'avait certainement pas gagné la foire aux chevaux, où les gros marchands déballaient leurs biens. Près du château et de la prison, une dizaine de jeunes soignaient leurs légères blessures et leur mécontentement, en se demandant comment leur manifestation pacifique avait bien pu engendrer cette pagaille. Quant à Philippe Corvisart, nul ne savait où il était passé après s'être débarrassé de ses admirateurs. L'ordre était revenu; au fond il ne s'était pas passé grand-chose. Le shérif Prestcote ne serait pas trop méchant pour ces jeunes imprudents pleins de bonnes intentions.

– Messieurs, s'écria Thomas qui, maintenant qu'il était rassuré, devenait expansif, comment vous remercier pour votre aide généreuse? Les tonneaux n'ont pas subi de dommage. Ceux qui m'achèteront mon vin devront simplement le laisser reposer un bon moment avant de le boire. Heureusement les sucreries n'étaient pas déballées. Je n'ai pas perdu grand-chose. Et ma nièce vous doit beaucoup. Approche, mon enfant, ne te cache pas, viens saluer ces braves gens! Permettez-moi de vous présenter ma nièce Emma, la fille de ma sœur, Emma Vernold, héritière de son père qui était maître-maçon dans notre ville et la mienne aussi, car c'est ma seule parente. Versenous du vin, Emma, ma mignonne.

La jeune fille n'était pas restée inactive pendant ce temps. Elle avait mis sur ses tresses une résille dorée et passé sur sa robe de tous les jours une belle tunique de lin brodé. Pas en mon honneur! songea Cadfael. Il était grand temps pour lui de partir et de retourner à ses occupations. Pour récupérer des marchandises il avait manqué Complies, et il devrait travailler une heure ou deux dans son atelier avant de se coucher. D'ailleurs personne ne se coucherait de bonne heure cette nuit. Thomas n'était pas homme à laisser à d'autres le soin de veiller sur ses biens, même s'il avait confiance en ses trois serviteurs. Il irait bientôt au champ de foire pour s'assurer que tout était disposé comme il l'entendait et prêt pour le lendemain. Et s'il trouvait bon de laisser seuls ces beaux jeunes gens jusqu'à son retour, ça le regardait. Il avait été impressionné par le fait qu'Ivo possédait un manoir, entre autres. Pourquoi avait-il suggéré qu'Emma deviendrait riche? Mais un oncle conscient de ses devoirs essaie toujours de trouver un bon mari pour sa nièce. Et celui-là avait été séduit par son allure avant d'entendre parler de sa fortune. Rien d'étonnant, elle était ravissante.

Cadfael s'excusa, souhaita le bonsoir à tous et revint tranquillement vers le portail. La première enceinte était pleine de monde, mais calme. L'ordre était revenu et la foire pourrait s'ouvrir sans problème le lendemain.

4

Hugh Beringar revint de sa dernière patrouille après dix heures, normalement tous les moines auraient dû être couchés à une heure pareille. Mais il ne fut pas surpris de voir Cadfael encore debout. Ils se rencontrèrent dans la grande cour, alors que Cadfael venait de fermer son atelier du jardin aux simples. Il faisait encore clair et l'on discernait à l'ouest des lueurs brillantes.

– Je me suis laissé dire que vous étiez là au bon moment, dit Hugh en s'étirant et en bâillant. Le contraire m'aurait étonné. Ils sont fous, ces jeunes. Qu'espéraient-ils là où leurs aînés ont échoué? Et se conduire aussi bêtement! Ils se sont déconsidéré aux yeux mêmes de ceux qui les approuvaient! Leurs parents auront une amende à payer, et tout ça va coûter cher à la ville. Ça ne m'amuse pas d'emmener ces jeunes en prison; ils sont idiots mais gentils. Ça me laisse un mauvais goût dans la bouche. Venez boire quelque chose au portail avec moi. Autant rester éveillé jusqu'à matines.

– Aline va vous attendre, objecta Cadfael.

– Aline, Dieu soit loué, est pleine de bon sens. Elle est sûrement couchée et endormie. Moi, il faut encore que j'aille faire mon rapport au château. Je crains d'y rester toute la nuit. Venez me raconter comment ça a dégénéré. Il paraît que ça a commencé sur la jetée, là où vous étiez.

Cadfael l'accompagna volontiers. Ils s'installèrent dans l'antichambre de la loge, et le portier, habitué à ces activités nocturnes quand le shérif adjoint dormait à l'abbaye, leur apporta du vin, les interrogea gentiment et les laissa discuter.

– Combien en avez-vous pris? demanda Cadfael quand il eut fini son récit.

– Dix sept. Et j'aurais dû en prendre dix-huit, reconnut Hugh, l'air sombre, mais j'ai tiré le jeune Edwy Bellecote à l'écart sans témoins, je lui ai passé un savon et je l'ai renvoyé chez lui l'oreille basse. Il n'a pas seize ans! Mais il n'est pas bête, il sait ce qu'il fait, ce gredin! Je n'aurais pas dû.

– Son père faisait partie de la délégation d'hier; Edwy est honnête et n'a pas froid aux yeux. Je suis content que vous l'ayiez laissé partir. Et le jeune Corvisart?

– Pas vu, mais une dizaine de témoins affirment que c'était lui le chef et qu'il a tout organisé. Et comme il faudra bien qu'il rentre, on le prendra à la porte. Il peut y compter!

– Il leur a fait un discours comme un docteur, sans menacer personne. C'est seulement quand on l'a frappé que les jeunes ont pris le mors aux dents! Celui qui lui a tapé dessus s'est affolé, je vous l'accorde, mais sans raison.

– Je vous crois, et j'en tiendrai compte. Mais c'est lui qui a mené l'attaque et il finira comme les autres, car c'est à lui que nous sommes redevables de ce désordre. Les parents paieront leur caution à tous, ajouta Hugh avec lassitude et il passa sa longue main sur ses paupières fatiguées. Cadfael, pensez-vous que je sois en train de devenir un affreux fonctionnaire royal? Je n'aimerais pas ça du tout.

– Non, dit Cadfael d'une voix de magistrat, votre cas n'est pas désespéré. Vous avez encore l'œil vif et de la répartie. Vous vous en sortirez.

– Trop aimable! Donc, selon vous, le marchand a frappé ce pauvre garçon sans raison?

– Il s'est cru menacé. Le garçon l'a pris par le bras sans penser à mal, mais l'autre a eu peur. Il avait un bâton à la main, il s'est retourné et vlan! Assommé net! Je doute qu'après il ait eu la force de renverser des tréteaux. Pour moi, il est peut-être évanoui quelque part, à moins que ses amis se soient occupés de lui.

Hugh, les coudes posés sur la table à tréteaux, regarda Cadfael et sourit.

– Si jamais j'ai besoin d'un bon avocat, je viendrai vous voir en courant. Je le connais, notez bien. Il a la langue bien pendue, et il parle trop; il a un fichu caractère et le cœur sur la main; alors qu'il reste où il est et c'est très bien comme ça.

– Messire, dit le portier, dont la tête chauve et le visage rougeaud apparurent dans la pièce, il y a une dame à la porte qui semble dans l'embarras et qui voudrait vous parler. Il s'agit de Dame Vernold, la nièce de Thomas de Bristol. Je la fais entrer?

Ils se regardèrent, étonnés, haussant les sourcils.

– C'est le marchand en question?

– Oui, et c'est elle aussi. Mais tout est rentré dans l'ordre. Que peut-elle bien vouloir à pareille heure? Et comment se fait-il que son oncle la laisse sortir seule en pleine nuit?

– Et si on le lui demandait? souffla Hugh, résigné. Faites-la entrer puisque c'est moi qu'elle cherche.

– Elle a d'abord demandé Ivo Corbière, précisa le portier, mais il surveille les préparatifs sur la première enceinte, je le sais. Et quand je lui ai dit que vous étiez là, elle a demandé à vous voir. Elle avait l'air heureuse de savoir qu'il y avait un représentant de la loi.

– Faites-la entrer. Restez, Cadfael, si vous voulez bien; elle vous a déjà parlé et elle sera sûrement heureuse de voir un visage de connaissance.

Emma Vernold entra rapidement, mais tout en hésitant, car elle se sentait mal à l'aise dans cet endroit inconnu, et elle s'inclina en toute hâte.

– Pardon, monseigneur, de vous déranger si tard...

C'est alors qu'elle aperçut Cadfael; soulagée, malgré son inquiétude, elle esquissa un sourire.

– Je m'appelle Emma Vernold, je suis venue

avec mon oncle, Thomas de Bristol, nous habitons sur notre péniche, près du pont. Et voici le domestique de mon oncle, Gregory.

C'était le plus jeune des trois aides de Thomas ; vingt ans, gauche mais solide.

– Je suis ici pour vous servir de mon mieux, dit Beringar. Vous avez des ennuis ? Et il la prit par la main pour la faire asseoir.

– Mon oncle est parti sur le champ de foire pour voir comment on installait sa baraque peu après que ce bon frère nous ait quittés, messire. Vous savez ce qui est arrivé, j'imagine. Mon oncle est allé retrouver ses deux autres domestiques qui étaient partis avant lui, en me laissant Gregory. Mais cela fait presque deux heures, et il n'est toujours pas rentré.

– Il avait sûrement beaucoup de choses à faire, suggéra Hugh. Il faut du temps pour tout disposer au mieux et je gage que votre oncle aime le travail bien fait.

– Pour ça, oui. Mais ce n'est pas tout. Sur les deux hommes qui l'ont suivi, son ouvrier, Roger Dod, et Warin, le portier qui dort dans la baraque pour tout surveiller, Roger est revenu à la péniche il y a une heure et il a été fort surpris de ne pas voir mon oncle qui avait quitté la cabane bien avant lui. On a pensé qu'il avait rencontré quelqu'un de connaissance et qu'il s'était arrêté pour bavarder, alors on a attendu un peu, mais il n'est toujours pas là. Je suis retournée à la cabane avec Gregory pour voir si par hasard il n'avait pas fait demi-tour, au cas où il aurait oublié quelque chose. Mais non, et Warin dit aussi que mon oncle est parti le premier et qu'il voulait aller me retrouver directement car il se faisait tard. Il n'aimait pas – il n'aime pas, reprit-elle toute pâle, que je sois seule avec les hommes, sans lui.

Elle avait le regard ferme et clair, mais ses lèvres tremblaient et dans ses yeux qui ne cillaient pas, il y avait un soupçon d'inquiétude.

Cadfael se dit qu'elle se savait belle et qu'elle avait raison d'en tenir compte. Un des hommes, Roger, qui sait, le privilégié des trois, la trouve peut-être à son goût, elle s'en doute, mais ne partage pas ce sentiment et, à tort ou à raison, elle s'inquiète d'être si près de lui en l'absence de son tuteur.

– Vous êtes sûre qu'il n'est pas rentré par un autre chemin alors que vous le cherchiez à son échoppe? demanda Hugh.

– Nous sommes repartis. Roger attendait là-bas au cas où... mais non, il n'est pas là. J'ai demandé aux gens qui travaillaient encore sur la première enceinte s'ils l'avaient vu, mais ils n'ont rien pu me dire. Alors, dit-elle, se tournant suppliante vers Cadfael, j'ai pensé que peut-être... Ce jeune homme qui a été si bon cet après-midi – il nous a dit qu'il était à l'hôtellerie... Je me suis demandée si mon oncle l'avait croisé en rentrant, et s'il s'était attardé... Lui au moins le connaît et pourrait me dire s'il l'a vu.

– Il a donc quitté la jetée avant votre oncle? s'enquit Cadfael.

Le jeune homme avait l'air bien décidé à passer un moment agréable avec Emma, mais son ogre d'oncle avait l'art et la manière de faire comprendre, même à de riches seigneurs, qu'on n'approchait pas sa nièce hors de sa présence.

Elle rougit sans détourner son regard décidé, méditatif et intelligent malgré son visage encore enfantin.

– Presque tout de suite après vous, mon frère. Il s'est montré parfaitement correct. J'ai pensé à lui car je lui fais confiance.

– Je demanderai au portier de le guetter, proposa Cadfael, et de nous l'envoyer dès son retour. Ceux qui sont sur le champ de foire vont rentrer dormir, et il en a besoin s'il veut réaliser demain de bonnes affaires, car il est là pour ça, je suppose. Qu'en dites-vous, Hugh?

– Excellente idée. Occupez-vous-en, et nous, allons chercher maître Thomas, qui se porte comme un charme, j'en suis sûr, malgré son retard. La veille d'une foire, pensez donc (il sourit pour rassurer la jeune fille), il y a des contacts à prendre, des clients qui se présentent déjà, qui sait? On peut très bien oublier de dormir quand on pense à son travail.

Cadfael l'entendit acquiescer en poussant un soupir d'espoir et de gratitude quand il alla demander au portier d'avertir Ivo Corbière dès son retour. Il n'aurait pas pu mieux choisir son moment car l'homme apparut au portail. La grande porte était déjà fermée et seul le guichet était encore ouvert. La lueur de la torche accrochée au mur joua dans ses cheveux blonds qui brillèrent comme un soleil de nuit. La tête nue, la tunique jetée sur l'épaule, Ivo Corbière allait vers son lit à contrecœur, comme s'il lui restait de l'énergie à revendre. Sa chemise de lin immaculée, dans l'obscurité blafarde, jetait une lueur fantomatique. Il sifflait un air populaire, plus parisien qu'anglais apparemment. Il avait sûrement pas mal bu, mais pas plus qu'il n'en pouvait supporter, il s'en fallait de beaucoup. Il se montra immédiatement disponible.

– Vous, mon frère? Debout avant matines? s'étonna-t-il aimablement, avec un petit rire qui s'arrêta net, car il sentit que l'heure était grave. Vous me cherchiez? Il s'est passé quelque chose? Grand Dieu, le vieux n'a pas tué ce jeune imbécile, quand même?

– Mais non, mais non. On vous demande à la loge. Vous revenez du champ de foire et de la première enceinte?

– Je n'en ai pas bougé, répliqua-t-il, soudain attentif. J'ai, dans le Cheshire, un manoir plein de courants d'air à meubler. Je cherche des tissus de laine et des tapisseries flamandes. Pourquoi?

– En vous promenant, avez-vous vu Maître Thomas de Bristol depuis que vous avez quitté sa péniche?

– Non, affirma Ivo, surpris, et il regarda avec attention l'étrange lumière crépusculaire, très douce; il était onze heures. Mais que se passe-t-il? Cet homme m'a fait comprendre qu'il a pour habitude d'interdire à quiconque de voir sa nièce hors de sa présence et sans son autorisation, et on ne saurait lui en vouloir : elle vaut de l'or, héritage ou pas. Je me suis incliné et je suis parti. Qu'est-il arrivé après?

– Venez voir, dit simplement Cadfael en l'emmenant avec lui.

La lumière brutale lui fit cligner des yeux, puis il regarda fixement Emma. Difficile de dire qui était le plus troublé. La jeune fille se leva, lui tendit les mains avec enthousiasme, puis les retira à demi. L'homme s'empressa de les saisir.

– Dame Vernold! A pareille heure? Mais... Qu'est-il arrivé?

Il avait compris que c'était sérieux et il interrogea Beringar des yeux. Ce dernier le mit rapidement au courant. Cadfael ne fut guère surpris de constater que le jeune homme parut plus rassuré qu'effaré. La fille était jeune, sans expérience, elle s'inquiétait trop facilement quand on la laissait seule un moment, alors que son oncle avait beaucoup voyagé et il était parfaitement capable de se débrouiller. Il n'y avait pas là de quoi s'alarmer; le marchand était probablement en train de bavarder avec un collègue ou d'évaluer les marchandises de ses rivaux.

– Que voulez-vous qu'il lui arrive?

Et il sourit gaiement pour rassurer Emma, qui pourtant ne se dérida pas. Elle n'est pas idiote, se dit Cadfael, et elle connaît son oncle mieux que personne ici.

– Il va revenir, vous verrez, et il sera surpris que vous vous soyez fait du mauvais sang.

Elle ne demandait qu'à le croire, mais dans ses yeux on lisait le doute.

– J'espérais que vous l'auriez rencontré, dit-elle, ou qu'au moins vous l'auriez aperçu.

– J'aurais aimé avoir le plaisir de vous rassurer. Mais je ne l'ai pas vu.

– Il semblerait que maintenant ce soit mon affaire, soupira Beringar. J'ai encore une demi-douzaine d'hommes en ville, on va aller chercher Maître Thomas. Cela dit, il se fait tard et vous ne devriez pas traîner dehors la nuit. Le mieux serait que votre homme retourne à la péniche, et vous, madame, si vous êtes d'accord, vous pouvez aller trouver mon épouse, ici, à l'hôtellerie. Sa servante, Constance, vous trouvera de la place et vous fournira tout ce dont vous aurez besoin pour la nuit.

Allez savoir s'il avait remarqué, comme Cadfael, l'extrême réticence de la jeune fille à retourner à la péniche, ou s'il voulait simplement lui trouver un abri aussi proche que pratique. Mais le joli visage devint radieux et elle remercia avec tant de ferveur qu'il n'y avait pas à se tromper sur le soulagement qu'elle éprouvait.

– Alors venez, lui dit-il gentiment. Je vais vous confier à Constance et nous, nous allons commencer nos recherches.

– Quant à moi, s'exclama Corbière, enfilant sa tunique avec enthousiasme, j'aimerais vous donner un coup de main, si vous m'acceptez.

Ils passèrent au peigne fin toute la première enceinte; Beringar était accompagné de ses six hommes d'armes, d'Ivo Corbière, aussi plein d'énergie et bien éveillé qu'à midi, et de Cadfael qui n'avait aucune raison d'être là, sauf ce que son instinct lui soufflait et qu'il était stupide d'aller se coucher maintenant, alors qu'il devrait se relever à minuit pour matines. S'il avait trouvé agréable de boire un coup avec Beringar, il ne serait pas mauvais non plus de l'aider à chercher Thomas de Bristol. « Car il faut avouer », se dit-il, « que je ne serai pas tranquille avant d'avoir retrouvé ce visage rond, aux joues bleuâtres et d'avoir de nouveau entendu sa grosse voix confiante ». En pensant aux événements de l'après-midi, il secoua la tête. Corbière avait beau prendre à la légère la disparition du marchand (cela pouvait arriver à tout le monde de s'attarder un peu), Cadfael n'était pas convaincu. Il s'était passé trop de choses depuis midi, trop de gens s'étaient laissés aller à agir contre leur nature pour que cette journée se déroulât comme les autres. Quelqu'un s'était peut-être laissé gagner par la violence, sous le couvert de la nuit pour se venger de ce qui s'était fait au grand jour. Enfin, Dieu veuille que non!

Ils commencèrent par s'assurer qu'il n'y avait rien de nouveau à la jetée. Non, Thomas n'avait pas donné signe de vie, et les incursions de Roger Dod parmi les autres marchands le long du fleuve, pour autant qu'il ait osé s'éloigner des biens qu'il gardait, n'avaient donné aucun résultat.

Il avait la trentaine, ce Roger; massif, bien mis, il aurait été très présentable s'il n'avait été si brusque et renfermé. Lui aussi était manifestement inquiet. Il répondit à Hugh aussi laconiquement que possible, et il se mordit les lèvres, hésitant, en apprenant que la nièce de son maître était maintenant logée à l'abbaye. Il les aurait bien aidés dans leurs recherches, mais il y avait les biens de son maître dont il était responsable. Il resta près de la péniche et envoya un Gregory muet, ensommeillé et mécontent leur montrer la baraque louée par Thomas.

Le sergent de Beringar, accompagné de trois hommes, fut chargé de remonter la première enceinte et d'interroger tous les commerçants qu'il croiserait, tandis que les autres suivraient le porteur jusqu'au champ de foire. En cette heure tardive l'endroit était à moitié déserté, mais il y avait encore des torches et des braseros, et on y parlait doucement. Pour ces trois jours le champ de foire s'était changé en une petite ville compacte, populeuse et affairée qui disparaîtrait le quatrième jour.

Thomas avait une grande cabane presque au centre du terrain triangulaire. Ses marchandises étaient parfaitement rangées et le gardien, bien réveillé, arpentait les lieux, mal à l'aise; l'arrivée de la maréchaussée parut le soulager. Warin avait la quarantaine, une peau tannée et bien évidemment il occupait son poste depuis belle lurette. On lui faisait confiance dans le cadre étroit de ses fonctions, mais il n'avait pas les capacités requises pour occuper le poste de Roger Dod.

– Non, messire, dit-il inquiet, il n'y a aucune nouvelle, et je n'ai pas bougé d'ici. Il est rentré à sa péniche un quart d'heure après le départ de Roger. On avait tout rangé selon ses ordres. Il était bien content. Il était tombé peu de temps auparavant et il n'était pas fâché de pouvoir se mettre au lit; vous êtes au courant? Il n'est plus tout jeune, après tout comme moi, mais il pèse plus lourd.

– Par où est-il parti?

– Mais vers la grand-route, tout droit. C'est tout près. Je suppose qu'il a suivi la première enceinte.

– Eh bien mon frère, encore debout? Et avec la maréchaussée qui plus est! lança en gallois une voix familière, sonore et gaie. Qu'est-ce que le shérif adjoint peut bien vouloir au veilleur de Thomas à une heure pareille? Est-ce qu'ils seraient sur la piste de tous les familiers de Gloucester? Et moi qui prétendais que le commerce prospérait malgré l'anarchie!

A la lumière des torches dispersées et de la lumière des étoiles dans ce ciel superbe de la mi-été, il adressa un clin d'œil à Cadfael.

– Vous avez la bonté de faire le guet pour vos voisins? demanda Cadfael, l'air innocent et approbateur. Je vois que vos marchandises n'ont subi aucun dommage.

– Je flaire les ennuis et suis assez malin pour les éviter, répliqua Rhodri tranquillement. Qu'est-il arrivé à Thomas? Lui n'a pas eu les réflexes rapides, dirait-on. Il aurait pu larguer les amarres, et descendre le fleuve jusqu'à ce que tout soit rentré dans l'ordre.

– Vous avez assisté à son agression? demanda Cadfael, d'un air faussement détaché, auquel Rhodri ne se laissa pas prendre.

– Je l'ai vu frapper l'autre jeune imbécile (il grimaça un sourire). Pourquoi? Il lui est arrivé quelque chose après? Mais au fait qui cherchez-vous? Thomas ou le jeune homme?

Et il regarda avec beaucoup d'intérêt les hommes du shérif fouiller derrière les étals, sous les tréteaux. Son œil curieux les suivit quand ils repartirent vers la grand-route. Il était évident que rien d'important ne se produisait à la foire sans que Rhodri ne fût présent ou n'en fût minutieusement informé. Alors pourquoi ne pas mettre sa perspicacité à contribution?

– La nièce de Thomas est dans tous ses états parce qu'il n'a pas regagné sa péniche. Il n'y a peut-être aucune raison de s'affoler, mais il aurait dû rentrer depuis longtemps et ses hommes commencent à s'inquiéter. Vous l'avez vu partir?

– Oui, il y a environ deux heures. Et son ouvrier s'en est allé peu après. Il est costaud, il ne s'est quand même pas perdu entre ici et le fleuve. Aucun signe de vie depuis?

– Apparemment non, et on a interrogé tous les commerçants et les flâneurs dans le secteur. Les plus sages d'entre eux se préparent à se coucher, d'ailleurs.

Ils avaient atteint la première enceinte et se

dirigeaient vers la ville. Rhodri continuait à tenir obligeamment compagnie à Cadfael, lui aussi s'était mis à fouiller dans les coins sombres entre les étals, comme les hommes du shérif. Les lumières et les braseros étaient plus rares par ici et les étals plus modestes; on s'endormait dans le calme de la nuit. A leur gauche, sous le mur de l'abbaye, quelques baraques, mieux protégées, se serraient les unes contre les autres. Dans la première, bien qu'elle fût fermée et barricadée pour la nuit, un rai de lumière brillait, à travers une fente. Rhodri envoya son coude dans les côtes de Cadfael.

– C'est Euan de Shotwick! Il ne se laissera surprendre par personne, il aime à se tapir dans un coin entre deux murs quand c'est possible. Il voyage seul avec un cheval de bât et porte une arme dont il sait se servir. C'est un solitaire et il ne se fie à personne. Il a son propre porteur – heureusement ses marchandises, si elles ont de la valeur, ne pèsent pas bien lourd – et son gardien personnel.

Ivo Corbière s'était attardé pour rester à l'écart parmi les étals dont certains étaient inoccupés pour le moment, les commerçants de la région n'arrivant qu'à l'aube. L'obscurité ralentissait leurs recherches et le jeune homme, que cela ne gênait nullement de passer une nuit blanche (probablement encouragé par le souvenir des beaux yeux d'Emma), se sentait très à l'aise. Cadfael et Rhodri étaient à quelques pas devant lui quand ils l'entendirent les appeler d'une voix pressante.

– Seigneur! Qu'est-ce que c'est que ça? Venez vite, Beringar!

Son cri suffit à les faire se précipiter. Il avait quitté la grand-route pour fouiller dans l'obscurité parmi des tréteaux entassés et des auvents de toile, mais quand ils y regardèrent de plus près, la lueur des étoiles leur permit de voir ce qu'il avait vu : sous un cadre de bois léger sortaient deux pieds immobiles, chaussés de bottes et pointant vers le ciel. Pendant un moment, frappés de stupeur, ils restèrent silencieux car, à dire vrai, comme ils l'admirent après, ils ne croyaient pas qu'il ait pu arriver quoi que ce soit à Thomas. Puis Beringar dégagea le cadre de bois des tréteaux sur lesquels il reposait et un corps d'homme apparut, long, solide et sombre, enveloppé dans un manteau depuis les genoux jusqu'au visage qu'il couvrait. Aucun mouvement ni son n'étaient perceptibles.

Muni d'une torche, le sergent se pencha et Beringar, tendant la main vers les plis du manteau, commença à découvrir la tête et les épaules de l'inconnu. L'odeur puissante que cela provoqua l'arrêta net. Le mouvement avait dû déranger le dormeur, qui émit un ronflement sonore, révélant une haleine fortement avinée.

– Soûl comme un cochon, constata Beringar, soulagé, mais sans rapport, semble-t-il, avec l'homme qu'on cherche. D'après son état, ce garçon doit être là depuis un bout de temps et s'il arrive péniblement à rentrer avant l'aube, ce sera un miracle. Regardons-le de plus près.

Il écarta le manteau avec moins d'enthousiasme, mais l'ivrogne se laissa manipuler en poussant de vagues grognements et retomba dans un sommeil profond dès qu'on le laissa. La torche promena sa lueur jaune et résineuse sur des cheveux châtains en bataille, de larges épaules couvertes d'un justaucorps de cuir et un visage agréable et même séduisant en temps normal mais auquel l'ivresse conférait un aspect brouillé et stupide avec sa bouche ouverte et béante et ses yeux rougis. Corbière le regarda de près en jurant de surprise.

– *Fowler*! Que le diable l'emporte! Il me le paiera! Ah! c'est comme ça qu'il m'obéit!

Il empoigna l'homme par les cheveux et le secoua furieusement, mais n'obtint en réponse qu'un ronflement plus fort; un œil glauque s'ouvrit vaguement, et le murmure indistinct retomba dans le silence quand l'homme reprit contact brutalement avec le sol.

– Ce soûlard... c'est mon archer et fauconnier, Turstan Fowler, expliqua Corbière, amer et dégoûté, en lui flanquant son pied dans les côtes, mais pas méchamment; (à quoi bon? Il ne reprendrait pas conscience avant plusieurs heures et sa migraine serait un châtiment suffisant). J'ai bien envie de le jeter dans le fleuve! Ça lui rafraîchira les idées! Il n'avait pas l'autorisation de quitter l'abbaye et apparemment il est sorti se soûler dès que j'ai eu le dos tourné. Bon Dieu! quelle odeur! Qu'a-t-il bien pu ingurgiter?

– Une chose est sûre, remarqua Hugh, amusé, il est incapable de retourner se coucher. Puisque c'est votre homme, que comptez-vous en faire? Je vous déconseille de le laisser là. Sinon tout ce qu'il a de valeur sur lui aura disparu demain matin. Il y a des pillards au point du jour, ils font toutes les foires.

– Si vous voulez bien me prêter deux de vos

hommes, répondit Ivo en reculant et en regardant, dégoûté, le coupable qui dormait comme un bienheureux, et si je peux emprunter une planche, on va le flanquer dans une cellule de l'abbaye. Il y cuvera son vin et ce sera bien fait. S'il y moisit sans déjeuner, ça lui mettra du plomb dans la tête. La prochaine fois, je l'écorche vif!

Ils s'exécutèrent donc; mais le dormeur avait l'air si content de son sort et ronflait si fort tout au long du chemin que les porteurs furent plus d'une fois tentés de le flanquer par terre en guise de compensation. Cadfael, Beringar et l'arrière-garde restèrent derrière, vaguement moroses et toujours bredouilles.

– Tiens tiens! Euan de Shotwick a quand même fini par s'intéresser à ce qui se passe, souffla Rhodri à l'oreille de Cadfael.

Jetant un coup d'œil, il constata qu'on avait ouvert un volet dans la baraque adossée au mur et, à la pâle lueur d'une chandelle, on vit se profiler une tête d'homme. Il reconnut le nez hautain, placé haut, avant que le volet ne retombât silencieusement et que la lueur disparût.

Pouce par pouce, ils fouillèrent obstinément jusqu'à la rivière où Roger Dod les attendait, très inquiet, mais ils ne trouvèrent aucune trace de Thomas.

Un bateau remontant tardivement la Severn depuis Buildwas s'amarra au pont vers neuf heures le lendemain matin; avant de décharger sa cargaison de poteries, le capitaine demanda qu'on fît venir le shérif car il avait autre chose à son bord, une chose trouvée dans une anse près d'Atcham, et qui concernait le shérif. Ayant d'autres chats à fouetter, Gilbert Prestcote délégua son sergent avec ordre d'en référer aussitôt à Beringar à l'abbaye.

Le chargement particulier du potier reposait dans une toile grossière au fond du bateau dont s'échappait de l'eau mêlée de taches sombres. Le batelier déroula la toile, montrant à Beringar le cadavre d'un homme de cinquante, cinquante-cinq ans, solide, bien en chair, aux cheveux raides et grisonnants, aux joues bleuâtres tristement flétries par la mort. Maître Thomas de Bristol, dépouillé de son beau capuchon, de sa robe élégante, de ses bagues et de sa dignité, était nu comme au jour de sa naissance.

– On a vu cette tache blanche sous la rive, dit le batelier, regardant l'homme assassiné, et on l'a sorti à la gaffe, le pauvre! Je vous montrerai l'endroit. C'est de ce côté-ci des hauts-fonds et de l'île d'Atcham. On s'est dit qu'il valait mieux vous l'amener, comme un noyé. Mais lui, il ne s'est pas noyé.

Non, Thomas de Bristol ne s'était pas noyé. D'abord on l'avait dépouillé de ses vêtements, et sûrement pas de son plein gré. Ensuite, ce qui était encore plus évident, il avait sous l'omoplate gauche une blessure incroyablement étroite que le fleuve avait lavée; une dague très mince avait pénétré jusqu'au cœur.

LE PREMIER JOUR DE LA FOIRE

1

Le premier jour de la foire battait son plein et le brouhaha joyeux, attentif des marchandages, des commérages et des cris des vendeurs avait franchi le mur de l'abbaye pour pénétrer dans la grande cour et sous le portail comme le bourdonnement des abeilles par un beau jour d'été. Il poursuivit Beringar jusqu'à l'appartement de l'hôtellerie où son épouse et Emma Vernold comparaient, ravies, les vertus de laines différentes, et Constance, qui tissait merveilleusement, tâtait les échantillons en donnant son avis. Hugh, avec son visage sombre, jeta un froid sur cette scène paisible qui avait permis à Emma de retrouver couleurs et gaieté. Il n'avait pas le temps de prendre des gants; d'ailleurs Emma ne lui en saurait aucun gré, s'il y allait par quatre chemins.

– Dame Vernold, j'ai de mauvaises nouvelles; je suis désolé. Dieu sait que je ne m'attendais pas à ça. On a retrouvé votre oncle. Un bateau est arrivé tôt ce matin de Buildwas. Ils ont repêché son corps dans le fleuve.

Le sang reflua de son visage. Elle resta immobile, effrayée, regardant devant elle, sans rien voir. On aurait dit que sa force vitale ne la soutenait plus, et pendant un moment elle parut perdre l'équilibre et sur le point de tomber. Puis elle respira profondément. « Mort », dit-elle d'une voix sans timbre; elle s'était reprise et ne risquait plus de s'évanouir. Une fois disparus cette panique et cet étourdissement momentanés, elle regarda Hugh droit dans les yeux, sans le supplier.

– Noyé? souffla-t-elle. Mais il nageait bien, il avait grandi près du fleuve. Il ne buvait pas beaucoup non plus. Je ne peux pas croire qu'il soit tombé dans la Severn et qu'il se soit noyé. Pas lui, affirma-t-elle, ses grands yeux dilatés.

– Asseyez-vous, suggéra Hugh doucement, on a des choses à se dire et ensuite je vous laisserai avec Aline, car nous allons nous occuper de vous, bien sûr. Non il ne s'est pas noyé, il n'est pas mort non plus de mort naturelle. On l'a poignardé dans le dos, dévêtu et jeté à l'eau.

– Comment? dit-elle d'une voix basse, forcée, mais très ferme. Ce serait des voleurs qui l'auraient attaqué et tué? Pour lui prendre ses bagues, sa robe et ses souliers?

– A première vue, oui. Il n'y a guère de routes sûres en Angleterre et les grandes foires ont leur lot de malfaiteurs qui tueraient pour quelques pence.

– Mon oncle n'était pas craintif. Il s'est défendu plus d'une fois, et la peur ne l'a jamais forcé à rester chez lui. Alors pourquoi aurait-il succombé aujourd'hui? Pourtant, c'est la seule explication.

– Certains se souviennent d'un incident pénible sur la jetée : plusieurs marchands qui déchargeaient leurs marchandises pour ranger leurs étals se sont fait agresser. Il est bien connu que les relations entre la ville et les marchands sont tendues, et que Maître Thomas avait beaucoup d'influence. Il s'est battu avec le jeune homme qui a mené l'assaut. Une vengeance, la nuit, dans un accès de rage, ça peut se terminer mal, même si on ne le voulait pas.

– En ce cas, on l'aurait laissé sur place, objecta sèchement Emma. Son agresseur aurait cherché à disparaître au plus vite. Il ne s'agissait pas de voleurs, mais de citadins en colère et frustrés. La frustration peut changer les gens en assassins mais pas en voleurs.

Hugh commençait à éprouver beaucoup de respect pour cette fille tout comme Aline, à en juger par son silence détaché et son visage attentif, avait appris à le faire.

– Je ne dis pas que vous ayez tort, admit-il. Mais il pourrait bien arriver à un jeune homme de tuer quelqu'un presque par accident, et de déguiser son crime en assassinat commis au cours d'un vol. Cela nous ouvre des possibilités. Vingt jeunes furieux qui en veulent à votre oncle pour le mépris qu'il leur a marqué pourraient passer inaperçus dans une foule, et on ne penserait jamais à les soupçonner s'ils font croire que le meurtre a eu lieu pour de l'argent.

Bien qu'elle fût abattue et se sentît seule, cette pensée la troubla. Hésitante, elle se mordit les lèvres.

– Vous pensez que ce pourrait être un de ces jeunes? Ou plusieurs d'entre eux? Qu'ils étaient furieux au point de le suivre dans l'obscurité pour le tuer?

– Beaucoup de ceux qui ont assisté à la scène de cet après-midi le croient et le disent, déclara Hugh.

– Mais, fit-elle remarquer, fronçant les sourcils, vos hommes avaient emmené la plupart de ces jeunes bien avant que mon oncle allât sur le champ de foire. S'ils étaient déjà en prison, comment auraient-ils pu s'en prendre à lui?

– C'est vrai pour la plupart d'entre eux. Mais on n'a pris leur chef qu'à l'aube, quand il est revenu en titubant à la porte de la ville où on l'attendait. Il est en prison au château, comme les autres, mais il était encore en liberté longtemps après le départ de votre oncle, on le soupçonne donc fortement de l'avoir tué. Ils seront tous déférés devant le shérif cet après-midi. Les autres, à mon avis, seront confiés à leurs familles et passeront au tribunal plus tard, mais pour Philippe Corvisart, j'en doute fort. Il faudra qu'il nous fournisse de meilleures réponses que celles qu'il nous a données pour le moment...

– Cet après-midi! Alors je dois venir aussi; j'étais présente quand tout a commencé. Il faudra aussi que le shérif m'entende surtout s'il est question de la mort de mon oncle. D'autres étaient également là. Maître Corbière et un moine de l'abbaye, celui que vous connaissez bien...

– Ils viendront et d'autres aussi. Votre témoignage serait précieux, mais vous le demander à un moment pareil...

– J'y tiens! répliqua-t-elle fermement. Je veux qu'on découvre le meurtrier de mon oncle, si on l'a vraiment tué, mais je ne veux pas qu'un innocent soit accusé trop vite. Pour ce garçon, je ne sais pas; il n'avait pas l'air d'un assassin... J'aimerais dire ce que je sais, c'est mon devoir.

Beringar, hésitant, jeta un coup d'œil à sa femme; Aline lui sourit et acquiesça curieusement.

– Si c'est votre volonté, conclut-il rassuré, je demanderai à frère Cadfael de vous accompagner. Pour le reste, vous n'avez rien à craindre. Il faudra que vous restiez là jusqu'à ce que tout soit terminé, mais naturellement, Aline s'occupera de vous et nous vous aiderons dans toutes les dispositions que vous aurez à prendre.

– Je souhaiterais utiliser la péniche pour ramener mon oncle à Bristol, dit-elle.

A cet instant seulement, elle pensa qu'elle n'aurait personne pour la protéger à bord cette fois, sauf Roger Dod dont le dévouement jaloux, attentif et muet lui était insupportable et le pauvre Warin qui était solide, mais pas très malin. Elle inspira profondément, se mordit les lèvres, hésitante, et son regard se voila de nouveau.

– Au moins, il importe de le renvoyer là-bas... Son homme de loi prendra soin de ses affaires et des miennes.

– J'ai parlé au prieur. L'abbé accepte que vous utilisiez la chapelle de l'abbaye; votre oncle pourra y reposer quand on le ramènera du château, et on le préparera comme il convient pour l'enterrer dignement. Demandez, et l'on vous donnera. Il faudra également que je prie votre serviteur d'être présent au château cet après-midi. Qu'est-ce que vous comptez faire pour la foire? Je transmettrai les instructions que vous voudrez bien me donner.

Elle acquiesça, se forçant manifestement à affronter le monde retors des affaires quotidiennes auquel la mort de son oncle n'avait pas mis fin.

– Veuillez lui dire de continuer à vendre pendant la durée de la foire; comme si son maître était encore là. Mon oncle ne voudrait pour rien au monde qu'un danger ou un deuil l'empêche d'agir normalement; j'en ferai donc autant.

Et soudain, avec la simplicité d'un enfant, elle éclata enfin en sanglots.

Après que Hugh fut reparti, et que Constance se fut retirée sur un signe discret d'Aline, les deux femmes s'assirent jusqu'à ce qu'Emma eut cessé de pleurer, aussi soudainement qu'elle avait commencé. Elle avait ce don qu'ont certaines femmes de pleurer sans s'enlaidir, et sans s'en soucier le moins du monde. Chez beaucoup cette faculté disparaît à l'adolescence. Elle s'essuya les yeux, et fixa Aline qui la regardait tout aussi intensément avec une sérénité qui la réconfortait sans lui peser.

– Vous devez penser que je n'avais guère d'affection pour mon oncle, murmura Emma. Et je ne sais pas si vous auriez entièrement tort. Je l'aimais pourtant, ce n'était pas seulement de la loyauté ou de la gratitude, même si ces sentiments s'imposaient d'abord. Les gens disaient qu'il était dur, dur à satisfaire et dur en affaires. Mais il n'était pas dur à mon égard. Seulement difficile à approcher. Et ce n'était ni de sa faute, ni de la mienne.

– Il me semble, dit doucement Aline, puisqu'on l'invitait à plus d'intimité, que vous l'avez aimé autant qu'il vous l'a permis, qu'il était *capable* de vous le permettre. Il y a des hommes qui ne savent pas s'y prendre.

– Oui, mais j'aurais voulu l'aimer plus. J'aurais tout fait pour lui être agréable. Encore maintenant je veux tout faire comme il l'aurait souhaité. La boutique restera ouverte pendant la durée de la foire et on essaiera d'agir comme il aurait agi. J'entends qu'on exécute jusqu'au bout sa volonté.

Elle s'exprimait presque avec enthousiasme. Maître Thomas aurait aimé la façon dont elle avançait le menton et dont ses yeux brillaient.

– Aline, poursuivit-elle, cela ne vous dérangera pas si je reste? Je..., il y a un des hommes de mon oncle qui m'apprécie un peu trop...

– C'est ce qu'il me semblait. Vous êtes la bienvenue et on ne vous laissera pas avant que vous puissiez rentrer sans danger chez vous, à Bristol. Non que je ne comprenne pas ce jeune homme, dans un sens, ajouta-t-elle en souriant.

– Certes, mais moi je ne l'apprécie pas autant. En outre mon oncle n'aurait pas voulu que je monte sur la péniche sans lui. Et maintenant j'ai à faire mon devoir, conclut-elle, redressant la tête avec décision et défiant du regard son avenir incertain. Il faut que je lui commande un beau cercueil pour le ramener. Il y a sûrement un maître-charpentier en ville.

– Oui. A mi-chemin à droite sur la Wyle, maître Martin Bellecote. C'est un brave homme et un bon artisan. Il paraît que son fils faisait partie de ces terribles émeutiers, dit Aline avec une moue indulgente, comme la moitié des jeunes gens en vue de la ville. J'irai avec vous chez Martin.

– Non, répondit Emma fermement. Chez le shérif ce sera long et ennuyeux, et vous ne devez pas vous fatiguer. D'ailleurs il faut que vous achetiez vos laines avant que les plus belles ne soient parties. Frère Cadfael, c'est bien son nom, n'est-ce pas? me dira où est la boutique. Il la connaît sûrement.

– Il n'y a pas grand-chose que frère Cadfael ignore sur ce quartier et sur la ville, affirma Aline.

Cadfael reçut la permission de l'abbé d'assister à l'audience de l'après-midi et d'escorter la nièce de la victime, sans qu'on lui posât de questions. Qu'on soit religieux ou laïc, un devoir est un devoir. Radulf s'était déjà montré sévère mais juste et homme d'affaires tenace et avisé. Il devait son poste au roi autant qu'au légat du pape et il respectait et vénérait l'ordre du royaume au moins aussi ardemment que celui de son abbaye. Il saurait donc exploiter les capacités des rares moines qui avaient eux aussi une vaste expérience du monde extérieur.

– Cette mort, dit-il quand il se retrouva seul avec Cadfael, après le départ de Beringar, jette une ombre sur notre maison et notre foire. On ne peut pas se décharger de ce fardeau sur d'autres. Je veux que vous me rapportiez tout ce qui se passera à l'audience. C'est à moi que les notables de la ville ont demandé une aide que je n'ai pu leur donner. C'est moi qui ai provoqué la colère de ces jeunes gens, qui les ai poussés à se conduire comme des imbéciles. Ils ont manqué de patience et de réflexion, mais ma responsabilité reste entière. Si je suis en partie responsable de la mort de cet homme, même si je n'ai pas pu agir, je devrai en répondre aussi sûrement que celui qui l'a frappé.

– Je vous ferai part de tout ce que j'aurai vu et entendu, promit Cadfael.

– Et aussi de tout ce que vous aurez pensé, mon frère. Vous avez en partie vu ce qui s'est passé hier entre la mort et ce jeune homme. Est-il possible que le résultat ait pu être celui-là? Un coup de poignard dans le dos? La colère se manifeste rarement ainsi.

Cadfael avait vu bien des morts dans la fureur des batailles mais il savait aussi que la fureur amenait parfois à tuer lâchement, plus tard et il s'agissait encore de colère, aigrie par le temps.

– Certes, dit-il. Mais cela arrive. Ne négligeons pas pour autant les autres hypothèses. Il pourrait bel et bien s'agir d'un meurtre commis pour voler des vêtements et des bagues, une occasion qui s'est présentée la nuit quand il n'y avait personne. Cela arrive quand les hommes se rassemblent et que l'argent change de mains.

– C'est vrai, constata Radulf, froidement et tristement. Le vieux démon est toujours là.

– Et puis, ce n'était pas n'importe qui dans son métier et sa région. Il avait peut-être des ennemis. La haine, la jalousie, la rivalité sont des mobiles aussi puissants que l'appât du gain. Dans une grande foire comme la nôtre, des ennemis peuvent se rencontrer loin des villes où tout le monde les connaît, et où il serait trop facile de deviner leurs raisons d'agir. Commettre un meurtre est plus facile et plus tentant loin de chez soi.

– Encore vrai. Autre chose?

– Oui. La nièce, l'héritière du mort est très belle, déclara franchement Cadfael, affirmant son droit à reconnaître la beauté des femmes, même s'il avait renoncé à elles depuis longtemps. Son oncle avait trois hommes à son service, enfermés sur la péniche avec elle. L'un d'eux est assez âgé, me semble-t-il, pour tenir à sa tranquillité. L'autre est un peu simplet, mais pas aveugle, ni pour autant délivré de la chair. Le dernier est sain, capable, parfaitement normal, et il lui est très attaché. C'est lui qui a suivi son maître un quart d'heure environ après qu'il a quitté le champ de foire, à ce qu'il paraît. Dieu m'est témoin que je ne veux pas accuser un honnête homme. Mais on évoque des éventualités et on en parlera jusqu'à ce qu'elles deviennent des faits, ou devrais-je dire à moins que?

– C'est aussi mon avis, approuva l'abbé, avec un demi-sourire et après avoir longuement regardé Cadfael. Allez témoigner, comme je vous l'ai demandé, mon frère, et revenez me rendre compte. J'ai foi en vous.

Emma, il le fallait bien, portait la même robe que la veille au soir, du même bleu sombre que ses yeux, avec un corselet aux broderies multicolores. Elle avait seulement consenti, en signe de deuil, à attacher sa lourde chevelure et à la dissimuler sous une guimpe d'emprunt. Elle n'en avait pas moins une allure imposante. Tout encadré de blanc sévère, son jeune visage rond gagnait en force et en profondeur ce qu'il perdait en délicatesse. Elle avait l'air grave et concentré comme une lance à l'arrêt. Mais Cadfael ne voyait pas très bien ce que cette lance visait.

– Frère Cadfael. C'est bien cela, n'est-ce-pas? Vous portez un nom gallois. Vous avez été très bon hier. Lady Beringar m'a dit que vous m'indiqueriez la boutique du maître-charpentier. Il faut que je commande un cercueil pour ramener mon oncle à Bristol, dit-elle très calme, avec la franchise d'un enfant. Avons-nous le temps avant d'aller au château?

– C'est sur la route. Adressez-vous à Martin Bellecote, il s'occupera fort bien de ce que vous lui demanderez.

– Tout le monde s'est montré très gentil, observa-t-elle, avec la politesse d'une jeune fille bien élevée. Où est le corps de mon oncle? Il faudrait que je m'en occupe. C'est à moi de le faire.

– Plus tard. Il est au château. Le shérif doit l'examiner, le médecin aussi. Mais que ça ne vous trouble pas, l'abbé a ses ordres. On amènera votre oncle dans l'église, avec tout le respect qui lui est dû, et nous le préparcrons pour l'enterrement. S'il pouvait nous le dire, il souhaiterait sûrement que nous nous occupions de tout. Il veillait à vous protéger et vous lui devez toujours obéissance.

Cadfael avait vu le mort, et souhaitait vivement épargner cette épreuve à la jeune fille. Mieux valait qu'elle conservât l'image de l'homme qu'elle avait respecté et admiré dans son impressionnante dignité.

Il avait trouvé le seul argument capable de fléchir sa détermination, qu'elle aurait payée cher. Elle y réfléchit sérieusement quand ils franchirent le portail côte à côte et en étudiant son visage il sut quand elle se décida à accepter.

– Il pensait que j'avais un rôle à jouer, même dans ses affaires. Il voulait que je l'accompagne et que j'apprenne le métier. C'est le troisième voyage que je faisais avec lui (et le dernier aussi, songea-t-elle). Je peux au moins donner de l'argent pour faire dire des messes pour lui là où il est mort, ajouta-t-elle, hésitante. Il était très pieux, il l'aurait souhaité!

Elle avait sûrement plus d'argent que de tranquillité d'esprit; Pourquoi se serait-elle refusé cette petite consolation? Les prières ne sont jamais perdues.

– Voilà une excellente résolution.

– Il est mort sans les sacrements, s'exclama-t-elle, soudain furieuse contre le meurtrier qui avait privé son oncle de confession et d'absolution.

– Ce n'est pas de sa faute. Cela arrive souvent. Même aux saints qu'on a martyrisés sans qu'ils s'y attendent. Dieu sait ce qu'il en est sans qu'on ait besoin de parler. L'âme des morts connaît ces vaines recherches. L'important est de se repentir dans son cœur et non en paroles.

Ils se trouvaient sur la grand-route, et tournèrent à gauche vers le fleuve, reflet brillant entre ses rives d'herbe grasse, coiffé par le pont de pierre qui menait à la tourelle du pont-levis, et à la porte de la ville. Levant la tête, Emma regarda Cadfael; ses joues très claires retrouvèrent un peu de couleur comme si les jeux de lumière sur le fleuve se reflétaient dans ses yeux. C'était la première fois qu'il la voyait sourire, un sourire pâle, mais éblouissant.

– Il était bon, vous savez, frère Cadfael; déclara-t-elle, sincèrement. Il n'était pas facile avec les imbéciles, les mauvais ouvriers ou les gens malhonnêtes, mais il était bon. Pour moi surtout! C'était un homme de parole, loyal envers son seigneur...

Malgré la douceur de sa voix et la simplicité de cette apologie, elle s'enflammait. Elle avait presque dit « loyal envers son seigneur jusqu'à la mort ! » Et il convenait de ne pas prendre au sérieux cet air noble, héroïque, dans un si jeune visage.

– Dieu sait tout cela, affirma Cadfael d'un ton chaleureux. Inutile de le lui répéter. Et n'oubliez pas que vous avez votre vie à vivre. La meilleure façon de rendre justice à votre parent, c'est de vous l'accorder à vous-même.

– Oh ! pour cela oui !, s'exclama Emma rasséré-née et, pour la première fois, en un geste de confiance, elle posa la main sur la manche du bénédictin. C'est exactement ce que je veux et ce que je vais faire.

2

Chez Martin Bellecote, dans la courbe de cette rue en pente que l'on nommait la Wyle et qui se dirigeait vers le centre de la ville, la jeune fille passa une commande précise car elle savait exactement ce qu'elle voulait pour le défunt. L'esprit clair et l'honnêteté du charpentier lui plurent et l'arrivée des enfants causa une agréable diversion. Comme elle leur plaisait aussi, ils s'enhardirent pour venir la dévisager et babiller avec elle. Quant à Edwy, la tête brûlée, qui avait été renvoyé chez lui la veille, après une bonne semonce de Hugh Beringar, il rabotait en silence une planche dans un coin de l'atelier. Mais ses brillants yeux noisette ne pouvaient s'empêcher de fixer la dame, brûlants de curiosité, ni de cligner malicieusement en direction de frère Cadfael quand Emma ne regardait pas.

Après quoi, le moine et sa protégée traversèrent la ville, montant les rues escarpées jusqu'à la Croix Haute et redescendant la rampe en pente douce qui menait au château. Emma marchait en silence, mettant de l'ordre dans ses pensées. Quand l'ombre de la grille tomba sur son visage, lui cachant le soleil, ses yeux s'agrandirent d'inquiétude. Pourtant les gardes qui circulaient ici ne semblaient plus avoir un siège à défendre, ni de batailles à livrer. Ils vaquaient à leurs affaires comme les alertes gens de la ville, qui venaient là apporter leurs requêtes. Le shérif, homme volontaire et taciturne, était un chevalier de plus de cinquante ans. Il avait une longue expérience de la guerre et de son office et, s'il était capable de réprimer sévèrement le désordre, il avait la réputation d'être juste dans les affaires courantes. Certes, il n'avait pas beaucoup aidé les notables de la ville à réparer les dégâts causés par le siège, mais il n'avait pas permis non plus qu'on les maltraitât ni qu'on les taxât trop lourdement pour remettre les bâtiments en état. Dans la grande cour, un échafaudage entourait encore une tour et des étais de bois soutenaient un mur. Emma examinait tout avec une ardente curiosité.

Nombre de gens venaient se présenter comme elle : pères soucieux de payer la caution de leurs fils, deux intendants de l'abbaye qui s'étaient fait agresser au cours de la bagarre, des témoins qui du haut du pont ou depuis la jetée avaient assisté à la scène. Tous étaient dirigés vers la tour intérieure, dans une grande salle froide, tendue de tapisseries enfumées. Cadfael fit asseoir Emma sur un banc, près du mur, où elle continua à observer ce qui se passait avec plus d'intérêt encore que d'appréhension.

– Regardez! Messire Corbière!

Il venait d'arriver et pour le moment il n'avait d'yeux que pour la silhouette voûtée qui se tassait devant lui; le regard glauque mais bien réveillé sous la paupière baissée pour ne pas attirer la colère de son seigneur, Turstan Fowler filait doux, attendant patiemment la fin de l'orage. Cadfael se demanda ce qu'il faisait là : il n'était pas sur la jetée et vu l'état dans lequel on l'avait trouvé la nuit passée, ses souvenirs devaient être pour le moins vagues. Il avait sûrement quelque chose à dire, cependant, sinon Corbière ne l'aurait pas amené. La veille encore il voulait le laisser en cellule toute la journée pour lui donner une leçon.

– C'est le shérif? murmura Emma.

Gilbert Prestcote venait d'entrer, accompagné de deux juristes pour le conseiller. Il ne s'agissait pas d'un procès, mais de lui dépendait le retour éventuel des émeutiers au foyer et l'obligation pour leurs pères d'apparaître aux assises. Le shérif était grand, mince, très droit et vigoureux, avec une courte barbe noire taillée en pointe et un regard aigu et impressionnant. Il s'assit sans cérémonie et un sergent lui tendit la liste des prisonniers. Leur nombre lui fit hausser les sourcils d'inquiétante manière. Il compulsa le parchemin, le front plissé.

– Ils se sont tous fait prendre pendant l'émeute? Très bien! Il y a aussi plus grave, la mort de Maître Thomas de Bristol. Quand l'a-t-on vu pour la dernière fois?

– D'après son serviteur et son gardien, il a quitté la foire aux chevaux une bonne heure après la cloche de Complies. Ensuite, plus rien. Roger Dod nous dira qu'il était bien neuf heures et quart, et le gardien confirme son témoignage.

– L'heure est assez tardive, remarqua Prestcote, méditatif. Le calme était déjà revenu tant sur la première enceinte que sur le champ de foire. Hugh, marquez-moi ceux qui étaient déjà en cellule. Quoi qu'ils aient pu faire, ils n'ont rien à voir avec le meurtre.

Se penchant sur lui, Hugh s'exécuta rapidement.

– Ce fut violent, mais vite terminé. On a eu rapidement la situation en main, ils n'ont pas été jusqu'au bout de la première enceinte. Celui-là, on l'a ramassé le dernier, vers dix heures peut-être, dans une taverne, mais complètement ivre, et la patronne affirme qu'il était là depuis une bonne heure. C'est quelqu'un de respectable, elle était ravie qu'on la débarrasse de lui. Il n'a rien à voir avec le meurtre. Celui-là s'est caché sous le pont un peu plus tard et il a reconnu avoir fait partie des manifestants, mais on l'a laissé en liberté car il boite sérieusement et des témoins l'ont toujours eu sous les yeux dès avant neuf heures. Il a promis de répondre de ses actes. Pour moi c'est tout ce qu'il a à se reprocher.

– Il n'en reste donc qu'un, constata Prestcote en regardant vivement Beringar.

– Oui, répondit-il, sans se compromettre.

– Parfait ! Faites entrer les autres, mais lui, laissez-le à part, et commençons par l'affaire la moins grave.

Les hommes du shérif gardaient leurs prisonniers dans un enclos délimité par des cordes ; moroses, moutonniers, ébouriffés, des traces de coups sur le visage, se lamentant sur leur triste sort, mais toujours fâchés, les jeunes gens avancèrent en file indienne. Certains avaient des vêtements déchirés, le nez en sang, ou des bosses sur la tête; une nuit dans une cellule de pierre, irrégulièrement balayée, n'avait pas arrangé leurs accoutrements, destinés à des batailles plus dignes, comme l'armure des chevaliers. Ils se feraient gronder par leur mère qui devrait préparer une bonne lessive, puis se livrer à la couture, ou bien par une jeune épouse qui vengerait les autres femmes en se moquant d'eux. Contractant les mâchoires, les contrevenants, têtus, se préparèrent à faire face à l'adversité.

Prestcote alla droit au but. Manifestement il avait d'autres soucis et il n'était guère disposé à donner trop d'importance à une affaire mineure aux conséquences finalement de peu d'importance. Donc, bien qu'il fît appeler chacun séparément pour qu'il réponde de ses actes, il se débarrassa d'eux avec une rapidité raisonnable. La plupart reconnurent les faits, insistant sur leurs intentions légales et pacifiques, affirmant que ce qui avait suivi n'était pas de leur faute. Plusieurs prétendirent s'être trouvés avec Philippe Corvisart sur la jetée et dirent comment il s'était fait attaquer, ce qui avait provoqué l'émeute. Rares furent ceux qui s'efforcèrent de prouver qu'ils n'avaient rien fait, qu'ils ne s'étaient même pas trouvés là ce soir-là. Et même ceux-là se trouvèrent démentis par des citoyens respectueux des lois.

Des pères, furieux plus que compatissants, vinrent récupérer les héros qui avaient l'oreille basse, prêtèrent serment au tribunal et versèrent leur caution. Le boiteux s'était fait sermonner pour le principe et relâcher sans trompette. Deux jeunes gens qui avaient déployé des efforts méritoires pour convaincre l'auditoire qu'ils étaient accusés à tort furent renvoyés en prison pour avoir plus de temps pour méditer sur la nature de la vérité.

– Très bien! s'exclama Prestcote, se frottant les mains, agacé. Que l'on dégage la salle; ne resteront que ceux qui doivent témoigner pour Thomas de Bristol. Amenez aussi Philippe Corvisart.

Les jeunes gens étaient partis, emmenés et bousculés par des familles dévouées mais exaspérées. Chez eux, ils pourraient soigner leur tête et leur cœur lourds, tandis que leur père leur ferait la leçon et que leur mère pleurerait, déversant toute la peur et l'inquiétude qu'ils avaient provoquées. Emma lança un regard de sympathie au dernier, que sa mère, deux fois plus petite que lui, emmenait en le tirant par l'oreille, et en piaillant comme une pie. Le pauvre, mortifié comme il l'était, était bien assez puni.

Elle se retourna, et là où se tenaient ses camarades, apparut Philippe Corvisart, qui semblait terriblement seul, devant ce mur de pierre.

Hagard, très raide, le cou droit comme un i, même si pour le reste on sentait qu'il était prêt à se désagréger, il agrippait la corde à deux mains. Dans son extrême pâleur, Cadfael reconnut l'effet du vin nouveau chez un buveur débutant. Emma le croyait sûrement mortellement offensé et très angoissé. Le prenant en pitié, elle pâlit elle-même, saisie de pitié pour cet homme qui ne lui était rien, mais qu'elle avait vu se faire assommer si vigoureusement qu'elle avait craint qu'il ne se relevât pas.

Malgré tous ses efforts, il faisait triste mine. Sa tunique des dimanches était déchirée et salie, et, pire, il y avait des taches de sang sous son oreille gauche et de vomissures sur le bas de son vêtement. Il redressa vaillamment sa silhouette dégingandée, mais il manquait d'assurance, et son visage bronzé, inoffensif, mal rasé et grisâtre devint très rouge, ce qui ne lui allait guère, quand il aperçut son père, assis patiemment. Mais il détourna vite son regard pour fixer le shérif de ses yeux bruns et meurtris.

Il répondit trop fort à son nom, défiant et nerveux, et il confirma l'heure et le lieu de son arrestation. Oui, il était ivre, ses mouvements étaient incertains, ainsi que les circonstances dans lesquelles on l'avait arrêté, mais il essaierait de répondre avec franchise aux charges qui pesaient sur lui.

Plusieurs témoins affirmèrent que Philippe avait été à l'origine du mouvement qui s'était terminé si piteusement, et qu'il en avait pris la tête. Il conduisait les jeunes gens en colère quand ils passèrent le pont; à son signal certains étaient partis vers la première enceinte, tandis qu'il emmenait le peu qui restait vers le fleuve où il se disputa violemment avec les marchands qui déchargeaient. Jusque-là tout le monde était d'accord, mais ensuite, tout se gâta. Pour les uns, les jeunes avaient commencé à jeter des marchandises à l'eau et affirmaient que Philippe était au cœur du combat. Un ou deux marchands ulcérés, pleins d'une vertueuse indignation, prétendaient qu'il avait attaqué Thomas, et donc provoqué la bagarre.

Puisque tout le monde aurait son mot à dire, Beringar avait gardé ses meilleurs témoins pour la fin.

– Messire, pour ce qui s'est passé près du fleuve, nous avons la nièce de maître Thomas, et deux hommes qui sont intervenus puis qui ont aidé à récupérer une bonne partie de ce qui se trouvait dans la Severn. Il s'agit d'Ivo Corbière de Stanton Cobbold, et de frère Cadfael, de l'abbaye, qui assistait un marchand ne parlant que le gallois. Sinon, il n'y avait personne à proximité. Voulez-vous entendre Dame Vernold ?

Philippe ne s'était pas encore rendu compte de la présence d'Emma. Quand il entendit son nom, il se tourna d'un coup, et quand il la vit s'avancer timidement vers la table du shérif, une rougeur profonde, inconfortable, monta de son col déchiré jusqu'à ses cheveux brun-roux. Il détourna les yeux, et Cadfael eut le sentiment qu'il aurait aimé que le sol l'engloutît. Son allure lamentable ne l'aurait pas gêné devant les autres, mais devant elle, il se sentait furieux et honteux. Même la pensée que son père se trouvait humilié ne l'aurait pas abattu autant. Emma lui exprima rapidement sa sympathie d'un regard puis détourna aussi les yeux, ne regardant que le shérif qui la fixait avec intérêt et sollicitude.

– Était-il nécessaire de faire subir cette épreuve maintenant à Dame Vernold ? Madame, il n'était pas indispensable de venir. La présence de messire Corbière et de ce bon frère aurait suffi.

– Je souhaitais venir, dit Emma d'une petite voix ferme. Je n'y étais pas obligée, c'est moi qui l'ai décidé.

– En ce cas, c'est parfait. Vous avez entendu

les témoignages contradictoires sur ce qui s'est passé. Il semble établi que ces fauteurs de trouble sont bien venus à la jetée. Dites-nous ce qui est arrivé par la suite.

– Ce jeune homme, c'est vrai, menait les autres. Je pense qu'il s'est adressé à mon oncle parce qu'il semblait le plus important des marchands présents, mais il a parlé fort pour que tout le monde l'entende. Je ne saurais dire qu'il ait émis la moindre menace, il a seulement affirmé que la ville était mécontente et que l'abbaye ne payait pas assez pour la foire et il a demandé à ceux qui viennent faire des affaires ici de verser un dixième des loyers et des taxes à la ville et non à l'abbaye. Naturellement mon oncle a refusé de l'écouter, s'en tenant aux termes de la charte, et il leur a ordonné de partir. Et quand lui – le prisonnier, je veux dire – a voulu continuer à discuter, mon oncle a haussé les épaules en s'éloignant. Alors ce jeune homme lui a posé la main sur le bras pour le retenir; mon oncle avait son bâton à la main, il s'est tourné et il l'a frappé. Il s'est, je pense, cru insulté ou attaqué.

– Et ce n'était pas le cas? demanda le shérif, l'air assez surpris.

Elle jeta un bref coup d'œil au prisonnier puis à Cadfael pour se rassurer et réfléchit un moment.

– Non, je ne crois pas. Il commençait à s'énerver, mais il n'a été ni grossier ni menaçant. Et mon oncle, inquiet, a frappé fort, bien sûr. Et lui, il est tombé, à demi assommé.

Se tournant franchement cette fois vers Philippe qui la dévorait du regard, elle ajouta : « Regardez la marque sur sa tempe gauche ».

On y voyait en effet du sang séché sous l'épaisse chevelure noire.

– Il n'a pas cherché à frapper votre oncle, pour se venger?

– Il en aurait été incapable, répondit-elle simplement. Il a fallu l'aider à se relever. Et puis la bagarre a commencé, et des marchandises ont été jetées à l'eau. Frère Cadfael est venu lui donner un coup de main et il l'a confié à ses amis qui l'ont emmené. Je suis sûre qu'il n'aurait pas pu partir tout seul. Il me semble qu'il ne savait ni ce qu'il faisait ni ce qui lui était arrivé.

– A ce moment, peut-être, observa judicieusement Prestcote. Mais plus tard, dans la soirée, après avoir repris connaissance et, comme il l'a reconnu lui-même, complètement ivre, il a très bien pu chercher à se venger.

– Dans ce cas, mon oncle l'aurait de nouveau frappé, et peut-être mortellement, si je ne l'avais pas arrêté. Cela ne lui ressemble pas, convint-elle, mais il était furieux, hors de lui. Frère Cadfael vous dira si je mens.

– C'est vrai, confirma ce dernier. C'est tout à fait exact.

– Messire Corbière?

– Je n'ai rien à ajouter; dame Vernold a parfaitement résumé la situation. J'ai vu le prisonnier emmené par ses amis, et j'ignore ce qu'il a fait après. Mais mon serviteur, Turstan Fowler, dit l'avoir aperçu plus tard, dans une taverne au coin du champ de foire aux chevaux. Je dois avouer, ajouta-t-il, résigné et dégoûté, que ses souvenirs sont sûrement aussi vagues que ceux du prisonnier car on l'a trouvé ivre mort à onze heures passées, et il avait l'air d'être dans cet état depuis un moment. Je l'ai fait enfermer pour la nuit dans une des cellules de l'abbaye. Il paraît qu'il a les idées claires maintenant. Le mieux serait qu'il s'explique lui-même.

– Eh bien, qu'as-tu à dire? demanda Prestcote, l'air aux aguets.

– Monseigneur, je n'avais pas le droit de sortir de l'abbaye, hier soir; messire Corbière me l'avait interdit. Mais je savais qu'il serait parti toute la soirée, alors j'ai tenté ma chance. Je me suis soûlé à la taverne de Wat, à l'angle nord de la foire aux chevaux. Et ce type était là, et il a essayé de boire plus que moi, qui ai l'habitude; et d'ordinaire je tiens bien la boisson. La taverne était pleine et on pourra vous confirmer ce que je dis. Il avait mal à la tête, et il proférait des menaces contre celui à qui il devait sa migraine. Il a juré de se venger avant l'aube. Voilà, c'est tout, messire.

– Quelle heure était-il?

– Eh bien, monseigneur, je marchais encore droit et j'avais encore mes idées claires. Disons huit heures et demie, neuf heures. Rien ne serait arrivé si je n'avais pas mélangé la bière et le vin, puis essayé quelque chose de plus fort, et c'est ça qui m'a tué; sinon je serais rentré avant mon maître et ça m'aurait évité de passer la nuit en prison.

– Ça t'apprendra, riposta sèchement Prestcote. Alors tu es allé dormir pour cuver ton vin. Quand?

– Vers neuf heures peut-être, et je suis tombé comme une masse. Je ne me rappelle même plus où, mais je me souviens de l'auberge. Eux, ils vous diront où ils m'ont trouvé.

C'est à ce moment que Cadfael comprit soudain que, par le plus grand des hasards, personne, depuis l'entrée de Philippe Corvisart, n'avait mentionné la mort de Thomas qui reposait dans la chapelle du château. Certes, le shérif avait manifesté de la sympathie et de la compassion envers Emma qui était maintenant seule au monde, mais l'absence de son oncle qui avait des affaires importantes à traiter à la foire et dont elle avait, au moins une fois, parlé au présent, cela ne signifiait pas qu'il fût mort pour quelqu'un qui n'aurait pas été au courant. Philippe, qui avait passé la nuit en prison dont on l'avait sorti pour cette audience et qui souffrait encore des effets de l'ivresse, n'avait sûrement rien deviné. Nul ne lui avait tendu de piège volontaire, mais le piège existait néanmoins et pourrait servir à éclairer l'affaire.

– Donc les menaces que vous l'avez entendu proférer contre maître Thomas n'ont pu l'être que dans l'heure qui a suivi son départ de la cabane pour retourner à la péniche. Ensuite, maître Thomas disparaît, conclut Prestcote.

On se rapprochait du piège mais pas encore d'assez près. Philippe avait toujours l'air fatigué, résigné, hagard, comme si l'on parlait hébreu autour de lui. Cadfael décida d'intervenir; il était grand temps.

– En effet, on ne l'a plus revu *vivant* après, dit-il clairement.

Ce dernier mot fut comme un coup de couteau qu'on sent à peine sur le moment; la douleur ne vient qu'après. Philippe releva brusquement la tête, bouche bée, roulant des yeux horrifiés : il venait de comprendre.

– Mais il faut se rappeler, ajouta promptement Cadfael, qu'on ignore l'heure de sa mort. On a pu le jeter à l'eau n'importe quand cette nuit, après l'arrestation de *tous* les prisonniers, quand tous les honnêtes gens dormaient.

Voilà, il avait espéré qu'on pourrait se faire une idée, lui tout au moins, sur la culpabilité éventuelle du garçon, mais finalement ça n'était pas probant. Peut-être avait-il écouté ces propos ambigus, ignorant seulement si l'on avait découvert le corps? Apparemment, s'il était coupable, il était meilleur comédien que les acteurs dont la tournée se produirait dans la soirée. Son visage, pâle comme de la pâte mal cuite, devint de marbre; il essaya de parler, mais ne forma que des mots sans suite; il respirait très fort; se redressant, il fixa sur le shérif un regard bouleversé. Apparemment, oui, mais chaque visage peut mentir si la nécessité l'exige.

– Messire, supplia Philippe, est-ce vrai? Maître Thomas est mort?

– Que vous l'ignoriez ou non, répliqua sèchement le shérif, – et je ne me permettrai pas d'en juger – oui, c'est vrai. Et notre intention ici est de savoir comment.

– Le moine a dit qu'on l'avait sorti de l'eau. Se serait-il noyé?

– Vous pourrez peut-être nous le dire.

Le prisonnier tourna soudain le dos au shérif, respira de nouveau à fond, et regarda Emma dans les yeux; à partir de ce moment, il ne la quitta pratiquement pas du regard, même quand Prestcote s'adressait à lui. Il ne se souciait que de ce qu'elle pensait.

– Madame, je vous jure que je n'ai pas fait de mal à votre oncle et que je ne l'ai pas revu depuis qu'on m'a emmené de la jetée. J'ignore ce qui lui est arrivé, et Dieu sait que je suis désolé pour vous. Je n'aurais pas levé la main sur lui, pour tout l'or du monde, même si nous nous étions de nouveau rencontrés et disputés, puisqu'il était votre parent.

– On vous a cependant entendu proférer des menaces à son endroit, observa le shérif.

– Et après! Je ne tiens pas l'alcool. J'ai été idiot d'essayer de noyer mon chagrin ainsi. Je ne sais plus ce que j'ai dit. Des bêtises, sans doute. J'ai essayé d'agir honnêtement, j'ai échoué et me suis couvert de honte. J'ai tenu des propos violents, mais je n'ai agressé personne. Je n'ai pas revu cet homme. Quand j'ai été malade, j'ai quitté la taverne et je suis descendu le long du fleuve, loin des bateaux, et je me suis allongé jusqu'à ce que je sois à peu près en état de rentrer en ville. J'ai reconnu avoir provoqué du désordre, d'accord, mais ça non! Je jure devant Dieu que je n'ai pas touché votre oncle. Dites-moi que vous me croyez!

Emma tourmentée, les lèvres entrouvertes, le dévisageait, incapable de répondre. Comment aurait-elle pu distinguer le vrai du faux?

– Laissez-la tranquille, dit froidement le shérif. Adressez-vous plutôt à nous. Il faudra enquêter plus sérieusement sur cette affaire. Il n'y a pas de preuve, mais les soupçons qui pèsent sur vous sont très sérieux, et c'est à moi de décider ce qu'on va faire de vous.

– Messire, hasarda le prévôt qui s'était tu jusqu'à maintenant, et non sans mérite, je suis prêt à me porter garant pour mon fils. Fixez sa caution et je vous garantis qu'il sera au tribunal dès que vous aurez besoin de lui. Ma parole n'a jamais été mise en doute, et mon fils, malgré ses défauts, n'a jamais manqué à la sienne, même sans que je le lui dise. Je supplie votre seigneurie de me laisser l'emmener.

– Pas question, lança Prestcote, d'un ton décidé. Cette affaire est trop grave. Il restera sous clé.

– Si vous l'ordonnez, messire, je l'enfermerai, mais chez moi. Sa mère...

– Non! ça suffit. Vous savez que c'est impossible. Il restera en prison.

– Nous n'avons rien contre lui pour ce meurtre, suggéra Corbière, généreux, sauf le témoignage de mon coquin de serviteur. Il ne manque pas de voleurs dans ces grandes foires; s'ils peuvent isoler un homme, ils le tueront pour lui voler ses vêtements. Le fait que le corps n'avait pas de vêtements renforce cette théorie. Si on veut se venger, on n'accorde guère d'importance à un tas de vêtements.

– Exact, reconnut Prestcote. Mais supposons qu'on commette un meurtre sans l'avoir voulu, en frappant simplement trop fort, ce ne serait pas bête de dépouiller la victime de ses habits pour faire croire que des voleurs ont commis le crime, et donc détourner les soupçons. Nous sommes loin de tout savoir sur cette affaire, mais en attendant nous ne pouvons relâcher Corvisart. Je contreviendrais à mon devoir, si je le libérais, même en vous le confiant, messire prévôt. Emmenez-le! ordonna le shérif avec un geste de la main.

Philippe ne bougea pas tout de suite, même quand il reçut un coup de manche de lance dans les côtes. Et même alors, il garda la tête tournée quelques instants, fixant désespérément le visage désolé et dubitatif d'Emma.

– Je ne l'ai pas touché, dit-il tandis qu'on l'entraînait de force vers la porte. Je vous en prie, croyez-moi!

Puis il disparut. L'audience était terminée.

Quand ils se retrouvèrent dans la cour, soulagés d'avoir échappé à la pénombre de la grande salle, ils soupirèrent d'aise. Roger Dod s'attardait, dévorant Emma des yeux.

– Maîtresse, voulez-vous que je vous raccompagne à la péniche? Ou préférez-vous que je retourne à la baraque? J'y ai envoyé Gregory pour aider Warin pendant mon absence, mais les affaires marchent bien, ils doivent avoir beaucoup à faire maintenant. Est-ce là ce que vous voulez? Que je travaille à la foire comme lui s'il avait été là?

– Oui, c'est exactement ça, dit-elle fermement. Qu'on fasse tout comme il l'aurait fait. Retournez à la foire, Roger. Je vais rester à l'abbaye avec lady Beringar pendant un moment. Frère Cadfael m'accompagnera.

Le serviteur s'éloigna d'un pas lourd, sans un regard en arrière. Mais son dos robuste, raide, méfiant évoquait tellement son visage sombre et son regard brûlant qu'en le regardant partir, Emma soupira, désemparée.

– Je suis sûre que c'est un brave garçon et je sais que c'est un bon travailleur qui a loyalement servi mon oncle pendant des années. Et il en ferait volontiers autant pour moi à sa façon. J'ai du respect pour lui! Je pourrais même l'apprécier s'il ne voulait pas que je l'aime!

– Ça n'est pas nouveau, remarqua Cadfael avec sympathie. L'orage frappe où il veut. L'un s'enflamme, l'autre pas; l'éloignement, il n'y a que ça pour calmer les esprits.

– C'est bien mon avis!, s'exclama-t-elle. Frère Cadfael, il faut que j'aille à la péniche chercher quelques vêtements. Voulez-vous venir avec moi?

Il vit tout de suite que le moment était admirablement choisi. Gregory et Warin s'occupaient des clients à la baraque et Roger était parti les rejoindre. La péniche serait tranquillement amarrée près de la jetée, et il n'y aurait personne à bord pour les déranger. Lui, humble moine de l'abbaye, ne dérangerait personne.

– Si vous le désirez. J'ai la permission de vous aider en tout.

Il s'attendait à ce qu'Ivo Corbière les rejoignît à la sortie de la grande salle; mais non, il s'était peut-être dit que cela ne valait pas la peine de se trouver en troisième position avec la dame de ses pensées, gêné par un moine qui avait des ordres et qui ne se laisserait pas facilement évincer. La foire durerait encore deux jours et la grande cour de l'abbaye n'était pas si grande que les hôtes ne s'y rencontrent pas dix fois par jour, par hasard, ou en s'organisant! Emma resta silencieuse pendant tout le chemin du retour. Elle recommença à parler seulement quand, après avoir passé l'ombre de la porte, ils se retrouvèrent en plein soleil, dominant la courbe scintillante du fleuve.

– C'était gentil de la part d'Ivo de parler si raisonnablement en faveur de ce jeune homme.

Au moment où Cadfael commençait à entrevoir ce qu'elle avait derrière la tête, elle rougit comme le malheureux Philippe avait rougi quand il s'était rendu compte qu'elle était témoin de son humiliation.

– Gentil et plein de bon sens, répondit-il, aimable, comme s'il n'avait rien vu. Des soupçons peut-être, mais des preuves, non. Pas encore. Et il n'a pu qu'admirer votre générosité.

Elle ne rougit pas plus, mais elle était déjà toute rose. Sur son visage soyeux, d'une pâleur dorée, si jeune et innocent, ce léger trouble ajoutait une grâce touchante.

– Oh! non, protesta-t-elle. Je n'ai dit que la vérité. Que pouvais-je faire d'autre?

Ce qui, une fois encore, était la pure vérité; rien encore dans sa vie n'avait terni sa pureté. Cadfael commençait à éprouver une chaleureuse sympathie pour cette orpheline qui supportait ses ennuis sans minauder ni se plaindre et qui avait encore à cœur de s'intéresser à ceux des autres.

– J'étais désolée pour son père. Un homme si convenable, si respecté. Une telle rebuffade! Et quand il a parlé de sa femme... Elle doit être folle d'inquiétude, soupira-t-elle.

Ils passèrent le pont, tournèrent sur le chemin vert que l'animation de cette chaude journée avait presque dénudé, et arrivèrent près du fleuve, des longs jardins et vergers de la Gaye. La péniche désertée de maître Thomas nichait à l'extrémité de la jetée, amarrée court près de la berge verte. Un ou deux porteurs étaient là à travailler; débarquant d'autres marchandises, ils les hissaient sur leurs épaules et remontaient le sentier pour regarnir les étals. Le bord de l'eau était ensoleillé, d'un vert et d'un bleu éclatants et, si l'on exceptait le bourdonnement des abeilles en train de butiner lourdement les dernières fleurs de la saison, tout était presque silencieux. Et presque désert, à part un pêcheur solitaire dans un petit bateau, tout près de l'ombre du pont, un pêcheur solide, carré d'épaules qui avait enlevé sa tunique et sa chemise. Ses cheveux et sa barbe étaient aussi noirs que broussailleux. Rhodri ap Huw se fiait à son personnel pour s'occuper comme il faut des clients anglais, ou peut-être avait-il déjà vendu tout ce qu'il avait apporté. Il avait l'air somnolent, heureux, presque éternel; il laissait traîner sa ligne dans le courant, sous l'arche du pont, corrigeant de temps en temps sa trajectoire d'un coup de poignet. Mais certainement rien de ce qui se passait alentour n'échappait à son regard vif. Il avait apparemment le don d'ubiquité, tout en restant détaché et bienveillant.

– Je ne serai pas longue, déclara Emma, posant un pied sur le flanc de la péniche. La nuit dernière, Constance m'a prêté tout ce dont j'avais besoin, je ne voudrais pas continuer à jouer les mendiantes. Voulez-vous monter à bord? Vous êtes le bienvenu! Je suis désolée de vous recevoir ainsi!

Ses lèvres tremblèrent. Il sut qu'à ce moment elle pensait à son oncle, qui gisait nu au château, qu'elle avait respecté, en qui elle avait eu foi, qu'elle avait peut-être cru éternel, tant il était solide et sûr de lui.

– Il aurait voulu que je vous offre du vin, celui que vous avez refusé la nuit dernière.

– Parce que je manquais de temps, répondit placidement Cadfael qui sauta légèrement à bord. Allez chercher ce qu'il vous faut, mon enfant, je vous attends.

Le bateau était bien conçu, la cabine à l'arrière était basse, mais s'étendait sur toute la largeur de la coque, et bien qu'Emma ait dû se baisser pour entrer, elle et son oncle auraient eu assez de place pour dormir. Mais maintenant que son protecteur avait disparu et qu'il y avait trois autres hommes à bord, ce serait différent. Surtout que l'un d'eux était désespérément amoureux d'elle. Les oncles ne voient pas toujours ce genre de choses, quand leurs nièces sont concernées.

Elle réapparut soudain à la porte basse. Elle avait de nouveau l'air très perturbée, mais cette fois elle se dominait.

– Quelqu'un est venu! annonça-t-elle d'une voix unie et basse. Un étranger! Qui a fouillé dans tout ce que nous avions laissé à bord, dans mes vêtements et ceux de mon oncle et qui a tout retourné. Je ne rêve pas, frère Cadfael! c'est vrai! On a mis le bateau à sac pendant qu'il n'y avait personne. Venez voir!

– On a pris quelque chose? demanda-t-il sans arrière-pensée.

– Non! répondit-elle, encore sous le coup de la découverte et franche sans même y prêter attention.

3

Tout dans le bateau et dans la petite cabine donnait à Cadfael le sentiment d'un ordre parfait, mais il ne mit pas le jugement d'Emma en doute. Une jeune fille qui accomplissait son troisième voyage, habituée à utiliser au mieux un espace réduit, savait exactement où elle rangeait ses affaires, et le moindre faux pli, le moindre objet déplacé dans le joli coffre bas sous la planche du lit suffisait à l'alerter et à trahir l'intervention d'une main étrangère. Mais qu'on se soit efforcé de tout remettre en état était surprenant. Cela signifiait que le visiteur avait pu prendre tout son temps, puisque l'équipage était absent. Elle avait cependant affirmé qu'on n'avait rien volé.

– En êtes-vous sûre? Vous n'avez guère eu le temps de tout examiner. Regardez encore attentivement avant d'en parler à Hugh Beringar.

– Est-ce indispensable? demanda-t-elle, assez surprise, voire inquiète. S'il n'y a pas de dommage, pourquoi lui causer de nouveaux soucis?

– Mais, mon enfant, vous ne voyez pas que tout s'enchaîne un peu trop bien? Votre oncle assassiné, la péniche visitée.

– Mais il n'y a aucun rapport, s'empressa-t-elle de dire. C'est un voleur qui est passé par là.

– Et qui n'aurait rien pris? Ce ne sont pourtant pas les objets de valeur qui manquent.

– Il a peut-être été dérangé...

Mais, incapable de se convaincre elle-même, sa voix se perdit.

– Vous croyez? Pour moi, il a pris le temps de fouiller partout, sans créer de désordre. Et il est parti quand il a eu fini.

Mais fini quoi? N'avait-il pas trouvé ce qu'il cherchait?

Emma, dubitative, se mordit les lèvres et regarda autour d'elle, en réfléchissant.

– Bon, s'il le faut... Vous avez raison, j'ai parlé trop vite, je vais y regarder de plus près. Inutile de lui raconter les choses à moitié.

Elle se mit méthodiquement à la tâche, posant chaque objet, chaque vêtement sur le lit, dépliant même ceux qu'elle croyait avoir été manipulés, et les repliant quand elle était satisfaite. Enfin elle s'assit sur ses talons et regarda Cadfael, les sourcils froncés.

– Oui, on a pris des choses, mais si adroitement que je n'aurais rien remarqué avant mon retour. Il y a une ceinture à moi qui a disparu, avec un fermoir d'or, une chaîne d'argent, et des gants avec des broderies d'or. Si je n'avais pas eu un pressentiment en entrant, je ne me serais rendu compte de rien, car je n'en aurais pas eu besoin pour le moment. Qu'est-ce que j'aurais fait avec des gants en août? J'avais acheté tout ça à Gloucester en remontant le fleuve.

– Et chez votre oncle, que manque-t-il?

– Apparemment, tout est là. Si on avait laissé de l'argent ici, il n'y en a plus. Mais son coffre est à la baraque. Il n'emportait jamais d'objets de valeur dans ce genre de déplacements, sauf ses bagues qu'il portait toujours. Et moi, je n'aurais pas eu ces babioles si je ne les avais achetées en venant.

– On dirait donc que celui qui a eu le front de monter à bord a eu la sagesse de ne prendre que des broutilles, faciles à glisser dans ses manches ou sa bourse. Ce n'est pas idiot. Même s'il se comportait naturellement, il soulèverait quand même une certaine curiosité s'il débarquait les bras chargés des robes et des chemises de votre oncle.

– Cela vaut-il la peine de déranger Hugh Beringar et le shérif pour un vol aussi banal? demanda Emma, avec une moue dubitative. C'est dommage quand on pense à tous ses autres soucis. Oui, c'est vraiment regrettable alors qu'il a tant de questions plus importantes à résoudre. Et vous savez, il ne s'agit que d'un vol tout à fait banal, dû au fait que le bateau était resté vide. Des petits oiseaux de proie auront trouvé une bonne occasion.

– Nous devons absolument lui en parler, affirma Cadfael. C'est à la justice de déterminer si cela a ou non un rapport avec la mort de votre oncle. Pas à nous. Prenez ce dont vous avez besoin et on ira le voir tous les deux, si on peut le trouver à l'heure qu'il est.

Emma rassembla une robe et une tunique propres, des bas, et de quoi se changer, tous ces objets mystérieux dont les femmes ont besoin. Elle gardait un visage parfaitement tranquille que Cadfael trouva admirable, mais qui l'étonna. La découverte de cette intrusion l'avait inquiétée et troublée. Pourtant elle avait très vite retrouvé son calme et semblait fort peu affectée par la disparition de ces quelques objets de valeur. Il se demanda pourquoi elle tenait tant à ce qu'on ne relie pas cet incident à la mort de son oncle, alors qu'elle même – effet pervers de l'innocence – venait sans y penser de raccorder ces deux faits.

– Enfin, dit-elle en serrant son ballot dans les plis de sa jupe et se relevant promptement et souplement, on ne pourra pas accuser le fils du prévôt. Il est enfermé dans une cellule du château et cette fois le shérif pourra lui servir de témoin.

Hugh Beringar s'était accordé un moment de repos pour prendre le repas de midi avec son épouse. Grâce à Dieu, le premier jour de la foire s'était jusque-là déroulé sans incidents, désordres, ni querelles, sans accusations de malhonnêteté ou de pratiquer des prix excessifs; on ne s'était ni coupé la gorge, on ne pratiquait pas de prix trop bas, comme si ce qui s'était passé la veille au soir, avec le résultat que l'on sait, avait calmé les contrevenants ordinaires. Les affaires étaient florissantes, les taxes et les loyers affluaient dans les caisses de l'abbaye, et apparemment on continuerait à travailler ainsi jusque tard dans la nuit.

– J'ai acheté de la laine filée, lui annonça Aline ravie de ses achats, et du beau drap de laine, si doux. Touche! Constance a choisi deux balles de toisons chez le marchand gallois de Cadfael. Elle veut les carder et les filer elle-même pour le bébé. Et puis j'ai changé d'avis pour le berceau; je n'ai rien vu à la foire qui vaille ce que fait Martin Bellecote. Je vais m'adresser à lui.

– La petite n'est pas rentrée? demanda Hugh, un peu surpris. Elle a quitté le château bien avant moi.

– Elle a peut-être été chercher des affaires à la péniche. Elle n'avait rien à se mettre la nuit dernière, tu sais. Elle voulait aussi passer chez Bellecote pour le cercueil de son oncle.

– Elle l'a fait en partant. Martin est passé au château à ce sujet avant mon départ. Ils vont descendre le corps ici, à la chapelle, avant la nuit. C'est quelqu'un de bien, cette Emma, dit-il appréciateur. Oui, ce n'est pas une mauviette. Elle n'a pas voulu qu'on accuse le jeune Corvisart d'être l'agresseur, que la victime soit ou non son oncle. Elle a été très claire. Il a commencé poliment, a été mal reçu, il a commis l'erreur de prendre le vieux par le bras, et il s'est fait assommer comme un bœuf à l'attache.

– Et lui, que dit-il? demanda Aline, levant les yeux de la boule de laine douce qu'elle caressait avec amour.

– Qu'il n'a pas revu maître Thomas, et qu'il n'en sait pas plus que nous sur le meurtre. Mais le fauconnier de Corbière prétend qu'il s'est répandu en menaces contre le vieux chez Wat jusque tard dans la soirée. Qui sait! Le plus doux des agneaux – et il n'a rien d'un agneau! – peut être amené à se battre si on l'attaque mais un couteau dans le dos, non, je n'y crois pas.

– Voilà Emma, dit Aline, désignant la porte.

La jeune fille entra vivement, ses vêtements dans les bras, suivie de Cadfael.

– Désolée d'avoir tant tardé. Mais nous n'y sommes pour rien.

« Il est arrivé quelque chose de fâcheux, oh, rien de grave; toutefois frère Cadfael dit qu'il faut que je vous en parle. »

Cadfael resta silencieux, évitant de la presser, et la laissa raconter à sa façon; ce fut très simple comme si ce qu'on lui avait dérobé ne l'intéressait pas. Elle décrivit cependant les objets précieux exactement comme elle les lui avait décrits, et s'étendit un peu sur les détails.

– Je ne voudrais pas vous ennuyer avec des vols de friperies. On m'a dérobé une ceinture et des gants. Et alors? J'ai perdu bien davantage. Mais comme frère Cadfael insistait, je vous ai tout rapporté.

– Il a eu raison, dit vivement Hugh. Cela vous surprendra peut-être, mon enfant, de savoir que nous n'avons pas eu une seule plainte pour vol aujourd'hui, de tous les marchands présents à la foire. Cependant, quand il s'agit de votre oncle, les ennuis se succèdent. Est-ce seulement dû au hasard? Y aurait-il quelqu'un ici qui ne s'intéresserait à personne d'autre que lui?

– Je savais que vous penseriez ça, répondit-elle en soupirant. Mais c'est le hasard qui a voulu qu'il n'y ait personne sur la péniche cet après-midi, puisque Roger était avec nous au château. Je doute qu'il y ait eu une autre péniche sans personne à bord. Les voleurs ont l'œil pour ces détails. Ils prennent ce qui leur tombe sous la main.

Il y avait du vrai là-dedans, et elle n'était certes pas du genre à négliger les arguments qui renforçaient sa thèse. Cadfael ne broncha pas. Ce n'était pas encore le moment de discuter de tout cela avec Beringar. Pour trouver la réponse aux questions, inutile d'interroger Emma ; à quoi bon ? Elle avait oublié d'être sotte, et étant donné les circonstances présentes, elle apprenait constamment. Mais pourquoi tenait-elle tant à ce qu'on considère cette fouille comme sans importance, sans rapport avec le meurtre de Thomas ? Et pourquoi avait-elle affirmé sans sourciller, sous le choc de la découverte et sans prendre le temps de tout vérifier en détail, qu'on n'avait rien pris ? Comme si, négligeant cette intrusion, elle avait de bonnes raisons de penser qu'elle avait été inutile ?

« Et cependant », se dit Cadfael en regardant son visage rond et résolu et ses yeux clairs qui ne se dérobaient pas au regard inquisiteur de Hugh, « je jurerais que cette fille est honnête et que ce n'est pas une menteuse ».

– Vous n'avez pas besoin de moi, Emma vous dira tout, déclara-t-il. Il est presque l'heure des vêpres ; il faut que j'aille voir l'abbé. Nous aurons du temps après le souper, Hugh.

Radulf savait écouter. Il ne posa aucune question, ne fit aucun commentaire tandis que Cadfael lui racontait, sans être interrompu, ce qui s'était passé à l'audience et la surprise qu'ils avaient éprouvée à la péniche. A la fin, il resta un bref instant sans rien dire, réfléchissant à ce qu'il venait d'entendre.

– Eh bien, voici un acte illégal dont l'accusé me saurait être coupable, quoi qu'il puisse en être du reste. Pensez-vous que cela tendrait à affaiblir les soupçons qui pèsent sur lui, même en ce qui concerne le meurtre?

– Il me semble que oui, mais cela ne le disculpe pas. Il est très possible, comme le croit Dame Vernold, que les deux choses n'aient aucun rapport; il n'y avait pas de gardien, alors on a volé ce qu'on pouvait dans la péniche. Pourtant si on s'en prend à la vie d'un homme, puis à ce qu'il possède, il ne s'agit pas d'un simple hasard, il y a de la méthode là-dedans.

– La jeune fille est maintenant notre hôte, dit l'abbé, et nous sommes responsables de sa sécurité. Deux attaques contre un homme, avez-vous dit, et contre ses biens. Et s'il y en avait d'autres? Si un ennemi rusé veut atteindre un but, il ne s'arrêtera peut-être pas à la visite de cet après-midi; nous avons bien vu que l'histoire ne s'arrête pas à la mort du marchand. La jeune fille se trouve chez le shérif adjoint, elle ne saurait se trouver en meilleures mains. Mais elle est aussi notre hôte. Il me déplairait que les membres de notre communauté soient dérangés dans leurs prières et leurs devoirs, et que l'harmonie des offices soit troublée; je ne veux pas non plus qu'on parle de tout cela sauf vous et moi et pour autant que cela puisse aider la justice. Mais vous, frère Cadfael, vous êtes déjà concerné, vous connaissez toute l'affaire. Acceptez-vous de suivre ce qui va se passer et de garder un œil sur nos hôtes? Je vous confie les intérêts de l'abbaye. Ne négligez pas vos prières, sauf si c'est indispensable, mais je vous autorise à aller et venir à votre guise et à ne pas suivre les offices si besoin est. Quand la foire sera finie, ces pièces seront vides, les marchands, nos locataires seront partis. Ce sera à nous de protéger les justes et de prévenir les menaces des injustes. Mais tant qu'ils sont là, faisons tout ce que nous pouvons.

– Je suivrai vos ordres de mon mieux, père abbé.

Il se rendit à Vêpres le cœur lourd et l'esprit troublé, mais il était cependant heureux de la mission que lui avait confiée l'abbé. Il était, c'est vrai, impossible de ne pas se faire de souci. Dans une affaire aussi compliquée, maintenant qu'il savait ce qui se passait, mis à part l'intérêt qu'il portait naturellement à la jeune fille, il ne pouvait pas nier que la vie bénédictine, si on suivait fidèlement la règle, limitait singulièrement la mobilité d'un homme pendant une bonne partie de la journée.

En attendant il chassa de sa pensée le problème d'Emma Vernold avec un effort qui aurait dû lui valoir la considération du ciel et il ne se soucia que de célébrer dignement Vêpres. Après le souper, il se rendit au cloître et ne fut pas surpris de voir que Beringar l'y attendait. Ils s'assirent dans un coin où la brise du soir les entoura doucement; ce qu'on voyait dans la cour n'était que vert émeraude, pierre gris pâle, et ciel très bleu se fondant dans ce vert à travers un lacis de bruyères que les dernières roses à l'odeur entêtante teintaient de rouge sombre.

– Oh ! vous, vous avez du nouveau, dit-il, regardant son ami avec méfiance. Comme si on n'en avait pas eu assez aujourd'hui !

– Et qu'en déduisez-vous ? demanda Hugh. Il n'y a pas une heure, un gamin qui pêchait dans la Severn a repêché un gros paquet de vêtements détrempés. Sa ligne a failli casser, alors il a tout remis à l'eau, mais comme il était curieux, il l'a ramené vers le bord pour le prendre sans peine. Il y avait une belle robe de laine, taillée pour un homme corpulent, et une autre avec de l'argent dedans.

Il rencontra le regard vif, alerte, de Cadfael qui semblait évoquer des certitudes, plutôt qu'interroger.

– Bon, quoi d'autre ? On n'a pas dérangé Emma pour ça, qui aurait eu ce courage ? Elle dessine pour Aline un modèle d'ourlet brodé pour une robe de bébé, qu'elle a trouvée en France. Elles font penser à deux sœurs. On a donc été chercher Roger Dod pour l'identification. Sans nul doute, c'est la robe de Thomas. On fouille la rivière pour trouver la tunique et la chemise. Pour un voleur quelconque, cette robe valait un mois de travail.

– Donc, aucune crapule ne l'aurait jetée à l'eau ? dit Cadfael.

– Jamais !

– Il y avait aussi les bagues qu'on lui a prises. Mais elles étaient un peu trop belles pour les jeter, même pour prouver que la haine et non la cupidité était le mobile du crime. Les bagues auraient coulé, même si on les avait jetées dans la Severn. Alors pourquoi les jeter?

– Comme toujours, dit Hugh, haussant ses fins sourcils noirs, vous me devancez. A ce propos, Ivo Corbière fait remarquer à juste titre que ce genre de meurtrier n'aurait pas perdu son temps à déshabiller sa victime avant de la jeter à l'eau; il l'aurait laissée là, et il aurait filé à toutes jambes. Il a raison. A quoi bon se venger sur des vêtements? C'est le crime qui compte! A quoi mon patron a répondu que l'assassin a pu avoir la même idée et dévêtir le cadavre justement pour donner le change. Et voilà maintenant qu'on repêche la robe du mort.

« Alors dites-moi un peu, mon ami, que peut-on en déduire? »

– Deux choses au moins, constata Cadfael à regret. Si on n'avait pas retrouvé cette robe, le vol aurait paru la meilleure solution, ce qui aurait été en faveur de Corvisart. Mais la discussion qui a eu lieu au tribunal a peut-être bien donné à quelqu'un l'idée de jeter la robe à un endroit où on avait de bonnes chances de la retrouver. Cela arrangerait bien le meurtrier si les soupçons pesant sur le prisonnier se transformaient en certitudes. A condition bien sûr que cette andouille soit innocent.

– C'est vrai, des soupçons se renforcent, s'il y a plus d'un témoin. En ce cas, ce n'est pas très malin de se débarrasser de la robe pour prouver qu'il ne s'agit pas d'un vol et puis de se glisser à bord de la péniche alors que Philippe est emprisonné au château et donc forcément innocent.

– D'accord, mais notre suspect pensait que le

vol ne serait pas découvert avant que la péniche soit à Bristol, ou en chemin. Croyez-moi, Hugh, je n'avais absolument rien remarqué d'anormal à bord; Emma a dit elle-même qu'elle ne se serait aperçue de rien avant d'être de retour chez elle. Elle avait fait ces achats en route, et ne comptait pas les utiliser tout de suite. Il a fallu qu'elle arrive presque au fond de son coffre pour se rendre compte de quelque chose.

– Ce vol semblerait indiquer que les deux affaires n'ont aucun rapport, observa Hugh, avec un sourire ironique, comme Emma tient tant à le croire. Si la haine avait été à l'origine du meurtre, pourquoi commettre ensuite ce médiocre larcin? Vous croyez vraiment qu'il n'y a pas de rapport? Moi pas!

– Les coïncidences, cela existe. N'écartez pas cette possibilité. Mais je ne peux m'empêcher de penser qu'une seule personne est responsable et du meurtre et du vol, et qu'il ne s'agissait ni de vol ni de haine, sinon plus rien ne se serait produit après le crime.

– Mais au nom du ciel, Cadfael, pourquoi, après avoir tué un homme, ce besoin de voler des gants, une ceinture et une chaîne?

Cadfael secoua la tête, découragé, il n'avait pas de réponse à cela, ou n'était pas encore prêt à en donner une.

– Je n'en sais fichtre rien. Mais je crains fort que tout ne soit pas terminé. L'abbé m'a chargé de suivre l'affaire pour le compte de l'abbaye, et j'ai donc la permission d'aller et venir comme je le jugerai utile. Il a dans l'idée qu'on a monté quelque chose contre ce marchand de Bristol et que sa nièce n'est peut-être pas vraiment en sécurité non plus. Si Aline pouvait la garder près d'elle, ce serait parfait. Mais je la surveillerai aussi. Bon, il faut que je file à Complies. Si je dois plus tard manquer des offices, autant que je finisse bien cette journée.

Et sur ce, il se leva en bâillant.

– Priez pour que la nuit soit calme, lui demanda Hugh, se levant aussi, car nous manquons d'hommes pour patrouiller. Je vais aller faire un tour sur la première enceinte avec mon sergent, on montera jusqu'à la foire aux chevaux. Et puis au lit. Je ne l'ai pas beaucoup fréquenté la nuit dernière.

La nuit du premier août, où s'ouvrit la foire de Saint-Pierre, fut tiède, claire et assez calme. Les échoppes restèrent ouvertes fort tard et nombreux furent ceux que la tiédeur du soir invita à venir faire un tour et des achats. Les hommes du shérif revinrent en ville et même les serviteurs de l'abbaye, laissés là en cas de désordre, n'avaient guère de travail. Il était minuit passé, les dernières torches et autres lampes s'éteignirent et le silence nocturne descendit sur la foire aux chevaux.

La péniche de maître Thomas se balançait doucement au gré du fleuve. Thomas lui-même gisait, enveloppé dans son linceul, dans la chapelle abbatiale. Dans son atelier en ville, Martin Bellecote, le maître-charpentier, travaillait encore sur le beau cercueil doublé de plomb qu'Emma avait commandé. Et dans sa cellule étroite et poussiéreuse, Philippe Corvisart tournait et retournait son corps meurtri sur sa mince paillasse; incapable de dormir, il s'agitait et revoyait sans cesse le visage d'Emma, son expression perplexe mais apitoyée.

LE DEUXIÈME JOUR DE LA FOIRE

1

L'aube du deuxième jour fut somptueuse; le soleil d'or fit son apparition tandis qu'une brume légère flottait sur la rivière. Roger Dod se leva avec l'aurore, réveilla Gregory, roula sa couverture, se lava dans le fleuve et se prépara un rapide petit déjeuner de pain et de bière légère avant de remonter la première enceinte jusqu'à la boutique de son maître. Tout au long de la grand-route, des commerçants retiraient leurs manteaux, bâillaient, s'étiraient et rangeaient leurs marchandises pour la journée qui commençait. Roger salua plusieurs d'entre eux au passage. Quand tant de gens se trouvent rassemblés, même un taciturne grincheux est forcé de lier connaissance avec certains de ses semblables.

A peine eut-il aperçu la baraque que Roger fronça les sourcils; alors que tous s'agitaient autour de lui, les volets de bois étaient encore hermétiquement clos – et il jura dans sa barbe. Tout était clos, malgré le soleil déjà levé! Warin devait dormir sur ses deux oreilles là-dedans. Roger frappa du poing sur les planches de devant qui auraient déjà dû reposer sur leurs tréteaux, prêtes à être recouvertes de marchandises. Pas de réponse.

– Warin! beugla-t-il. Que le diable t'emporte! Lève-toi et ouvre-moi.

Toujours rien. Certains commerçants, curieux, s'étaient tournés pour écouter et regarder, s'interrompant dans leurs occupations.

– Warin! hurla Roger, recommençant à taper du poing. Espèce de fainéant! Qu'est-ce qui t'arrive?

– Je m'étonnais aussi, dit le drapier d'à côté, une pièce de flanelle dans les bras. Il n'a pas donné signe de vie. Il dort bien votre gardien!

– Attendez! intervint l'armurier d'en face, tout excité, se penchant sur l'épaule de Roger, palpant le bord de la porte de bois. Vous avez remarqué ces échardes?

A côté du loquet, il y avait sur les planches quelques fils pâles, à peine visibles et, sur une simple poussée, la porte s'ouvrit sur l'obscurité.

– Pas besoin de cogner, c'est ouvert. On s'est servi d'un couteau! dit l'armurier, et il y eut un bref silence.

– Espérons qu'on ne s'en est servi que pour la porte! souffla Roger, effaré, et il entra suivi d'une dizaine de personnes; même le solide Rhodri ap Huw s'était frayé son chemin entre les étals pour les rejoindre; ses yeux noirs brillaient sous ses sourcils touffus, mais comme il ne parlait pas anglais, personne ne prit le temps de lui demander son avis.

De l'obscurité ambiante montait une odeur tiède de bois, de vin et de confiseries et un bruit étrange, telle la respiration caverneuse d'un vieillard. Roger fut poussé vers la pénombre par ceux qui le suivaient pour lui donner un coup de main et qui mouraient de curiosité. Maintenant qu'ils s'habituaient à l'obscurité, ils commençaient à distinguer les balles empilées et les tonnelets de vin. Tout était parfaitement rangé et prêt à servir, et ce depuis la veille au soir, mais aucune trace de Warin jusqu'à ce que Rhodri ap Huw, toujours pratique, déverrouillât le panneau de devant, et le laissât choir, faisant ainsi entrer à flots la lumière du matin.

Allongé au pied de ce même mur, où Rhodri avait failli le piétiner, Warin gisait, enveloppé dans son manteau, ligoté si étroitement aux coudes, aux genoux et aux chevilles qu'il pouvait à peine remuer pour qu'on entende bruire les plis de son manteau. On lui avait mis un sac sur la tête, et un bout de tissu dont les fibres grossières lui entraient dans la bouche était attaché derrière la nuque. Il faisait de son mieux pour répondre à l'appel de son nom et ses mouvements, même limités, ses grognements étouffés prouvaient qu'il était en vie.

Roger émit un cri inarticulé d'inquiétude et d'indignation et, s'agenouillant, commença par défaire le lien qui maintenait le sac. Le chiffon était tout imbibé de salive et il devait avoir la bouche pleine de fibres de corde, mais au moins le malheureux pouvait-il respirer. Il s'efforçait sans beaucoup de succès de former des mots bien avant d'être soulagé et de pouvoir cracher son baillon.

– Tu as mis le temps, et moi qui étais à moitié mort, se plaignit-il d'une voix rauque.

Deux personnes de bonne volonté s'escrimaient

sur ses liens avec d'autant plus de zèle qu'ils l'avaient entendu parler et même protester aussi vigoureusement. Peu à peu on dépouilla sans cérémonie Warin de ses bandelettes; il finit face contre terre continuant à tenir des propos incohérents. Il se redressa indigné, mais si vivement qu'il n'avait manifestement ni fracture ni blessure sérieuse et qu'il n'était pas non plus trop courbatu après cette dure épreuve. Il regarda par-dessous ses cheveux gris emmêlés, mi sur la défensive, mi-accusateur, comme si ses sauveteurs étaient responsables de ses malheurs.

– Mieux vaut tard que jamais! s'exclama-t-il, avec aigreur, et il se racla la gorge, crachant des fibres de chanvre. Ne vous pressez pas, surtout! Vous êtes sourds, pas possible! Ça fait des heures que je donne des coups de pied dans le mur.

Plusieurs mains se tendirent pour l'aider à se remettre sur pied et l'asseoir doucement sur un tonneau. Roger s'écarta, les laissant satisfaire leur curiosité, tout en regardant son collègue de travers. Il se portait comme un charme, ce vieux fou! A la moindre menace il se pliait comme un canif.

– Mais, bon Dieu, que t'est-il arrivé! La boutique était fermée. Comment a-t-on pu s'introduire ici sans que tu t'en rendes compte? Il y a d'autres marchands à côté, tu n'avais qu'à appeler à l'aide.

– Pas sûr, objecta honnêtement le drapier. Moi, je dors à la taverne, et je ne suis pas le seul. Si votre homme dormait profondément, après avoir fermé pour la nuit...

– Il était bien minuit passé, commença Warin, ulcéré, frottant ses chevilles meurtries. Je le sais parce que j'ai entendu la cloche de matines, de l'autre côté du mur avant de m'endormir. Puis pas un bruit, et c'est cette cagoule qui m'a réveillé. Ils m'ont bâillonné. Je n'ai rien vu. Ils m'ont roulé comme dans une balle de laine, et ils m'ont laissé attaché.

– Et tu n'as pas dit « ouf »! s'écria Roger, amer. Combien étaient-ils? Un ou plus?

– Deux, je crois. Je ne suis pas sûr, avoua Warin hésitant et déconcerté.

– Tu avais la tête couverte, d'accord, mais tu pouvais entendre. Est-ce qu'ils ont parlé?

– Oui, je me rappelle maintenant que l'un d'eux murmurait. Mais je n'ai rien pu distinguer. Ils remuaient les balles et les tonneaux, ça, j'en suis sûr.

– Pendant combien de temps? Sans doute n'osaient-ils pas se presser pour ne rien renverser et réveiller tout le voisinage, suggéra l'armurier, avec bon sens. Dis-nous combien de temps sont-ils restés?

Warin n'était sûr de rien. Quand on est bâillonné et attaché la nuit, le temps peut paraître singulièrement long.

– Une heure peut-être...

– Suffisamment pour prendre tous les objets de valeur, conclut l'armurier en regardant Roger. Jetez donc un coup d'œil, mon garçon, et voyez ce qui manque. Ils auront laissé le vin, les tonneaux sont trop lourds, il leur aurait fallu une charrette, et une charrette à cette heure-là, ça se remarque. Non, ils cherchaient quelque chose de petit et de précieux.

Mais Roger tournait le dos à son collègue et fouillait frénétiquement parmi les balles et les boîtes empilées contre le mur.

– Le coffre-fort de mon maître! Je l'ai caché là hors de vue... Dieu merci j'ai retiré hier la plus grande partie de l'argent des ventes et je l'ai mis sous clé à la péniche, mais il en restait encore pas mal. Et tous ses comptes, ses parchemins...

Il jetait boîtes et sacs d'épices de côté dans sa hâte, reniflant l'air, écartant des coffrets de confiseries orientales, venues par Venise et la Gascogne, et qui valaient cher sur le marché.

– Là, contre le mur...

Découragé, bouleversé, il laissa retomber ses mains. Il avait dégagé les planches de la boutique, les marchandises étaient entassées partout, mais c'était tout. Le coffre de maître Thomas avait disparu.

Frère Cadfael avait profité de l'aurore pour travailler une heure ou deux avec frère Mark au jardin des simples, n'ayant aucune raison de se faire du souci pour Emma, qui dormait encore dans l'hôtellerie avec Constance, et ne risquait donc rien pour le moment. Le matin était beau et clair; la brume qui commençait à monter du fleuve apparut obliquement dans le soleil. Mark chantait gaiement en désherbant, non sans prêter une oreille sereine à Cadfael qui lui racontait les événements de la veille.

– Il faudra peut-être que je te confie le travail. Je sais que le jardin sera en de bonnes mains, si jamais je dois m'absenter... conclut-il.

– J'ai eu un bon professeur, répliqua Mark avec son sourire grave derrière lequel seul Cadfael distingua une ombre de cette malice qu'il avait découverte et entretenue. Je sais ce dont il faut s'occuper ou non dans l'atelier.

– J'aimerais être aussi sûr de moi à l'extérieur, émit Cadfael, sans enthousiasme. Il y a des breuvages parmi nous qui demandent un grand discernement, mon garçon, et j'aimerais savoir ce qu'il faut ou non laisser de côté. Je suis sur le fil du rasoir, et tomber d'un côté ou de l'autre pourrait être désastreux. Je connais bien mes plantes et leurs propriétés. Elles suivent des règles immuables. Ce n'est pas pareil avec les gens. Et finalement tant mieux. S'ils perdaient quelque chose de leur complexité, ce serait fort triste.

C'était l'heure de Prime. Mark se baissa pour se rincer les mains au seau qu'ils laissaient réchauffer pendant la journée pour que l'arrosage du soir ne soit pas trop froid pour les plantes.

– C'est vous qui m'avez fait comprendre que je voulais devenir prêtre, dit-il, avec cette franchise qu'il avait toujours en présence de Cadfael.

– Moi, cela ne m'a jamais tenté, dit ce dernier, pensant à autre chose.

– Je sais. C'est ce qui vous a manqué. On y va?

Ils sortaient de Prime et les serviteurs laïcs se préparaient pour la première messe, quand Roger Dod apparut au portail, le pas lourd, le souffle court; manifestement, il avait des ennuis.

– Allons bon, qu'est-ce qu'il y a encore? soupira Cadfael et il s'avança pour l'intercepter avant qu'il n'atteignît l'hôtellerie...

Soudain conscient de la présence solide et massive de celui qui se dirigeait vers lui, Roger s'arrêta et se tourna, inquiet. Son visage s'éclaira un peu quand il reconnut le moine qui accompagnait le shérif-adjoint pendant qu'ils cherchaient maître Thomas, la veille de la Saint-Pierre.

– Ah! c'est vous, mon frère, c'est parfait! Hugh Beringar est-il là? Il faut que je lui parle. Nous sommes marqués par le destin! Hier la péniche, aujourd'hui la boutique; Dieu sait ce qui va encore nous tomber dessus avant que nous ayons quitté cet endroit maudit. Les livres de compte de mon maître ont disparu, l'argent, le coffre et tout! Que va penser ma maîtresse? J'aurais préféré, s'il le fallait, me faire casser la tête que de manquer ainsi à mon devoir!

– Qu'est-ce que c'est que cette histoire? s'exclama Cadfael, très inquiet. Dois-je comprendre que des voleurs ont mis à sac la boutique?

– Pendant la nuit! Le coffre-fort a disparu. On a retrouvé Warin ligoté et bâillonné, et personne n'a rien entendu. Il n'y a pas une demi-heure qu'on l'a retrouvé.

– Venez! fit Cadfael, l'empoignant par la manche et l'entraînant vers l'hôtellerie au pas de charge. On va voir Hugh Beringar. Vous lui raconterez tout ça. Économisez votre souffle!

Chez Aline, les dames étaient à peine sorties du lit, et Hugh, en chemise et haut-de-chausse, mais sans chaussures, prenait son petit déjeuner quand Cadfael frappa à la porte et passa par précaution seulement la tête à l'intérieur.

– Désolé, Hugh, mais il y a du nouveau. Peut-on entrer?

Hugh le regarda, comprit que c'en était fini de sa tranquillité et, résigné, dit « oui ».

– Il y a quelqu'un qui a quelque chose à vous raconter. Il vient du champ de foire.

Quand elle vit Roger, Emma se dressa d'un bond, surprise autant qu'inquiète; son doux visage ensommeillé redevint grave sur-le-champ, et ses joues plus pâles. Elle n'avait pas encore tressé ses cheveux noirs qui pendaient, libres, sur ses épaules, sa robe n'avait pas de ceinture, et elle avait les pieds nus.

– Que se passe-t-il, Roger? Qu'est-il encore arrivé?

– Une autre filouterie, maîtresse, mais je voudrais bien savoir pourquoi tous les bandits du comté en ont après nous! s'exclama-t-il et, respirant un grand coup, il entonna sa complainte.

« Ce matin, je vais à la baraque comme d'habitude et je trouve tout fermé. Pas un bruit, pas un mot. Je crie, je frappe, et quelques voisins s'approchent, curieux; et voilà-t-il pas que l'un d'eux remarque qu'on a forcé la porte avec un couteau, et drôlement fin avec ça. On entre et on trouve Warin ficelé comme un paquet dans son propre manteau, et bâillonné avec un sac sur la tête qui aurait pu l'étouffer. »

– Oh non! souffla Emma, horrifiée et elle pressa son poing contre ses lèvres tremblantes. Pauvre Warin! Il n'est... il n'est pas mort...?

– Mort! Il se porte comme un charme, oui, à part quelques crampes. Mais comment a-t-il pu ne pas se réveiller quand on s'est attaqué au volet et quand on a ouvert la porte? Ça me dépasse. Mais s'il a entendu quelque chose, il a pris bien soin de ne pas déranger les voleurs. Warin n'a rien d'un héros. Il dit qu'il s'est réveillé quand on lui a passé le sac et qu'il n'a vu personne; enfin, il pense qu'ils étaient deux, car l'un d'eux parlait bas. Pour moi, il les a bel et bien entendus, mais il s'est tu de peur de prendre un coup de couteau.

Emma avait repris des couleurs. Elle soupira de gratitude.

– Il va bien? Il n'est pas blessé?

Elle surprit le regard complice d'Aline, et, soulagée, eut un petit rire tremblant.

– Je *sais* qu'il n'est pas très brave. Et j'en suis heureuse! Il n'est ni très travailleur, ni très malin mais je le connais depuis mon enfance; il me faisait des jouets et des sifflets en osier. Dieu merci, il est indemne!

Roger couvait d'un regard brûlant et jaloux la jeune fille dans sa fraîche beauté du matin. Elle n'avait aucune parure, et n'en avait nul besoin.

– J'aurais voulu veiller moi-même, poursuivit-il. Ils ne seraient pas entrés sans dommage et ils auraient eu plus de peine à nous voler.

– Mais vous auriez pu être tué, Roger. Vous n'étiez pas là-bas et c'est tant mieux. Vous vous seriez battu et cela aurait tourné mal. Vous n'étiez pas armé. Qu'auriez-vous fait contre deux hommes?

« Je veux que personne ne soit blessé pour protéger ce qui m'appartient. »

– Et après? demanda brièvement Hugh, frappant du pied pour enfiler ses souliers et attrapant son manteau. Vous l'avez laissé là-bas pour s'occuper des clients? Il va bien?

– Comme vous et moi, messire. Je vais vous l'envoyer pour qu'il vous raconte lui-même son histoire.

– Inutile. Je viens avec vous pour voir sur place. Finissez ce que vous avez à dire. Ils ne sont pas partis les mains vides. Qu'est-ce qui a disparu?

– Misère de moi, maîtresse! Ils ont emporté le coffre du patron! s'exclama-t-il, tournant vers Emma un regard dévoué, humble, désolé.

Cadfael observait Emma d'aussi près que son amoureux transi, et il sembla que, dans sa joie de savoir que son vieux serviteur était indemne, rien ne pouvait la toucher. La disparition du coffre-fort ne troublait pas sa sérénité. Là où elle était, à l'abri des manifestations trop pressantes de la passion de Roger, elle alla jusqu'à réconforter celui-ci. Elle avait bon cœur, et ne supportait pas qu'un garçon aussi compétent et fier se laissât abattre.

– Ne vous tourmentez pas trop, lui dit-elle avec chaleur. Qu'auriez-vous pu faire? Ce n'est pas de votre faute.

– J'ai emporté la majeure partie de l'argent à la péniche hier soir, lui confia-t-il. Il est en sûreté, on n'y a pas touché. Mais les livres de maître Thomas, ses parchemins précieux, ses documents...

– Il existe sûrement des doubles, affirma Emma. En outre, s'ils ont pris le coffre, à supposer qu'il ait été bien rempli, ils garderont l'argent et ils se débarrasseront sûrement du coffre lui-même et des parchemins. Qu'en feraient-ils? Vous verrez, on en récupérera peut-être une bonne partie.

Elle était non seulement bonne, mais solide et pleine de bon sens, et ne cédait pas facilement à l'adversité. Cadfael regarda Hugh qui le regardait aussi, impassible, mais il y avait dans son regard vif une admiration empreinte d'un léger scepticisme.

– Si Warin avait été tué, reprit Emma avec fermeté, cela aurait été beaucoup plus grave! Puisqu'il n'a rien, je n'ai aucune raison de m'en faire.

– Cependant, intervint Hugh, il serait peut-être bon qu'un sergent de l'abbaye surveille la baraque jusqu'à la fin de la foire. Apparemment les mésaventures qui devraient être le lot de tous s'abattent uniquement sur vous. Voulez-vous que j'en parle au prieur?

Elle baissa un moment les yeux, prudente et pensive, puis elle le fixa de nouveau de ses prunelles très bleues, aussi innocentes que si elle les ouvrait sur le monde pour la première fois.

– C'est très gentil à vous, mais que pourrait-il nous arriver de plus? Je pense qu'il est inutile de nous donner un garde.

Laissant Aline s'occuper d'Emma, Hugh rejoignit Cadfael dans son atelier; il se servit une coupe de vin, prélevée dans la réserve de son ami, et s'assit sous l'auvent à l'ombre. L'odeur des plantes médicinales, retenue dans l'entrelacs des haies, flottait lourdement dans l'air. Elle le fit bâiller contre son gré, alors qu'il était venu pour discuter sérieusement. Ils étaient loin du monde extérieur, le bourdonnement affairé du marché leur parvenait de loin, comme la musique agréable des abeilles de frère Bernard. Et Mark qui désherbait délicatement, sa robe remontée jusqu'aux genoux, ne les gênait nullement.

– C'est un être à part, dit Cadfael à mi-voix, le regardant avec affection et détachement. Celui qui va être prêtre pour moi. Il fallait que je trouve un moyen d'y échapper. Et voici l'agneau du sacrifice, le meilleur du troupeau.

– Un jour, il *vous* entendra en confession, plaisanta Hugh, regardant Mark arrachant les mauvaises herbes comme s'il les plaignait, et vous serez fichu, car il connaîtra tous vos manquements.

Il prit une gorgée de vin, la goûta pensivement, l'avala, et en savoura un moment l'arrière-goût.

– Ce Warin n'avait pas grand-chose à ajouter, reprit-il. Qu'en dites-vous? Ça n'est pas un hasard.

– Non, acquiesça Cadfael, calant la porte de l'atelier pour aérer, et venant s'asseoir près de son ami. Non, bien sûr. Le bonhomme se fait tuer, dépouiller, on fouille sa péniche, sa boutique. Aucun autre riche marchand n'a été agressé. Non, le hasard n'a rien à voir dans tout cela.

– Alors? Expliquez-moi donc! La petite prétend qu'on a volé des choses à la péniche. Maintenant quelque chose de bien défini, un coffre aisément transportable, qu'on peut supposer plein d'objets précieux, disparaît, et pas discrètement. S'il ne s'agit pas de vol, qu'est-ce que c'est? Dites-le moi!

– On cherche quelque chose, du moins je le crois. Je ne sais pas quoi au juste, un objet unique, de petite taille, précieux qui était, ou qu'on croyait être, en possession de maître Thomas. La nuit de son arrivée, on l'a tué et dépouillé. Première fouille. Chou blanc. Le lendemain, on visite sa péniche. Seconde fouille.

– Avec un maigre résultat cette fois, dit sèchement Beringar. Nous savons, par la bouche de la victime, que le visiteur s'est enrichi d'une chaîne d'or, d'une ceinture à fermoir d'or, et de gants brodés.

– Ouais! Cadfael, dubitatif, se tritura le nez et regarda Hugh de côté.

– S'il vous plaît! protesta Hugh sans se fâcher, et souriant soudain. Je n'ai peut-être pas votre subtilité, mais depuis que je vous connais, j'ai dû apprendre à réagir vite, moi aussi. Elle a du cran, cette petite, et de la mémoire; elle ne se trompera pas d'un point dans les broderies de ces gants; je ne suis pourtant pas sûr qu'ils aient jamais existé.

– Essayez de lui demander à brûle-pourpoint ce qu'elle cache, suggéra Cadfael sans conviction.

– Je l'ai fait! admit Hugh, l'oreille basse. Elle m'a regardé avec ses grands yeux, comme si elle ne comprenait pas! Elle ne sait rien, ne cache rien, n'a rien à ajouter, et tout ce qu'elle dit est parole d'évangile. Il n'empêche, cette enfant est délicieuse, mais elle ment. Et qu'est-ce qui a bien pu vous passer par la tête et vous amener au même résultat que moi?

– Je serais désolé d'avoir dit ou fait quelque chose qui ait pu vous faire penser du mal de cette demoiselle, car je l'apprécie beaucoup.

– Moi aussi, tranquillisez-vous. Mais à mon avis, elle a mis les pieds là où il ne fallait pas et je ne voudrais pas, tout comme vous ou votre abbé, qu'il lui arrive quoi que ce soit, alors qu'on s'occupe d'elle. Ni qu'il lui arrive quoi que ce soit tout court. Je l'aime bien.

– Quand nous sommes montés sur la péniche et qu'il ne lui a pas fallu plus d'une minute pour dire que quelqu'un avait farfouillé dans ses affaires, je n'ai pas douté de sa parole. Les femmes savent comment elles rangent leurs vêtements. Un simple faux pli, et elles devinent qu'on y a touché, ça l'a choquée et surprise, et elle ne jouait pas la comédie. Après non plus, quand je lui ai demandé si quelque chose avait disparu, elle n'a pas hésité, elle semblait plutôt triomphante. Je n'ai pas fait attention sur le moment, et je lui ai demandé de s'en assurer. Quand j'ai signalé qu'elle devrait vous en parler, elle a fait plus attention, et elle s'est donné du mal pour se rendre compte qu'on lui avait bel et bien volé quelques menus objets. Je pense qu'elle regrettait sa première réaction, mais si la justice devait s'en mêler, autant ramener l'événement à un vol banal. La vérité, c'est ce « non » qu'elle a dit sans y prendre garde, et le mépris qu'il contenait. Après, elle a essayé de nous égarer en mentant, et pour quelqu'un qui n'en a pas l'habitude, elle ne s'est pas mal débrouillée. Je pense toutefois, comme vous, que ces menus objets n'ont jamais existé, ou se trouvaient ailleurs.

– Il reste une question. Comment a-t-elle pu être sûre tout de suite qu'on n'avait rien pris?

– Tout simplement parce qu'elle savait ce que le voleur était venu chercher, et si elle était si sûre, c'est qu'elle savait que l'objet en question était ailleurs. D'où la seconde fouille, avec le même résultat. La chose, quelle qu'elle soit, n'était pas sur la personne de maître Thomas, endroit le plus vraisemblable, ni sur la péniche.

– D'où la troisième visite! Mais Cadfael, a-t-elle été efficace, cette fois? Devinez un peu. Le coffre a disparu, et c'est encore une cachette vraisemblable pour quelque chose de si précieux? Le voleur aurait-il trouvé cette fois?

– Pas plus que les autres fois, affirma Cadfael, secouant la tête avec emphase. J'en mettrais ma main au feu.

– Comment pouvez-vous en être aussi sûr? demanda Hugh, curieux.

– Nous avons vu la même chose, vous et moi. Elle se moque éperdument du coffre! Dès qu'elle a su que Warin était sauf, elle a pris la chose assez calmement. Elle savait que ce que cherchait l'inconnu n'était ni dans la péniche, ni dans la boutique. Et pour moi, il ne peut y avoir qu'une seule raison pour qu'elle sache où cet objet n'est *pas*, c'est qu'elle sait où il se trouve *réellement*.

– Ce à quoi l'ennemi va s'attacher maintenant, remarqua Hugh avec conviction, c'est où elle se trouve *elle*. Car l'objet est sur elle ou dans un endroit connu d'elle seule. On va surveiller Emma de près, de vous à moi. Non, ajouta-t-il après réflexion, je ne la crois pas vicieuse, mais j'ai peine à l'imaginer mêlée à un meurtre, un vol ou que sais-je, et je ne comprends fichtre pas pourquoi elle ne dit rien, si elle est en danger et qu'elle a besoin d'aide. Aline a fait de son mieux pour l'inciter à parler, et Emma est toute douceur et gratitude, mais elle ne souffle mot de ses ennuis si elle en a. Vous connaissez Aline, elle attire les confidences, sans même avoir à poser de questions, et si elle lui résiste, on est battus d'avance.

– Quel mari attentionné! approuva Cadfael. Voilà qui me fait plaisir.

– J'espère bien, c'est vous qui me l'avez jetée dans les bras. Vous devriez plutôt vous inquiéter de savoir si je vais être un bon père! Priez donc pour moi à cet effet, pendant que vous y êtes... Non, sérieusement, Cadfael... je m'interroge sur cette petite. Aline l'aime beaucoup, et pour moi c'est suffisant. Elle semble apprécier Aline, et le mot est faible! Cependant elle ne se livre jamais. Elle a beau chérir mon épouse, elle se garde bien de dire un seul mot de trop sur elle-même.

– Cela s'explique, Hugh, dit gravement Cadfael, sans se formaliser. Si elle se sent en danger, la dernière chose qu'elle voudra sera justement de faire courir un risque à quelqu'un qu'elle aime. Elle est intelligente et elle a de la ressource, elle est capable de tout pour protéger un être cher.

Étreignant son gobelet vide, Beringar réfléchit longuement, l'air sombre.

– Eh bien, on ne peut donc que la surveiller de très près, nous aussi, pour la protéger de notre mieux.

Il n'était pas encore venu à l'esprit de Cadfael, il commençait seulement à y penser, que la prochaine attaque pourrait bien venir d'Emma, au lieu d'être dirigée contre elle. Elle semblait bien, en effet, détenir la clé de toute l'affaire; si on pouvait en faire usage, elle était d'une nature à prendre l'initiative.

– En attendant, le shérif a un meurtre sur les bras, et si vous voulez mon avis, cette affaire ressemble de moins en moins à une vengeance d'ivrogne, perpétrée par le jeune Philippe. A vrai dire, je n'y ai jamais cru, même si on ne pouvait pas rejeter complètement cette hypothèse, soupira Beringar, en se levant et en brossant sa tunique de la main.

– Dans ce cas, on peut espérer que le prévôt sera autorisé à payer la caution de son fils, déduisit Cadfael, encouragé. Parmi tous les jeunes de la ville, Philippe est bien le seul qu'on ne puisse soupçonner d'avoir fouillé la boutique ou visité la péniche. Son geôlier pourra témoigner qu'il ne s'est pas absenté un seul instant.

– Je file au château, dit Hugh. Je ne peux pas me prononcer pour le shérif, mais je vais naturellement lui en toucher un mot, ainsi qu'au prévôt. Cela en vaut la peine, sans aucun doute.

Il baissa les yeux, et oubliant un instant ses soucis, eut un sourire éclatant et malicieux, passa les doigts dans les cheveux gris, emmêlés de Cadfael, près de la tonsure, le transformant en porc-épic ébouriffé, et s'en alla d'un pas léger, insouciant, qui le faisait passer pour superficiel aux yeux de gens inattentifs. Il se permettait ordinairement ce genre de fantaisie quand ils étaient entre eux, et qu'il était particulièrement préoccupé.

Cadfael, qui à cause de Hugh semblait s'être peigné avec un clou, regarda son ami s'éloigner et se lissa machinalement les cheveux. Il se dit que lui aussi ferait bien de partir et de donner ses consignes à Mark jusqu'au soir. Il ne serait pas prudent de quitter Emma des yeux un seul instant, et Aline, pour satisfaire un époux plein de sollicitude, se pliait à une heure ou deux de sieste dans l'intérêt de son enfant. Cadfael songea que rien ne saurait être plus agréable à un célibataire d'âge mûr que des petits enfants par personne interposée. Quant à la vieillesse, il avait bien le temps d'y penser; elle avait sûrement ses bons côtés.

2

– J'ai beau dire, soupira Emma, pensant à voix haute, tandis qu'elle faisait des points méticuleux dans du tissu pour un bonnet de bébé dans la lumière grandiose de midi, près de la fenêtre de la chambre d'Aline, je suis bien fâchée qu'on m'ait volé ces gants. Le cuir en était si beau, souple, noir, avec de jolies broderies d'or. Je n'en avais jamais acheté d'aussi coûteux. Il paraît qu'il y a un très bon gantier à la foire, ajouta-t-elle, terminant sa couture, coupant soigneusement le fil, et lissant son travail. J'ai bien envie d'aller voir s'il en a de pareils à ceux que j'ai perdus. Il paraît qu'il est très connu à Chester et qu'il a la comtesse parmi ses clientes. J'irais volontiers faire un tour sur la première enceinte cet après-midi pour regarder sa marchandise. Avec tout ce qui m'est tombé dessus, j'ai à peine eu le temps de voir la foire.

– Bonne idée, s'écria Aline. Il fait si beau que ce serait dommage de rester enfermées. Je vous accompagne.

– Mais non, ce n'est pas la peine, protesta gentiment Emma. Vous n'avez pas fait la sieste aujourd'hui. C'est si près qu'il est inutile de m'accompagner. Et je ne veux pas que vous vous fatiguiez pour moi.

– Allons donc! s'exclama gaiement Aline. Je suis en pleine forme. Je vais éclater si je ne fais rien. C'est Constance et Hugh qui veulent me transformer en impotente, simplement parce que je suis une femme dans une situation « intéressante »... et si agréable. Hugh est parti chez le shérif, Constance est chez une de ses cousines qui habite la Wyle; alors ni vu, ni connu. J'enfile mes souliers, et on y va. J'aimerais aussi acheter des fruits confits que votre oncle a rapportés d'Orient. On ira après.

Emma sembla perdre tout intérêt pour leur expédition. Elle resta à jouer avec la broderie qu'elle venait d'achever et regarda le tissu qui servirait à faire la couronne du bonnet.

– Oh! je ne sais pas... Il vaudrait mieux que je termine ça d'abord. D'ici deux jours, je n'en aurai plus l'occasion et je serais désolée de laisser quelqu'un finir l'ouvrage pour moi. Je demanderai à Roger de vous rapporter une boîte de fruits confits quand il viendra me faire son rapport ce soir. Vous l'aurez demain.

– C'est très gentil, fit Aline, enfilant quand même ses souliers de cuir souple, mais je doute qu'il puisse essayer les gants à votre place, ou choisir pour vous. Allons voir nous-mêmes. Cela ne prendra pas longtemps.

Emma hésitait, mais sans qu'Aline sût vraiment si elle n'arrivait pas à se décider, ou si elle ne savait pas comment se sortir d'une situation embarrassante.

– Non, ce n'est pas bien! Comment puis-je penser à des choses aussi futiles à un moment pareil! J'ai honte de moi. Mon oncle est mort, et moi je suis tentée par de jolies choses. C'est de l'égoïsme. Je vais au moins continuer à travailler pour le bébé au lieu de songer à ces coquetteries.

Et de nouveau elle se pencha sur son ouvrage. Aline remarqua qu'elle tremblait légèrement et se demanda s'il fallait insister. Manifestement la jeune fille avait une idée derrière la tête, et tenait à être seule. Et ça, ma petite, si ça dépend de moi, pas question, se dit fièrement Aline.

– Très bien, répondit-elle, dubitative, si vous voulez vous imposer cette pénitence, j'aurais mauvaise grâce à jouer les tentatrices. D'ailleurs j'y gagne, vous êtes si bonne couturière, bien meilleure que moi. Qui vous a aussi bien appris?

Elle se déchaussa, et se rassit. Elle avait compris qu'il valait mieux s'arrêter là. Emma apprécierait tout changement de sujet de conversation. Elle parlait volontiers de son enfance.

– Ma mère était une brodeuse réputée; elle a

commencé à m'apprendre dès que j'ai pu tenir une aiguille, mais elle est morte quand j'avais huit ans et oncle Thomas s'est occupé de moi. Nous avions une gouvernante flamande qui avait épousé un marin de Bristol; il a péri en mer et elle est restée veuve. Elle m'a appris tout ce qu'elle savait, mais je n'ai jamais pu l'égaler. Elle faisait des nappes d'autel, des vêtements pour l'Église, de belles choses...

En somme, se dit Aline, des bons gants noirs, tu aurais pu t'en procurer n'importe où et les broder toi-même à ton goût. Ceux qui travaillent aussi bien apprécient rarement le travail des autres.

Ce n'était pas difficile de délier la langue d'Emma, mais malgré cela, Aline ne pouvait s'empêcher de se demander quand la jeune fille essaierait de nouveau de filer à l'anglaise pour vaquer à ses mystérieuses occupations. Mais il s'avéra qu'elle s'était fait du souci pour rien car à la fin de l'après-midi un frère lai arriva de la loge du portier pour annoncer que Martin Bellecote avait apporté le cercueil de maître Thomas et demandait l'autorisation de le lui montrer. Emma se leva aussitôt, et posa son ouvrage; son visage était pâle et grave. Une chose était sûre, aucune autre affaire, aussi urgente fût-elle, ne la détournerait de l'église jusqu'à ce que son oncle fut décemment mis en bière, prêt à repartir pour Bristol; il y aurait des prières qu'on dirait pour son repos, et plus tard elle assisterait à la première messe qu'on célébrerait pour lui. Quoi que les autres aient pu penser de lui, il avait servi d'oncle, de père et d'ami tout à la fois à une jeune orpheline et elle n'oublierait rien de tout cela pendant les obsèques.

– Je vais y aller moi-même, dit Emma. Il faut que je lui dise adieu.

Elle ne l'avait pas vu mort, mais les moines étaient passés maîtres dans l'art de réconcilier délicatement la vie et la mort; et ils avaient veillé à ce que cette dernière rencontre ne bouleverse pas l'héritière.

– Voulez-vous que je vous accompagne? proposa Aline.

– C'est très gentil, merci, mais je préfère y aller seule.

Aline la suivit jusqu'à la grande cour et regarda la petite procession se diriger vers le cloître; Emma marchait près de la charrette sur laquelle Martin et son fils avaient placé le cercueil. Quand ils eurent déposé la lourde boîte près de la porte sud de l'église, Emma toujours près d'eux, Aline la suivit des yeux pendant quelques minutes. A cette heure-ci la plupart des hôtes et des serviteurs laïcs étaient à la foire; seuls les religieux vaquaient à leurs occupations ordinaires. Par la porte grande ouverte d'une écurie lointaine, elle vit le jeune palefrenier d'Ivo Corbière panser un cheval, et son archer, Turstan Fowler, siffloter en frottant une selle. A jeun et remis de son ivresse, il ne manquait pas d'allure, et son visage montrait que les soucis ne l'accablaient pas. Manifestement, son maître lui avait pardonné et rendu ses faveurs depuis longtemps.

Sortant des jardins, Cadfael vit Aline regarder pensivement vers l'église. Elle lui sourit quand elle l'aperçut.

– Martin a apporté le cercueil. Ils sont à l'intérieur. Elle ne pensera guère au reste pour le moment. Mais elle se sauvera à la première occasion, Cadfael. Elle a déjà essayé. Elle voulait, paraît-il, voir si le gantier à la foire pouvait remplacer les gants qu'elle a perdus. Mais quand je lui ai proposé de venir avec elle, rien à faire, elle a changé d'avis.

– Tiens! marmonna Cadfael, se frottant le menton en réfléchissant. C'est curieux! Des gants! Pourquoi des gants en plein été?

Aline ne saisit pas ce qu'il avait en tête.

– Pourquoi drôle? On lui en a volé une paire, et les foires où on trouve des objets peu courants ne sont pas légion. Ça me paraît logique. Mais bien sûr, le gantier n'est qu'un prétexte.

Cadfael n'ajouta rien mais il se posait des questions en se dirigeant vers le cloître. Il n'y avait rien de drôle à ce qu'elle désirât remplacer ce qu'elle avait perdu si l'occasion s'en présentait. Ce qui l'intriguait, c'était le besoin subit de faire passer pour un vol pur et simple cette visite dont elle savait qu'elle signifiait tout autre chose; et que l'un des objets qu'elle prétendait avoir perdus soit si peu adapté à la saison qu'il lui fallait s'en expliquer en racontant qu'elle l'avait acheté en chemin, à Gloucester. Pourquoi des gants, à moins qu'elle n'y pensât déjà pour d'autres raisons? Mais s'agissait-il de gants ou de gantiers?

Dans la chapelle du transept, Martin Bellecote et son jeune fils placèrent le lourd cercueil sur un tréteau recouvert d'une draperie et y déposèrent respectueusement le corps de Thomas. Emma contempla longuement le visage de son oncle sans un mot, sans une larme. Elle reconnut qu'il ne lui serait pas pénible de se le rappeler ainsi; digne, purifié par la mort, ses pommettes, son front, ses mâchoires avaient un dessin plus accusé que quand il était en vie, et son visage, d'une couleur cireuse et austère, avait beaucoup pâli. Maintenant, au dernier moment, elle voulut lui laisser quelque chose pour qu'il l'emporte dans la tombe et elle se rendit compte que dans l'affolement de ces deux derniers jours elle avait été incapable de réfléchir clairement pour se préparer à cette séparation. Ce n'était pas la mort qui lui parut suprêmement importante, mais le besoin très fort d'une tendresse cérémonieuse, différente des rites ordinaires.

– Voulez-vous que je le couvre ? demanda doucement Martin Bellecote.

Sa voix, pourtant si discrète, la fit sursauter. Elle se tourna presque sans comprendre. L'homme, grand, avenant, calme, attendait ses ordres avec impatience. Le garçon, grave et silencieux, la regardait de ses grands yeux noisette. Avec l'avantage que lui donnaient ses quatre ans de plus, elle s'interrogea sur la présence d'un être si jeune à pareil endroit ; puis elle comprit soudain que c'est d'elle qu'il s'inquiétait et non du mort, que sa force vive montait vers la vie et la lumière comme vers le soleil et qu'il ne concevait l'ombre qu'en guise de contraste avec l'éclat du jour. Il avait raison.

– Non, un instant, dit-elle. Je reviens.

Elle sortit vivement dans la splendeur de l'été et chercha le chemin menant aux jardins. Les lignes vertes d'une haie et la cime des arbres au milieu la renseignèrent ; elle arriva à une allée plantée de fleurs. Les moines étaient bons jardiniers et avaient toutes les raisons d'apprécier les récoltes vivrières, mais ils avaient aussi du temps pour les roses. Elle choisit le seul massif à porter des fleurs différentes, aux pétales jaune pâle, qui tiraient sur le rose à leur extrémité et ne cueillit qu'une fleur. Pas les bourgeons, pas même la seule qui fût parfaitement épanouie, mais une fleur encore ouverte, encore intacte, même si cela ne durerait pas. Elle la prit et se hâta de retourner à l'église. Il n'était plus jeune, plus même à son zénith; il touchait à l'automne de son âge; cette rose était faite pour lui.

Cadfael l'avait vue partir, il la vit revenir, mais il resta dans l'ombre. Elle apporta la rose et la déposa dans le cercueil, près du cœur du mort.

– Couvrez-le maintenant.

Et elle se recula pour ne pas les gêner.

Quand ils eurent fini, elle les remercia; ils se retirèrent et la laissèrent, car c'est manifestement ce qu'elle souhaitait. Cadfael en fit autant, tout aussi silencieusement. Emma resta longtemps à genoux sur les dalles du transept sans se rendre compte de sa position inconfortable, regardant sans cesse le cercueil fermé sur la draperie du tréteau près de l'autel. Reposer ainsi dans l'église d'une grande abbaye, avoir une messe qu'on chanterait spécialement pour lui et puis retourner chez soi dans un grand cercueil pour qu'on l'enterre et qu'on célèbre d'autres rites, quelle gloire! Ça lui aurait plu. Tout serait fait comme il l'aurait souhaité. Tout! Il serait content d'elle.

Elle connaissait son devoir; elle récita de nombreuses prières pour lui car elle les savait heureusement par cœur et pouvait garder l'esprit libre tout en prononçant les formules consacrées. Elle ferait ce qu'il aurait souhaité et qu'il lui avait à demi confié, à elle seule. Et ensuite... elle n'avait guère songé à ce qui se passerait après, mais il y avait comme un grand parfum d'été qui soufflait sur elle, lui rappelant qu'elle était jeune et belle, riche par-dessus le marché et qu'elle intéressait et attirait des garçons comme le jeune fils du charpentier. Et d'autres moins jeunes ne la trouvaient pas moins séduisante...

Elle se releva enfin, lissa ses jupes froissées et d'un pas vif passa de la chapelle à la nef de l'église. Contournant les piliers de pierre de la croisée du transept, elle se trouva nez à nez avec Ivo Corbière.

Il l'avait attendue, silencieux, immobile, dans un coin sombre, s'abstenant même de mettre le pied dans la chapelle tant qu'elle n'aurait pas terminé sa veille mais elle en sortit d'un pas si décidé qu'elle faillit se jeter dans ses bras. Elle poussa un petit cri de surprise et il avança une main rassurante pour la calmer, avec l'apparence de vouloir prolonger ce contact. Dans la pénombre ses cheveux blonds brillaient de l'éclat sombre du bronze, et son visage, qu'il inclinait vers elle avec sollicitude, était si doré par l'été qu'il avait presque pris la même teinte que ses boucles.

– Je vous ai fait peur? Je suis désolé! Je ne voulais pas vous déranger. A la loge, on m'a dit que le charpentier était reparti et que vous étiez là. Je me suis dit qu'en faisant preuve de patience, j'arriverais peut-être à vous voir. Si je ne me suis pas manifesté jusqu'à maintenant, ajouta-t-il, empressé, ce n'est pas parce que je ne pensais pas à vous. Bien au contraire!

Elle le dévorait des yeux, ce qu'elle ne se serait jamais permis au grand jour, fascinée et admirative, et elle avait complètement oublié de se détacher de lui. Elle sentit ses doigts glisser le long de ses bras et, d'un commun accord, leurs mains s'étreignirent.

– Voilà presque deux jours que je ne vous avais pas parlé! dit-il. C'est-à-dire une éternité; cela me manquait, mais vous étiez bien entourée, et je n'avais pas le droit... Mais maintenant vous êtes là, accordez-moi une heure! Allons dans les jardins. Je suis sûr que vous ne les connaissez pas.

Ils sortirent ensemble dans le soleil, passèrent le clos du cloître et se mêlèrent à l'animation de la grande cour. C'était presque le moment des Vêpres, où se terminaient les heures les plus calmes de l'après-midi : les moines, qui s'étaient dispersés pour accomplir leurs travaux, se regroupaient, les hôtes revenaient de la foire ou du bord de l'eau. C'était réconfortant de traverser cet endroit plein de monde au bras d'un aristocrate, seigneur d'un modeste domaine éparpillé entre le Cheshire et le Shropshire. Oui, pour une fille de marchands et d'artisans, c'était aussi flatteur que réconfortant. Ils s'assirent sur un banc de pierre parmi les fleurs, au soleil dans l'entrelacs de la haie, où les odeurs entêtantes de l'herbarium de Cadfael leur parvenaient à grandes bouffées portées par la brise tiède.

– Vous allez devoir prendre des dispositions ennuyeuses, dit Corbière sans sourire. Si je peux vous aider en quoi que ce soit, dites-le moi. Je serai heureux de vous rendre service. Ferez-vous enterrer votre oncle à Bristol?

– C'est ce qu'il aurait souhaité. On dira une messe pour lui demain matin, et puis nous le ramènerons à la péniche pour son dernier voyage. Les moines ont été très bons pour moi.

– Et vous? Vous allez aussi repartir avec la péniche?

Elle hésita, mais pourquoi ne pas lui faire confiance? Il était bon, comprenait vite, et il avait du tact.

– Non, ça ne serait pas sage. Du vivant de mon oncle, tout allait très bien, mais sans lui, cela pose problème. Il y a un de nos hommes... il ne faut pas que je dise du mal de lui, ça ne serait pas juste mais... il m'apprécie trop. Il vaudrait mieux que nous ne voyagions pas ensemble. Mais je ne veux pas non plus lui faire injure en lui laissant entendre que je ne lui accorde pas mon entière confiance. Je lui ai dit que je devais rester quelques jours, au cas où le shérif voudrait me poser d'autres questions, ou si on découvre autre chose sur la mort de mon oncle.

– Mais alors, dit Ivo, très intéressé, pour retourner chez vous? Comment allez-vous vous y prendre?

– Je vais rester avec lady Beringar jusqu'à ce que je puisse me joindre à un groupe où il y aura des femmes. Hugh Beringar me conseillera. J'ai de l'argent, je peux payer mon voyage. Je me débrouillerai.

Il posa sur elle un long regard sérieux qui se changea en sourire.

– Avec tous ceux qui vous veulent du bien, vous rentrerez sûrement chez vous sans dommage. Pour ma part, j'y songerai. Mais pour me faire plaisir, oubliez votre départ et profitons au mieux des heures qui vous restent à passer ici, dit-il en la prenant par la main pour la faire lever. Oublions Vêpres, oublions que nous sommes les hôtes de l'abbaye, oublions la foire, les affaires et tout ce qui exigera votre présence à l'avenir. Dites-vous que c'est l'été, que la soirée est superbe, que vous êtes jeune, que vous avez des amis... Venez avec moi, nous longerons les viviers et nous irons jusqu'au ruisseau. Tout cela appartient à l'abbaye, je ne veux pas qu'on aille au-delà.

Elle l'accompagna, reconnaissante, vivifiée par la fraîcheur de sa main. Près du ruisseau, on respirait une fraîcheur exquise; la lumière scintillant sur l'eau et le chant des oiseaux lui firent oublier les devoirs sacrés et pénibles qui l'attendaient. Ivo faisait preuve d'une douceur respectueuse, évitant de trop la presser, mais quand elle lui dit à regret qu'il était temps de rentrer, pour ne pas inquiéter Aline, il l'accompagna tout le long du chemin, tenant sa main serrée dans la sienne, et se présenta cérémonieusement à Aline afin que la tutrice du moment pût juger de sa personne et l'apprécier. Ce qui ne manqua pas d'arriver.

Ce fut fait d'une manière aussi charmante que délicate. Il se montra excellent compagnon sans excéder la durée convenable d'une première visite, répondit aimablement aux questions pleines de tact d'Aline, et se retira longtemps avant d'avoir lassé son hôtesse.

– Voilà donc ce jeune homme qui s'est montré si obligeant et si courtois l'autre jour, dit Aline, après son départ. Vous savez, Emma, je crois que vous avez là un grand admirateur. « Et qui », ajouta-t-elle intérieurement, « vous consolerait de la perte de votre tuteur. »

– Il est de bonne famille, ajouta-t-elle.

Elle avait elle-même apporté deux manoirs en dot à son mari, mais ne voyait aucune différence entre son invitée et elle, et ignorait en toute innocence la fierté de ceux qui étaient nés de marchands et d'artisans honorables et non de seigneurs.

– Les Corbière sont des parents éloignés du comte Ranulf de Chester en personne, poursuivit-elle. Oui, apparemment, il est très bien, ce garçon.

– Mais nous ne sommes pas du même rang, répliqua Emma, prudente et vive, et désolée aussi. Je suis fille de maçon et nièce de marchand. Aucun noble ne voudra courtiser quelqu'un comme moi.

– Mais il ne s'agit pas de quelqu'un *comme* vous : il s'agit de *vous*, objecta Aline avec bon sens.

Cadfael regarda autour de lui, à la fin de la soirée, après Complies, vit que tout tournait à peu près rond : Emma était en sécurité à l'hôtellerie, Beringar était déjà rentré. Il alla se coucher, tout heureux, en même temps que ses frères, à une heure normale pour une fois et dormit comme un bienheureux jusqu'à Matines. En file indienne, les moines descendirent l'escalier de nuit et entrèrent à l'église, dans le silence de la nuit, pour dire les prières du jour naissant. A la faible clarté des cierges de l'autel, ils prirent place; le troisième et dernier jour de la foire de Saint-Pierre avait commencé.

Cadfael ne rechignait jamais à se lever pour Prime et Laudes; généralement c'était le moment où il était le plus réveillé, comme s'il était particulièrement sensible à cette impression d'être différent de la communauté réunie ici, sentiment qu'il n'éprouvait guère au grand jour.

Cette lumière vascillante, ces ombres tout autour, ces voix étouffées, l'absence des laïcs, tout contribuait à créer une impression de refuge, dont les participants à l'office étaient la chair, le sang et l'esprit ; ils étaient responsables de lui, et lui d'eux, alors que pendant les travaux de la journée il en était qu'il n'appréciait guère, et il ne le cachait pas. Le fardeau de ses vœux était aussi un privilège et le premier office de la nuit alimentait son énergie pour la journée qui suivait.

Mais les ombres avaient aussi leurs côtés tranchants, et les piliers, les chapiteaux et les voûtes résonnaient comme une musique, exacerbant son ouïe et sa vision, et conférant aux détails une insistance frémissante. A la flamme des cierges, le profil de Mark devenait très net. Une fausse note émise par un vieillard à demi assoupi était comme le dard d'une abeille. Et une tache de lumière pâle sous le tréteau où reposait maître Thomas semblait trouer la réalité par une présence incongrue. Ce fut au début de Laudes qu'il la remarqua d'abord, et il ne put s'en libérer. Où qu'il regardât, il avait beau fixer l'autel, il la voyait du coin de l'œil.

A la fin de Laudes, la procession silencieuse retourna vers l'escalier de nuit et le dortoir ; Cadfael fit un pas de côté et se baissa pour ramasser l'objet qui l'avait intrigué. Il s'agissait d'un unique pétale de rose, d'une couleur indéfinissable dans cette lumière, dont la pâleur s'atténuait à son extrémité. Il le reconnut tout de suite, et dans la pénombre il sut comment il était venu là.

Heureusement, en vérité, qu'il avait vu Emma choisir sa rose et la déposer dans le cercueil.

Sinon, ce pétale ne lui aurait rien dit. Mais là, il comprit tout. Cérémonieuse et solennelle, les jeunes sont ainsi quand ils sont émus, elle avait rapporté son offrande entre ses deux mains sans en faire tomber une feuille ni un grain de pollen.

Celui qui cherchait avec tant d'obstination ce qu'il croyait être en la possession de maître Thomas, après avoir fouillé l'homme, sa péniche, sa boutique, avait été, sacrilège suprême, jusqu'à fouiller son cercueil. Il l'avait ouvert puis refermé entre Complies et Matines; et un unique pétale de cette rose qui se fanait s'était détaché, unique témoin de ce blasphème.

LE TROISIÈME JOUR DE LA FOIRE

1

Emma s'éveilla avec l'aube, se glissa hors du grand lit qu'elle partageait avec Constance et s'habilla très calmement et prudemment mais ce furent ses mouvements plutôt que le bruit qu'elle fit qui troublèrent le sommeil de la servante et l'incitèrent à ouvrir les yeux qu'elle avait vifs et intelligents.

Emma posa un doigt sur ses lèvres et jeta un regard significatif vers la porte derrière laquelle Hugh et Aline dormaient encore.

– Chut, murmura-t-elle. Je vais seulement à l'église pour Prime. Je ne veux réveiller personne.

Constance haussa les épaules, leva un peu les sourcils et fit oui de la tête. Aujourd'hui, on dirait une messe pour le défunt, puis on transférerait son cercueil sur la péniche qui le ramènerait chez lui. Rien d'étonnant à ce que la jeune fille voulût consacrer cette journée à des exercices de piété pour le repos de son oncle et son salut à elle.

– Vous ne sortirez pas seule, n'est-ce pas?

– Je vais de ce pas à l'église, promit Emma.

Constance acquiesça de nouveau et ses paupières commencèrent à se fermer. Elle s'était rendormie avant qu'Emma n'eût tiré très doucement la porte; puis la jeune fille se dirigea vers la grande cour.

Cadfael, comme les autres, se leva pour Prime, mais quitta sa cellule avant ses compagnons et alla prendre conseil auprès de la seule autorité à qui il pût confier sa dernière découverte. Une telle violation était du ressort de l'abbé et lui seul avait le droit de l'apprendre en premier.

Quand la porte de la cellule austère de l'abbé se fut refermée sur eux, ils se trouvèrent parfaitement à l'aise ensemble : tous deux savaient ce qu'ils voulaient et ne mâchaient pas leurs mots. Le pétale rose, un peu flétri, mais dont la teinte avait encore des reflets de soie, reposait dans la main de l'abbé, comme une larme d'or.

– Vous êtes sûr qu'il n'est pas tombé quand cette enfant l'a apporté en offrande? Quelle délicate attention!

– Il n'en est pas tombé un grain de poussière. Elle l'a apporté à deux mains comme une coupe de vin. J'ai tout vu. Je n'ai pas encore examiné le cercueil à la lumière, mais je suis sûr que l'homme s'y est très bien pris et qu'on jurerait que le charpentier vient de le fermer. On l'a pourtant ouvert et refermé.

– Je vous crois, dit simplement l'abbé. C'est infâme.

– Oui, opina Cadfael, et il attendit.

– Pouvez-vous mettre un nom sur celui qui a commis cet acte?

– Pas encore.

– Ni dire s'il a réussi cette fois? Dieu fasse que non!

– Non, père. Dieu ne l'aura pas permis.

– Consacrez à cela toute votre énergie, décida Radulf, un instant plongé dans de sombres pensées. Nous avons des obligations envers la justice. Faites au mieux dans ce domaine, car on me dit que vous avez l'oreille du shérif adjoint. Quant à l'affront envers l'Église, notre maison, notre fils défunt et son héritière, je m'en charge. On dira une messe ce matin pour maître Thomas. Le rite consacré purifiera le cercueil et son départ de toute souillure. Pour la jeune fille, laissons-la en paix, elle le mérite bien. Son oncle est dans la main de Dieu, et son âme n'a pas souffert violence.

– Mieux vaut qu'elle ne sache rien, dit Cadfael avec reconnaissance. C'est une bonne petite, il faut la consoler par tous les moyens.

– Veillez-y, mon frère, dans la mesure du possible. Il est presque l'heure de Prime.

Cadfael sortait en hâte du logis de l'abbé pour se rendre au cloître quand il vit Emma tourner devant lui et il ralentit pour pouvoir l'observer à la dérobée. Ce jour-là, Emma avait le droit de prier et de méditer à sa guise, mais elle avait aussi ses préoccupations séculières, et il était bien difficile de dire ce qui l'avait poussée à se lever si tôt.

Elle passa la porte sud, suivie fort discrètement par Cadfael. Les moines étaient déjà dans leurs stalles et se concentraient sur la prière; la jeune fille se glissa silencieusement dans la nef, comme si elle cherchait un coin retiré pour ses dévotions, mais au lieu de s'arrêter, elle se dirigea rapidement vers la porte ouest, la porte paroissiale qui donnait sur la première enceinte, de l'autre côté des murs du couvent. Sauf en période de crise, comme pendant le siège de Shrewsbury l'année passée, cette issue n'était jamais fermée.

Elle franchit les deux portes et se retrouva libre d'aller où bon lui semblait et de revenir par le même chemin, comme si elle sortait innocemment de l'église.

Les sandales de Cadfael ne faisaient aucun bruit sur le sol dallé, et il gardait une centaine de pas de distance au cas où elle tournerait la tête, mais ici, c'était peu probable. La grande porte de la paroisse n'était pas fermée à clé, elle n'eut qu'à la tirer. Le corps mince se glissa sans difficulté, et comme Emma se dirigeait vers l'ouest, aucune lumière ne la trahit. Cadfael lui laissa le temps de tourner à droite ou à gauche, mais il pensait bien qu'elle prendrait à droite, vers le champ de foire. Qu'irait-elle fabriquer vers le fleuve ou la ville?

Elle était bien visible quand il franchit discrètement la porte et longea le flanc ouest en regardant vers la première enceinte. Elle ne se pressait plus maintenant, réglant son pas sur celui des premiers chalands qui flânaient sur la route, s'arrêtaient à des étals déjà très animés, touchaient la marchandise et discutaient les prix. Le dernier jour de la foire était généralement le plus actif. Il y avait des occasions à saisir à la volée et des prix moins élevés. L'agitation était générale malgré l'heure, mais les clients ne se pressaient pas. Emma les imitait pour donner le change. Mais elle, elle savait où elle allait. Cadfael suivait à distance respectueuse.

Elle n'adressa qu'une fois la parole à quelqu'un, et elle choisit une des échoppes les plus importantes. Apparemment elle demandait son chemin, car l'homme se tourna et lui montra la rue vers le mur de l'abbaye. Elle le remercia, continua dans la direction indiquée, pressant le pas maintenant. Aucun doute ou presque, si depuis le début elle connaissait le but de son expédition, elle avait ignoré l'endroit exact où il fallait se rendre. A présent, elle était fixée. A l'heure qu'il était, tous les marchands importants réunis là savaient où se trouver les uns les autres.

Emma s'était arrêtée presque au bout de la première enceinte où une demi-douzaine de boutiques s'adossaient au mur de l'abbaye. Elle semblait être arrivée à destination, elle hésitait cependant à présent, semblant un peu désemparée comme si ce qu'elle voyait la surprenait considérablement. Elle examinait, les sourcils froncés, la dernière boutique nichée entre l'arc-boutant et le mur. Cadfael la reconnut; un visage maigre, soupçonneux était apparu derrière le volet quand les gens d'armes avaient emmené Turstan Fowler sur une planche jusqu'à une cellule de l'abbaye la nuit précédant la foire. C'était la baraque du gantier, Euan de Shotwick. Encore ces gants, s'ils existaient vraiment, si bien décrits, si vite disparus!

Emma ne savait que faire, car la boutique était hermétiquement close, alors que tout autour les affaires allaient bon train. Elle se tourna vers le voisin le plus proche qu'elle interrogea manifestement; l'homme la regarda, haussa les épaules et secoua la tête. Qu'est-ce qu'il en savait? Le gantier n'avait pas donné signe de vie depuis la veille au soir; peut-être était-il parti après avoir tout vendu.

Cadfael s'approcha. Sous l'austère guimpe

blanche, qui contrastait tant avec ses cheveux bleu nuit, le jeune profil d'Emma semblait encore plus doux et vulnérable. Elle demeurait là, perplexe. Elle avança de quelques pas, comme si elle voulait frapper au volet clos, puis elle hésita et recula. De l'autre côté de la rue, un solide boucher quitta son étal, lui tapa gentiment sur l'épaule et frappa un bon coup à la porte, puis s'arrêta pour écouter. Mais à l'intérieur rien ne bougea.

Une main puissante s'abattit lourdement sur le dos de Cadfael, et la voix caverneuse de Rhodri ap Huw lui résonna dans l'oreille.

– Eh bien, voilà autre chose! Maître Euan qui n'ouvre pas! Si je m'attendais à ça! Je ne l'ai jamais vu manquer une vente ou une occasion de profit.

– La baraque est vide, dit Cadfael. Il est peut-être parti.

– Tiens donc! Il était là à minuit passé, j'ai fait un tour par ici pour prendre le frais avant de rentrer à l'auberge et il y avait de la lumière à l'intérieur.

Il ne semblait pas y en avoir maintenant, mais le soleil oblique empêchait peut-être de la voir. Non, cela ne tenait pas debout. Les fentes entre les volets étaient complètement noires. Voilà qui rappelait fort ce que Roger Dod avait trouvé dans une autre baraque pas plus tard que la veille. Mais alors, la boutique était fermée de l'intérieur et on l'avait forcée au poignard. Ici il y avait un verrou manœuvrable de l'intérieur ou de l'extérieur, et aucune clé visible.

– Je n'aime pas ça, dit Rhodri, s'avançant pour essayer la porte, qui était fermée comme prévu.

Il regarda par le trou de la serrure.

– Pas de clé à l'intérieur, annonça-t-il brièvement, et ça ne bouge pas là-dedans. Écartez-vous!

Cadfael le suivait de très près, lui-même suivi de trois ou quatre personnes.

Rhodri agrippa des deux mains le bord de la porte, appuya son grand pied contre le mur de bois, et tira en y mettant tout le poids de ses larges épaules. Le bois craqua près de la serrure, des échardes volèrent, comme des grains de poussière, et la porte s'ouvrit à la volée. Rhodri chancela, reprit son équilibre et entra le premier, suivi aussitôt par Cadfael qui s'assura que le Gallois ne touchait à rien. Ils s'avancèrent tous deux dans l'obscurité, presque joue à joue.

La boutique du gantier était en plein désordre, les étagères vides, les marchandises jetées partout. Sur une paillasse, contre le mur du fond, son manteau était étalé, et dans un bougeoir de fer, une chandelle éteinte s'affaissait. Il ne fallut aux visiteurs que quelques secondes pour s'accoutumer à l'obscurité. Empêtré dans ses ceintures éparpillées, ses écharpes, ses gants, ses bourses et ses fontes, Euan de Shotwick était allongé sur le dos, les genoux remontés, un sac grossier couvrant à moitié son visage maigre et ses cheveux grisonnants. Sous le bord de la cagoule, sa bouche mince s'ouvrait en un rictus de souffrance, montrant ses dents blanches et l'angle de sa tête faisait penser – c'était horrible – à une marionnette brisée.

Cadfael alla relever le volet de la boutique pour laisser entrer la lumière du matin. Il se pencha pour toucher le cou tordu et les joues creuses.

– Froid, déclara Rhodri dans son dos, sans se

donner la peine de vérifier; ce qui ne l'empêchait pas d'avoir raison, Euan était presque glacé.

– Il est mort, reprit Rhodri, impassible.

– Depuis plusieurs heures, ajouta Cadfael.

Dans l'émotion du moment il avait oublié Emma, mais le cri qu'elle poussa le fit se retourner d'un bloc, effaré. Elle s'était avancée, craintive, pour regarder par-dessus l'épaule des voisins. Maintenant, horrifiée, elle pressait ses petits poings contre sa bouche.

Cadfael la prit dans ses bras et l'emmena de force à l'extérieur, se frayant un chemin à coups de coude parmi les badauds.

– Rentrez vite! Ne restez pas là! Rentrez avant qu'on ne vous cherche, et laissez-moi faire.

Il se demanda si elle avait seulement entendu ce qu'il venait de lui murmurer; blanche comme un linge, tremblant comme une feuille, ses yeux bleus se dilataient sous le choc. Il chercha anxieusement autour de lui quelqu'un à qui il pourrait la confier, car il ne la croyait pas capable de regagner seule le logis, mais il ne voulait pas quitter les lieux avant l'arrivée de Beringar, ou au moins d'un sergent.

Le cri qui éclata soudain parmi la foule fut le bienvenu malgré l'inquiétude qu'il exprimait.

– Emma! Emma!

Ivo Corbière arrivait sans cérémonie, fendant les rangs des curieux comme un coup de vent soudain dans un champ de blé couche les épis sur son passage. Elle tourna la tête en l'entendant, et son regard retrouva un peu de vie. Cadfael, reconnaissant, la confia au jeune homme qui, inquiet, tendait passionnément les bras pour la recevoir.

– Mon Dieu, que lui est-il arrivé? Qu'est-ce...

Son regard alla de Cadfael au visage défait d'Emma, puis à la porte ouverte avec son panneau brisé.

– Ça n'est pas possible! Ça a recommencé? demanda-t-il très bas en s'adressant à Cadfael.

– Ramenez-la, dit brièvement celui-ci. Occupez-vous d'elle. Et dites à Beringar de venir. Il y a du travail pour lui, ici.

Tout le temps qu'il la raccompagna, Corbière la soutint de son bras, régla ses grandes enjambées sur les siennes, sans cesser de lui murmurer des mots tendres, apaisants à l'oreille. Elle n'ouvrit pour ainsi dire pas la bouche avant d'arriver à la porte ouest; elle se contentait de marcher docilement à ses côtés, vaguement consciente de sa présence et de ses paroles réconfortantes.

– Vous avez seulement jeté un coup d'œil, dit Ivo pour la consoler. Vous avez peut-être mal vu.

– Non. Il est mort, je le sais. Mais comment cela a-t-il pu arriver? Et pourquoi?

– Des vols, le mal, la violence, chaque jour en apporte; c'est regrettable mais pas nouveau, dit-il en lui pressant doucement la main. Ce n'est pas de votre faute et malheureusement, nous n'y pouvons rien ni vous ni moi. Je voudrais pouvoir vous faire oublier tout cela. Vous y parviendrez avec le temps.

Elle avait eu l'intention de revenir à l'église, en partant, mais quelle importance maintenant? Pour lui ou pour les autres elle était simplement sortie pour acheter des gants ou voir au moins ce que le gantier avait de beau. Elle franchit le portail avec Ivo. Quand il l'eut ramenée à l'hôtellerie en la tenant tendrement par le bras, elle se reprit.

Elle avait retrouvé des couleurs et elle parlait de nouveau avec vivacité même si son intonation indiquait que la vie l'avait blessée.

– Ça va maintenant, Ivo. Inutile de vous inquiéter pour moi. Je vais faire la commission à Hugh Beringar.

– Frère Cadfael vous a confiée à moi, répondit-il, avec une autorité pleine de tendresse et de confiance, et vous n'avez pas dit non. Je remplirai ma mission jusqu'au bout. Et j'espère bien, ajouta-t-il en souriant, que plus tard, vous en aurez d'autres à me confier.

Hugh Beringar arriva avec quatre gens d'armes, dispersa la foule qui se massait, pleine de curiosité, autour de la boutique de la victime, et recueillit le témoignage des voisins, du boucher d'en face et de Rhodri ap Huw à qui Cadfael servit d'interprète phrase par phrase. Il n'était pas pressé car, dit-il, son meilleur serviteur était revenu de Bridgnorth avec le bateau et saurait se débrouiller avec ce qui restait à vendre; le Gallois cependant ne montra nul désir malséant de s'attarder après avoir fini de témoigner. Impassible, observant tout, il s'éloigna tranquillement dès qu'il comprit qu'on en avait terminé avec lui. D'autres, moins discrets, tournaient autour de la baraque, silencieux, attentifs, mais trop loin pour entendre. Beringar ferma la porte. Les volets ouverts donnaient assez de lumière.

– Est-ce que je peux prendre le témoignage de cet homme pour argent comptant? demanda Hugh, jetant un coup d'œil à Rhodri qui s'éloignait sans se retourner, parfaitement sûr de lui.

– Absolument, car tout s'est passé alors que

j'étais déjà là. C'est un excellent observateur, pour ce qui le concerne lui, et aussi pour ce qui ne le concerne pas. Il fait aussi des affaires, ça n'est pas un simple prétexte. Mais il ne nous montre pas tout.

Ils étaient seuls dans la boutique, à l'exception du cadavre, qu'ils encadraient d'assez loin pour éviter de toucher au corps ou aux marchandises dispersées dans tous les sens.

– Il paraît qu'il a vu une lumière entre les planches à minuit passé. La bougie est éteinte, et non terminée. Alors s'il a verrouillé sa porte après avoir fermé boutique pour la nuit...

– Comme c'est probable, répliqua Cadfael. Ce que dit Rhodri sonne juste. Cet homme se suffisait à lui-même, ne se fiait à personne, était capable de se défendre, jusqu'à cette nuit. Oui, il a dû verrouiller sa porte.

– Et il l'a ouverte pour laisser entrer le meurtrier. Vous avez vu, on n'a pas forcé le verrou. Pourquoi quelqu'un d'aussi prudent ouvrirait-il à quelqu'un à des heures indues?

– Parce qu'il attendait quelqu'un, dit Cadfael, mais pas celui qui est venu. Peut-être même qu'il attendait ce quelqu'un depuis trois jours et qu'il a été soulagé de voir que le message était enfin arrivé à destination.

– Si soulagé qu'il en aurait oublié toute prudence? Si votre Gallois l'a bien jugé, j'en doute fort.

– Et moi donc, acquiesça Cadfael, à moins qu'il n'y ait eu un mot de passe et qu'on le lui ait donné. Parce qu'à mon avis, il savait déjà parfaitement que le messager qu'il attendait ne viendrait ni frapper à sa porte en pleine nuit, ni bavarder avec lui sur la première enceinte pendant la journée.

– Vous voulez dire qu'il s'agit de Thomas de Bristol?

– Bien sûr. Tant d'événements étranges peuvent survenir en même temps, qu'on aurait pu croire invraisemblables, voire impossibles. Un marchand est assassiné, sa péniche et sa boutique fouillées et enfin grand Dieu! son cercueil. Je n'ai pas encore eu le temps de vous en parler, au fait.

Il répara cette lacune. Il avait sur lui le pétale de rose, enveloppé dans un morceau de tissu, et tout aussi révélateur qu'auparavant.

– Jugez-en par vous-même, je sais qu'il n'est pas tombé avant d'avoir été posé et qu'il était dans le cercueil avec le corps. Et voilà que la nièce de cet homme-là s'arrange pour venir subrepticement jusqu'à la boutique du gantier, qu'elle trouve aussi mort que son oncle. Il y a toute une liste d'actes délictueux qui se rapportent à Thomas de Bristol. Or, puisqu'on n'a pas trouvé ce trésor caché dans son cercueil, en guise de sauf-conduit pour son retour à Bristol, faute de l'y avoir mis, on est venu là où maître Thomas aurait dû le remettre: ici.

– Il aurait fallu qu'ils le sachent à l'avance.

– Ou qu'ils aient de bonnes raisons de deviner.

– D'après votre témoignage, dit Hugh, pensif, on a ouvert puis refermé le cercueil entre Complies et Matines. Avant minuit. A votre avis, Cadfael, vous avez plus d'expérience que moi, quand cet homme est-il mort?

– Très tôt ce matin. Pour moi, il était mort à deux heures. Après avoir inspecté le cercueil, ils ont été forcés de conclure que d'une manière ou d'une autre, bien qu'ils aient surveillé attentivement maître Thomas depuis son arrivée, et qu'ils l'aient tué avant même le début de la foire, lui ou un agent à lui est passé à travers les mailles du filet et a remis son précieux dépôt. Le malheureux gantier a sûrement ouvert sa porte à quelqu'un qu'il croyait être un allié. Le nom d'une personne de confiance... un mot de passe l'auront rassuré... Il a laissé entrer le meurtrier, mais ce qu'il espérait c'était l'objet promis.

– Et même avec deux meurtres sur les bras, répliqua sèchement Hugh, ils n'ont pas trouvé ce qu'ils cherchaient. Lui croyait qu'ils le lui apportaient. Eux croyaient mettre la main dessus ici. Ils se sont tous fait berner. Et là-dessus, Emma entre en scène, subrepticement.

Il n'était guère optimiste; il se tenait le menton de son poing bronzé, et fronçait ses sourcils noirs, la mine anormalement solennelle.

– Oui. Vous et moi ne voyons pas les femmes du même œil que les autres. La plupart des hommes penseraient qu'une femme ne saurait détenir quoi que ce soit d'important. Surtout si elle est à peine sortie de l'adolescence. Pas avant d'avoir éliminé toutes les autres possibilités et d'être forcés de remarquer qu'une femme est mêlée à tout ça et qu'elle détient peut-être ce qu'ils cherchent.

– Et maintenant elle s'est trahie, ajouta Hugh, d'un air sombre. Enfin, elle est rentrée à l'hôtellerie sans dommage, grâce à Corbière. Je l'ai laissée avec Aline, elle est très secouée malgré sa force de caractère, et je vous garantis qu'aujourd'hui, elle ne fera pas un pas toute seule. Je vous le promets. Ma femme et moi pouvons nous occuper d'elle. Et maintenant voyons si ce malheureux a quelque chose à nous apprendre.

Il se pencha et écarta le sac grossier qui couvrait à demi le visage étroit du gantier, depuis les sourcils d'un côté de la machoire à l'autre. Une ecchymose dans les cheveux gris au-dessus de la tempe gauche indiquait qu'il avait été frappé par un droitier dès qu'il avait ouvert la porte afin de l'étourdir probablement pour qu'on puisse le bâillonner et le ligoter comme Warin. Mais cette fois, il fallait entrer et affronter un homme bien éveillé et non un dormeur craintif.

– Ils s'y sont en gros pris de la même manière, constata Cadfael, et je doute qu'on ait voulu le tuer. Seulement il ne s'est pas laissé faire. Il s'est battu et on lui a brisé la nuque. A première vue, l'un d'eux l'a pris par-derrière pour lui passer le sac et comme il résistait, il a tiré trop fort vers lui. Il était nerveux et agile, mais il n'était plus tout jeune et plus assez solide pour un pareil effort. Voilà qui a dû contrarier leurs projets. On aurait dû le trouver bien ficelé et vivant, comme Warin, s'il ne s'était pas défendu. Quand ils ont vu qu'il était mort, ils ont fouillé en vitesse et tout laissé en plan.

Beringar rejeta de côté les ceintures, les courroies et les gants qui jonchaient le sol et reposaient sur le cadavre. Le bras droit d'Euan, à partir du coude, était dissimulé dans le bas de son propre manteau que les visiteurs avaient repoussé d'un coup de pied pour faciliter leurs recherches. Quand il en eut écarté les plis, Hugh, dans son étonnement, émit un bref sifflotement : dans la main du mort il y avait un long poignard, avec une rainure dans la lame nue et ornée de dorures près de la garde. A sa ceinture, à demi caché sous la hanche droite, on voyait un fourreau vide.

– Un type débrouillard! Regardez, il en a marqué un pour nous.

Il y avait du sang sur la pointe de l'arme, qui sur une largeur de trois doigts, à cause de la rainure, formait deux lignes minces très rouges, et qui en séchant viraient au noir.

– Rhodri disait de lui que c'était un solitaire qui ne se fiait à personne, ni à son porteur, ni à son gardien de nuit, se rappela Cadfael. Il disait aussi qu'il portait une arme et savait s'en servir.

Il s'agenouilla près du cadavre, écarta le fouillis qui le couvrait encore, l'examina et le palpa de la tête aux pieds.

– Je suppose que vous allez le faire transporter au château ou à l'abbaye et l'inspecter sous toutes les coutures, mais à part cette petite tache sur le front, je pense qu'il n'a pas saigné. Le sang qu'il y a sur la lame n'est pas le sien.

– S'il était aussi simple d'en connaître le propriétaire! remarqua sèchement Hugh, s'asseyant sur les talons avec la souplesse propre aux jeunes, en face de Cadfael dont les genoux craquèrent sur le sol dur, et qui l'envia une seconde.

Hugh leva le bras raidi et éprouva la résistance des doigts crispés.

– Il a une bonne prise! constata-t-il.

Il eut du mal à desserrer assez le poing crispé pour dégager la garde du poignard. Dans la lumière oblique que le volet ouvert laissait pénétrer, il y eut un bref éclat au bout de la lame qui disparut aussitôt comme des grains de poussière dans les rayons d'or du grand soleil. Il y eut aussi ce qu'ils prirent d'abord pour une fine pellicule de sang sur un côté de l'acier.

– Un cheveu blond – tiens, le voilà encore! s'exclama Cadfael, se penchant pour mieux voir.

Le bref éclair se tordit quand Hugh fit tourner l'arme dans sa main.

– Ce n'est pas un cheveu. C'est un fil jaune très fin. Du chanvre non blanchi que la rainure a arraché au vêtement et que le sang a collé. Regardez!

Il s'agissait simplement d'un minuscule filament brun clair, retenu par la rainure, et aussi étroit qu'un brin d'herbe; mais quand Cadfael le prit doucement à son extrémité, il s'allongea et devint aussi long que sa main. Bien que sali par le sang, il était manifestement de couleur roussâtre sur un côté; et au bout de ce ruban, le long filament de chanvre festonnait comme un cheveu bouclé.

– Un fil long comme la main et se terminant à un ourlet, résuma Cadfael. Manifestement, il servait pour une couture et le poignard en a arraché une longueur.

Il plissa le front pour mieux réfléchir; il se représentait Euan ouvrant la porte en face de lui, le coup, aussitôt, qui ne l'assommait pas et lui qui dégainait aussitôt son poignard et frappait. Les adversaires étaient tout proches, se touchant presque et le cœur de l'agresseur servit de cible.

– Il a visé au cœur, affirma Cadfael, sûr de lui. C'est ce que j'aurais fait, ou n'importe qui d'autre. Son ennemi s'est sûrement glissé derrière lui et a dévié le coup, mais c'est là qu'il visait. Il y a quelqu'un, quelque part, dont la tunique est déchirée. Peut-être à hauteur du sein gauche. Il avait certainement les bras levés pour immobiliser l'arme. Oui, c'est sûrement la manche gauche qui est déchirée de la couture au coude. C'est d'abord la couture qui a cédé, les points ont été arrachés sur une bonne longueur.

Hugh réfléchit, plein de respect, et ne trouva rien à objecter.

– S'agit-il d'une bonne estafilade, à votre avis? Il n'a pas saigné jusqu'à la porte. Il n'aura pas fallu grand-chose pour étancher le sang.

– La manche a arrêté le sang, répondit Cadfael. C'est une estafilade, mais pas si petite, et qui doit se remarquer.

– Si seulement on savait où chercher!

A l'idée d'envoyer ses hommes sur la place du marché grouillante de monde pour demander à chaque homme de remonter sa manche gauche et de montrer son bras, Hugh eut un bref éclat de rire.

– Quoi de plus simple! poursuivit-il. Enfin rien ne nous empêche, vous, moi et tous les hommes de confiance disponibles, d'ouvrir l'œil aujourd'hui, au cas où on verrait une manche déchirée ou fraîchement recousue.

Il se leva et adressa un signe à l'homme le plus proche du volet ouvert.

– Bon, eh bien, on va l'emmener et voir ce qu'on peut faire. Un mot avec votre Rhodri ap Huw ne serait pas de trop, et j'imagine que vous en tirerez plus dans sa propre langue que moi par le truchement d'un interprète. S'il connaissait si bien la victime, faites-le parler et dites-moi ce que vous aurez appris.

– D'accord, dit Cadfael, se remettant péniblement debout.

– Il faut d'abord que j'aille au château faire mon rapport. Cette fois il y a quelque chose sur quoi je vais insister. La nuit dernière, le shérif n'était pas disposé à se montrer très compréhensif, mais à présent il va bien falloir qu'il relâche le jeune Corvisart et le confie à son père, comme les autres. Même une tête de mule comme Prestcote ne pensera pas que le garçon a eu quoi que ce soit à voir avec le premier meurtre, quand on voit tout ce qui s'est passé alors qu'il était en prison. Il dînera ce midi chez lui.

Rhodri n'était pas seulement désireux de passer une heure avec Cadfael pour lui déverser à l'oreille les fruits de son savoir et de son expérience, il n'avait que ça en tête depuis qu'on avait emporté le corps d'Euan de Shotwick, et fermé sa boutique que gardait un homme du shérif. Bien qu'omniprésent, il avait le don de ne pas se faire remarquer s'il le désirait et il surgissait alors quand on ne s'y attendait pas, aussi naturellement que s'il était venu là par hasard.

– Je gage que vous aurez vendu tout ce que vous avez apporté, dit Cadfael qui le rencontra parmi les étals, s'intéressant de loin aux affaires.

– On reconnaît partout les produits de qualité, répondit Rhodri, avec un joyeux clin d'œil. Mes gars nettoient les dernières jarres de miel et pour la laine, c'est terminé depuis longtemps. Mais j'ai une demi-bouteille là, si cela vous tente de boire quelque chose à cette heure. C'est de l'hydromel, pas du vin, mais en tant que Gallois, vous apprécierez.

Ils s'assirent sur des tréteaux empilés, déjà débarrassés de leur fardeau annuel après le départ de petits commerçants qui avaient tout vendu, et plaça la bouteille entre eux.

– Qu'est-ce que vous dites de l'histoire de ce matin? demanda Cadfael avec un mouvement de tête vers la boutique et son garde. Après tout ce qui s'est déjà passé? A votre avis, aurions-nous plus d'oiseaux de proie qu'à l'ordinaire? Ils ont peut-être pris peur et quitté les comtés où on se bat encore, et nous, nous en avons hérité.

– Pour moi, répliqua Rhodri en secouant sa crinière, votre foire est tout ce qu'il y a de paisible et de civilisé, si l'on excepte les mésaventures des deux marchands. Ce soir, c'est la fin, il y aura quelques querelles d'ivrognes et une ou deux bagarres, à mon avis, mais quelle importance? Cependant le hasard n'a rien à voir avec ce qui est arrivé à Thomas de Bristol. Il ne s'en prendrait pas trois fois à un seul homme alors que des centaines de ses semblables s'en tirent sans une égratignure.

– Il a fait plus qu'égratigner Euan de Shotwick, observa sèchement Cadfael.

– Ce n'est pas le hasard! Réfléchissez, mon frère! Celui qui est les yeux et les oreilles du comte Ranulf de Chester arrive dans le Shropshire et se fait tuer. Thomas de Bristol, venant d'une ville tenue par le comte Robert de Gloucester, se rend à la même foire et se fait tuer la nuit même de son arrivée. Après sa mort, tout ce qu'il a apporté est mis sens dessus dessous, mais sans qu'on vole grand-chose à ce qu'il paraît.

Il avait sans nul doute un moyen pour être informé de tout ce qu'on disait à un mille à la ronde, mais du moins n'avait-il pas mentionné la fouille du cercueil de Thomas. Soit parce qu'il n'en avait pas entendu parler, et n'en entendrait jamais parler, soit parce qu'il l'avait apprise le premier, et alors il serait le dernier à en convenir. La porte de la paroisse était toujours ouverte, nul besoin de mettre le pied dans la grande cour ou de franchir le portail.

– Quelque chose que Thomas a apporté à Shrewsbury est, ce me semble, d'un intérêt capital pour quelqu'un, qui ne l'a trouvé ni sur l'homme, ni sur sa péniche, ni dans sa boutique. Et que se passe-t-il ensuite? Euan de Shotwick est aussi tué pendant la nuit, et tout ce qu'il possède mis à sac. Là, on a peut-être bien volé quelque chose. Ses marchandises sont légères et peu encombrantes, pourquoi cracher sur un petit profit par-dessus le marché? Mais malgré tout – non, deux hommes qui ne sont pas du même bord, dans un pays divisé, qui se rencontrent à mi-chemin pour une affaire importante et discrète? Pourquoi pas? L'homme de Gloucester et celui de Chester.

– Alors où situer le troisième homme? se demanda Cadfael à voix haute.

– Quel troisième?

– Celui qui s'intéressait tant aux deux autres qu'ils en sont morts. Quel peut bien être son patron?

– Oh! il y a d'autres factions, et chacune a ses espions. Il y a le parti du roi – ils ont très bien pu s'intéresser de très près, s'ils l'ont remarquée, à la présence d'un homme de Chester et d'un homme de Gloucester à la même foire. Et il n'y a pas que le roi, d'autres se considèrent comme rois sur leur territoire, Chester n'est pas le seul, et eux aussi veulent savoir ce qu'un Chester mijote, et ne se gêneront pas pour lui barrer la route si c'est dans leur intérêt. Et puis il y a l'Église, mon frère, mais rassurez-vous, je ne parle pas des bénédictins. Vous n'êtes pas sans savoir que le roi a été très dur avec certains évêques ces derniers temps : il s'est mis à dos pas mal de religieux et par-dessus le marché il s'est aliéné son frère, son allié le plus sûr, l'évêque Henri de Winchester, qui est aussi le légat du pape. Henri lui-même a peut-être aussi quelque chose à voir dans cette histoire. J'en doute pourtant, il n'a sûrement pas pu apprendre à temps ce qui se passait ici, car il ne quitte jamais le sud. Mais Lincoln, ou Worcester..., des grands seigneurs comme eux ont besoin de savoir ce qui se trame, et pour des gens influents, les gros bras à louer ne manquent pas; ils exécuteront la besogne pour leur maître, qui restera bien sagement chez lui.

« Et voilà », songea Cadfael, « comment des gens riches pouvaient rester insoupçonnables pendant que leurs tueurs à gages faisaient le sale boulot. Et ce Gallois cynique m'étale tout ça sous le nez avec un plaisir apparent ! »

Cadfael savait que son interlocuteur le provoquait exprès ! mais s'agissait-il du caprice d'un personnage innocent et malicieux ou de l'assurance d'un criminel fier de son immunité et de son intelligence ? Voilà ce qu'il n'arrivait pas à savoir. Les yeux noirs de Rhodri étaient pleins de vivacité et ses dents brillaient. Pourquoi l'empêcher de bavarder si l'on pouvait en tirer quelque chose ? Et puis son hydromel était excellent.

– Il y a sûrement dans les parages d'autres habitants du Cheshire, dit Cadfael, méditatif, voire des proches de la cour de Ranulf. Vous-même par exemple n'en êtes pas si loin, vous connaissez bien la région, ainsi que les hommes et leur état d'esprit. Si vous avez raison, celui qui a commis tous ces actes savait où chercher l'objet qu'ils convoitaient, une fois qu'ils eurent compris qu'il ne se trouvait plus parmi les effets de Thomas. Alors dites-moi comment choisir entre Euan de Shotwick et vous? Il ne s'agit que d'un exemple! Vous ne m'en voulez pas?

– Mais non, bien sûr! s'exclama cordialement Rhodri. Eh bien, voyez-vous, la seule raison que je puisse invoquer est que je suis moi et que je sais que je ne suis pas employé par Ranulf de Chester. Mais comment pourriez-vous en être sûr, vous ou un autre? Il y a un point évidemment de détail : Thomas de Bristol ne parlait pas gallois, je crois.

– Ni vous l'anglais, j'avais oublié, soupira Cadfael.

– Il y avait un voyageur qui allait vers Gloucester et qui a passé la nuit à la cour de Ranulf il y a moins d'un mois, murmura Rhodri, rêveur, se rengorgeant, heureux de tout savoir; un jongleur qui a bénéficié de faveurs inhabituelles car on l'a appelé pour une représentation privée devant Ranulf et sa femme, après qu'ils eurent quitté la grand-salle pour aller se coucher. Je n'avais jamais entendu dire auparavant que Ranulf appréciait la musique. Il lui faudrait sûrement plus qu'un virelai français pour prendre le parti de son beau-père. Il tiendrait à connaître ses chances de réussite et ce qu'il y gagnerait.

Il lança un radieux sourire de côté à Cadfael et versa ce qui restait d'hydromel.

– A la vôtre, mon frère. Vous au moins, l'appât du gain ne vous préoccupe plus. Je me suis demandé quelle passion pouvait bien remplacer celle-là? Moi, je suis toujours dans le siècle, vous comprenez.

– Il y en a peut-être une, dit gentiment Cadfael. La vérité? Ou la justice?

2

Le geôlier ouvrit la porte de la cellule de Philippe un peu avant midi et se recula pour laisser entrer le prévôt. Le père et le fils se toisèrent sans tendresse, et bien que Geoffroi Corvisart continuât à paraître sombre et sévère et Philippe têtu avec un air de défi, le père s'adoucit quelque peu et le fils fut rassuré. Dans l'ensemble ils s'entendaient plutôt bien.

– On t'a confié à moi, dit le prévôt d'une voix brève. Tu n'es pas disculpé, pas encore, mais on te fait confiance pour venir à la barre si on te convoque. D'ici là, espérons que je pourrai te faire faire quelque chose de raisonnable.

– Je suis libre de rentrer à la maison?

Il avait l'air stupéfait, il ignorait tout ce qui s'était produit à l'extérieur et il n'était pas prêt à être relâché aussi brusquement. Il se hâta de remettre de l'ordre dans sa tenue, trop conscient du spectacle peu engageant qu'il offrait pour traverser la ville aux côtés du prévôt.

– Pourquoi ont-ils changé d'avis? On a arrêté quelqu'un? (Ce qui l'innocentait sans aucune ambiguïté aux yeux d'Emma.)

– Arrêter qui? demanda son père sans se dérider. Ne t'en soucie pas pour le moment, je te raconterai une fois que tu seras sorti d'ici.

– Allez, presse-toi mon gars, avant qu'ils ne changent de nouveau d'avis, lui suggéra le geôlier, souriant et faisant sonner ses clés. Du train où vont les choses, cette année, tu pourrais bien te retrouver bouclé avant d'avoir eu le temps de sortir.

Éberlué, Philippe suivit son père. Le soleil de midi l'éblouit quand il sortit; le ciel était d'un bleu brillant, profond comme les yeux d'Emma quand ils se dilataient sous l'effet de l'inquiétude. Comment ne pas se sentir heureux malgré les reproches qu'on lui adresserait sans doute chez lui? L'espoir et l'optimisme de la jeunesse se déployèrent en lui tandis que son père lui rapportait avec brusquerie tout ce qui s'était passé tandis qu'il languissait en prison sans nouvelles.

– Et puis il y a eu deux attaques sur le bateau et la péniche de dame Vernold, on l'a volée et ses hommes se sont fait agresser.

Philippe avait complètement oublié sa triste mine, il se dirigeait vers son domicile à grands pas, la tête haute, l'air excité et belliqueux, assez semblable à ce qu'il avait été lors de sa malheureuse expédition de l'autre côté du pont, la veille de la foire.

– Et on n'a arrêté personne? On n'est pas intervenu? Mais enfin, elle est peut-être en danger! Bon sang, que fait donc le shérif?

Sous l'effet de l'indignation, il accéléra.

– Il a assez à faire à disperser les manifestations déplacées que toi et tes semblables organisez, rétorqua vivement son père, sans pour autant provoquer la moindre réaction chez son héritier. Mais si tu tiens à le savoir, dame Vernold est en sécurité à l'hôtellerie; Hugh Beringar et son épouse s'occupent d'elle. Tu ferais mieux de t'occuper de toi, mon garçon, et de regarder où tu mets les pieds, car tu n'es pas sorti de l'auberge pour le moment.

– Mais qu'est-ce que j'ai fait de mal? Je suis juste allé un peu plus loin que vous, c'est tout.

Il ne se froissait même pas du jugement peu favorable de son père; tout en se défendant brièvement d'un air absent, il ne pensait qu'à la jeune fille.

– Elle n'est peut-être pas complètement à l'abri à l'hôtellerie si quelqu'un de vraiment décidé en voulait à son oncle et à tous les siens.

Bien que choquante, la mort de l'autre marchand le touchait moins, puisqu'elle semblait n'avoir rien à voir avec les menées contre maître Thomas et ses biens.

– Elle a été si bonne, dit-il. Elle ne voulait pas qu'on m'accuse de ce que je n'avais pas fait.

– C'est vrai! Elle a été parfaitement honnête, on doit l'admettre. Mais ne t'en mêle pas, elle est en de bonnes mains. Tu ferais mieux de penser à ta mère, parce qu'avec tes bêtises, elle est dans un bel état; enfin maintenant ils cherchent l'assassin ailleurs. Mais attention ils ont toujours l'œil sur toi! Et je te conseille de tenir un autre langage à la maison. Tu vas être bien reçu, comme tu le mérites.

Philippe était loin de s'en soucier, mais quand il pénétra dans la demeure située derrière celle du cordonnier, l'accueil fut tout bonnement chaleureux. Dame Corvisart qui était solide, belle et loquace cuisinait près de la plaque de l'âtre; elle pivota, poussa un cri étouffé, laissa tomber sa louche et s'approcha d'une démarche chaloupée comme un vaisseau toutes voiles dehors, prit son fils dans ses bras, le secoua, plissa le nez quand elle sentit l'odeur de la prison sur lui, lui reprocha d'avoir abîmé sa tunique et ses chausses du dimanche, lui flanqua une taloche car ce qu'elle lui disait le faisait rire, poussa un cri d'effroi en voyant la cicatrice à sa tempe gauche et exigea qu'il s'assît pour qu'elle pût couper les cheveux qui adhéraient au sang séché et nettoyer la blessure. Le mieux était de s'incliner et la laisser se calmer.

– Tu nous as valu bien des ennuis, tu nous as fait honte, tu m'as rendue tellement malheureuse, misérable que tu ne mérites pas que je continue à faire la cuisine, la lessive et la couture pour toi. Le fils du prévôt en prison, mais est-ce que tu te rends compte !

Elle lava le sang séché, soulagée de voir que la cicatrice qui restait était insignifiante, mais quand il répondit « non ! », ravi, elle lui tira vigoureusement les cheveux.

– Tu devrais, bon à rien ! Enfin, te voilà plus présentable. J'espère maintenant que tu vas te mettre au travail pour racheter les soucis que tu nous as causés, au lieu de traîner en ville, entraînant les autres dans des bêtises avec tes idées abracadabrantes.

– C'étaient les mêmes idées que celles de papa et des autres marchands de la guilde, maman, c'est à eux que tu aurais dû t'en prendre. Et demande donc à ceux qui portent mes souliers, s'ils ne sont pas contents de mon travail.

Il était un excellent artisan, et elle l'aurait proclamé elle-même si quiconque avait mis ses qualités et son sérieux en doute. Impulsivement, il la prit dans ses bras, et l'embrassa sur la joue, mais elle le repoussa d'une gifle qui n'avait rien d'une caresse.

– Ça suffit, et ne viens pas m'ennuyer avant de

t'être disculpé des charges qui pèsent sur toi, et d'avoir payé l'amende pour l'émeute que tu as provoquée. Maintenant à table!

Ce fut un repas excellent comme elle en préparait les jours de fête et pour la célébration des saints. Après, au lieu de se débarrasser des vêtements qu'il avait portés jour et nuit dans sa cellule, il se rasa soigneusement, fit un paquet de ses autres vêtements, le mit sous son bras, et sortit.

– Allons bon, où vas-tu? demanda-t-elle, inévitablement.

– Me baigner et nager pour redevenir propre.

Ils avaient un jardin en amont, sous le mur de la ville, comme beaucoup d'autres citadins, où poussaient des fruits et des légumes; il s'y trouvait aussi une petite cabane et où il pouvait se sécher au soleil. C'est là qu'il avait appris à nager peu après avoir appris à marcher. Il ne dit pas à sa mère où il se rendrait ensuite. Dommage qu'il ne pût se présenter dans son plus beau manteau, mais c'était l'été, il faisait chaud et il n'en avait pas besoin du tout; en chemise et haut-de-chausse, tous les hommes se ressemblent, pour peu que la chemise soit en bonne toile et bien propre.

La rivière n'était même pas froide dans le haut fond sablonneux près du jardin, mais après le repas, il n'y resta pas longtemps et évita de nager en eau profonde. Mais cela faisait du bien de se sentir de nouveau lui-même, lavé jusqu'au souvenir de son échec et de sa chute. Il y avait un endroit calme sous la rive où l'eau, presque immobile, reflètait clairement son visage et son épaisse chevelure brun-roux qu'il coiffa et aplatit avec ses doigts. Il s'habilla aussi soigneusement qu'il s'était rasé et se dirigea vers le pont puis vers l'abbaye. Il avait complètement oublié le mécontentement de la ville auquel il pensait la dernière fois qu'il était venu par là ; pour le moment, de ce côté-ci du fleuve, il avait des préoccupations plus importantes.

– Il y a quelqu'un qui demande dame Vernold, annonça Constance, qui venait de la grande cour, avec un petit sourire discret. Il est plutôt joli garçon en plus, bien qu'il ait encore les jambes trop longues, comme les poulains. Il a demandé bien poliment.

Quand on avait parlé d'un jeune homme, Emma avait vivement levé la tête; maintenant qu'elle commençait à accepter ce qui s'était produit et qu'elle s'habituait à ce désastre dont elle n'était pas responsable après tout, elle se souvenait de mots qu'Ivo avait prononcés, auxquels elle n'avait guère prêté attention sur le moment, mais qui, maintenant qu'elle en percevait la signification, lui faisaient du bien.

– S'agit-il de Messire Corbière?

– Non, pas cette fois. Celui-là, je ne le connais pas, mais il dit s'appeler Philippe Corvisart.

– Je le connais, intervint Aline, en souriant penchée sur sa couture. C'est le fils du prévôt, Emma, que vous avez défendu devant le tribunal du shérif. Hugh a dit qu'il le libérerait aujourd'hui. Si quelqu'un peut affirmer ne vous avoir causé aucun tort aujourd'hui ou ces derniers jours, c'est bien lui. Voulez-vous le voir? Ce serait gentil de votre part.

Emma l'avait presque oublié ainsi que son nom, mais elle se rappela qu'il l'avait suppliée de le croire. Elle le revoyait maintenant sale, marqué de coups, tout pâle au sortir de l'ivresse, avec sa dignité désespérée.

– Ça y est, j'y suis. Bien sûr que j'accepte de le voir.

Philippe entra derrière Constance. Tout frais au sortir de l'eau, ses cheveux humides formant des boucles épaisses, rasé de près, terriblement sérieux, mais sans l'agressivité qu'il avait manifestée la première fois, et fort différent du prisonnier humilié qu'elle avait vu au tribunal. Le dernier regard qu'il lui avait lancé, le menton sur l'épaule, comme on l'emmenait, oui là, elle le retrouvait. Il salua Aline, puis Emma.

– Madame, on m'a libéré sous caution et confié à mon père. Je suis venu remercier dame Emma pour avoir si gentiment parlé en ma faveur alors que rien ne l'obligeait à faire preuve de bonne volonté envers moi.

– Je suis heureuse de vous voir libre, Philippe, dit Aline, sereine, et en bonne santé. Vous préférez parler à Emma seul à seul, j'imagine, et une autre compagnie que la mienne la distraira, car ici on ne parle que de bébés.

Elle se leva, replia soigneusement son ouvrage avec l'aiguille sur le dessus.

– Constance et moi allons nous asseoir sur le banc, près de la grand-salle, au soleil. La lumière est meilleure et je ne manie pas l'aiguille aussi bien qu'Emma. Nul ne vous dérangera.

Elle sortit et par la porte ouverte, ils virent un rayon de soleil jouer dans son opulente chevelure blonde avant que Constance ne la suive et ferme derrière elle. Les deux jeunes gens restèrent seuls, se regardant gravement.

– Mon premier désir, étant libre, était de vous revoir et de vous remercier du fond du cœur de ce que vous avez fait pour moi. Certains, que je connais depuis toujours et qui n'avaient sûrement rien contre moi, ont pourtant affirmé que j'avais frappé le premier et m'ont accusé de toutes sortes de choses que je savais n'avoir pas commises. Mais vous, à qui j'ai fait du mal, Dieu sait pourtant que ce n'est pas ce que je voulais, n'avez dit que la vérité à mon sujet. Il faut être généreuse et impartiale pour agir ainsi avec quelqu'un que vous n'avez aucune raison d'aimer.

Il n'avait pas choisi ce verbe qui lui était venu naturellement dans cette phrase banale, mais en l'entendant il rougit violemment, et l'instant d'après elle rougit aussi mais plus discrètement.

– Je me suis contentée de dire la vérité sur ce que j'avais vu, répliqua-t-elle. Tous auraient dû en faire autant; ce n'est pas une vertu, mais un devoir. Il est scandaleux qu'ils ne l'aient pas accompli. Les gens ne pensent pas à ce qu'ils disent, et ne se donnent pas le mal de raconter clairement ce qu'ils ont vu. Mais c'est fini maintenant. Je suis heureuse qu'on vous ait laissé partir. Ça m'a fait plaisir quand Hugh a dit qu'il le fallait, en invoquant tout ce qui s'est passé et dont vous ne pouviez être responsable. Mais vous ne savez peut-être pas...

– Si, on m'a dit. Mon père m'a raconté. Il y a une espèce de complot contre vous et les vôtres, sinon comment expliquer toutes ces violences?, dit Philippe, s'asseyant à la place qu'Aline avait libérée, et se penchant chaleureusement vers Emma. J'ai peur pour vous... Je crains qu'un danger ne vous menace vous aussi. Je prends part à votre deuil et à tout ce que vous avez enduré. Je voudrais tant pouvoir vous aider.

– Mais il ne faut pas vous inquiéter pour moi.

Vous voyez bien que je suis en d'excellentes mains; demain la foire sera finie et Aline et Hugh Beringar m'aideront à rentrer sans danger.

– Demain? répéta-t-il, décontenancé.

– Peut-être pas demain. Roger Dod prendra la péniche, mais je resterai peut-être un jour ou deux de plus. Il faudra qu'on trouve un groupe qui reparte dans le sud par Gloucester afin de me protéger, et comprenant d'autres femmes. Cela risque de durer un jour ou deux.

Même un jour ou deux, ce serait merveilleux mais après, elle s'en irait et il ne la reverrait peut-être jamais. Et pourtant, malgré cette crainte, il ne pensait qu'à elle, incapable de chasser l'impression qu'elle courait un danger.

– Regardez tout ce qui s'est passé en deux jours seulement et qui vous touchait de près; il peut encore se passer bien des choses en un ou deux jours. Je voudrais que vous soyez en sécurité chez vous, là, maintenant, dit-il passionnément. Dieu sait pourtant que j'aimerais mieux me couper la main droite que de vous savoir loin. Aidez-moi au moins, ajouta-t-il, sans se rendre compte que ladite main droite serrait sa main gauche à elle, à trouver un moyen de me rendre utile. A défaut, dites-moi au moins que vous êtes convaincue que je n'ai pas levé la main sur votre oncle...

– Oh ça, bien volontiers, dit-elle chaleureusement. Je n'y ai jamais vraiment cru. Vous n'êtes pas homme à frapper quelqu'un traîtreusement. Je ne l'ai jamais pensé. Mais nous ne savons toujours pas qui l'a fait! Non, faites-moi confiance! Je suis sûre de *vous*. Mais dans votre intérêt à vous, je voudrais que tout le monde le soit aussi.

Ce fut dit très joliment et sincèrement, et il lui

en fut reconnaissant, mais il ne s'agissait que de générosité et de sympathie, rien d'autre, il en était sûr et il en souffrait tout en appréciant sa gentillesse.

– Dans mon intérêt aussi, ajouta-t-elle honnêtement, et dans celui de la justice. Il n'est pas juste qu'un lâche meurtrier ne soit pas puni, et cela me peine que la mort de mon oncle ne soit pas vengée.

Trouvez-moi le moyen de vous aider, avait-il dit; c'est peut-être ce qu'elle avait fait. Il n'était rien qu'il eût refusé d'entreprendre pour elle; il se serait couché sur le seuil de toutes les chambres où elle se serait trouvée, comme un chien de garde si elle en avait eu besoin, mais ça n'était pas le cas, l'adjoint du shérif et son épouse s'occupaient d'elle et veilleraient sur elle jusqu'à son retour. Mais quand elle évoqua l'inconnu qui avait poignardé son oncle dans le dos, il y avait eu dans ses grands yeux la flamme bleu saphir de la colère, et son visage s'était figé. A présent, Philippe connaissait sa mission.

– Emma, commença-t-il dans un murmure, retenant son souffle avant de se lancer dans une mer sans fond.

Ils n'avaient pas entendu frapper, et pourtant la porte s'ouvrit; Constance passa la tête par l'entrebâillement.

– Messire Corbière vous attend quand vous serez libre, dit-elle, et elle se retira, laissant la porte entrouverte.

Évidemment! Il ne fallait pas faire attendre messire Corbière! Philippe était debout. A ce nom, les yeux d'Emma étincelèrent comme des étoiles lointaines. Elle l'avait oublié.

– Vous vous souvenez peut-être de lui, dit-elle, s'intéressant encore un peu à son interlocuteur : le jeune gentilhomme qui est venu nous aider sur la jetée avec frère Cadfael. Il a été très bon pour moi.

Philippe se souvenait, même si à ce moment il avait la tête à l'envers, de ce hobereau mince, élégant et sûr de lui, qui avait sauté par-dessus un tonneau pour saisir Emma par le bras alors qu'elle allait tomber à l'eau, et qui, pour être juste, avait corroboré le témoignage d'Emma devant le shérif. Pourtant il avait aussi amené son fauconnier qui avait rapporté les menaces stupides de Philippe, complètement ivre, plus tard dans la soirée, témoignage que Philippe n'avait pas récusé, puisqu'il se savait incapable de réfléchir ou de se souvenir clairement des événements. La mémoire lui revint et il se dégoûta, blessé dans son orgueil. Le beau jeune seigneur, avec ses prouesses d'athlète, l'éclipsait davantage encore qu'il ne l'aurait cru.

– Je vous laisse, dit Philippe, se forçant bien à contrecœur à lâcher sa main. Je vous souhaite bonne chance pour votre voyage et pour tout.

– Moi aussi. Voulez-vous demander à messire Corbière d'entrer? ajouta-t-elle avec une cruauté inconsciente.

Jamais auparavant Philippe n'avait eu à manifester toutes ses qualités tant physiques que morales. Il se retira avec une dignité dont il ne se serait jamais cru capable. Trouvant Corbière dans la grande salle, il lui transmit courtoisement et aimablement l'invitation d'Emma, tout en brûlant intérieurement de jalousie. Ivo le remercia et s'il le dévisagea, ce fut avec un intérêt poli; apparemmment il ne se rappelait pas l'avoir vu dans des circonstances moins avantageuses.

« Qui aurait pu deviner », songea Philippe, se dirigeant d'un bon pas vers la grande cour ensoleillée », qu'un artisan cordonnier et un seigneur possédant des terres pussent se rencontrer et se parler ? Tu as peut-être plusieurs manoirs dans le Cheshire et un dans le Shropshire, tu es peut-être parent éloigné du comte Ranulf, qui t'accueille volontiers, mais moi je vais essayer de faire quelque chose pour elle, j'ai un métier aussi honorable que ton sang bleu, et si je réussis, qu'elle vienne vers moi ou non, elle ne m'oubliera jamais. »

Frère Cadfael franchit le portail après quelques heures d'errances inutiles entre la foire et le fleuve. Parmi des centaines d'hommes qui avaient leurs propres soucis, rechercher une manche déchirée ou raccommodée à la hâte équivalait à peu près à chercher une aiguille dans une meule de foin. L'ennui est qu'il ne voyait pas comment s'y prendre autrement. En outre, comme il continuait à faire beau et chaud, la plupart des gens étaient en manches de chemise. Mais c'est vrai, ça, songea-t-il. Il y avait du sang sur la dague du gantier, il avait donc blessé son adversaire, mais sans pour autant prélever le moindre fil blanc ou écru avec le filament brun. Si l'intrus avait une chemise, il avait relevé ses manches ; le vêtement était intact et pouvait cacher la blessure, ou si nécessaire, le bandage. Cadfael retourna travailler dans son atelier et se prépara à temps pour Vêpres plus parce qu'il ne savait pas comment s'y prendre que pour toute autre raison. Un moment de calme et de réflexion lui permettrait peut-être de retrouver ses esprits.

Dans la grande cour, le hasard voulut qu'il croisât Philippe lequel, sortant de l'hôtellerie, se dirigeait vers le portail. Plongé dans ses pensées, le jeune homme faillit ne pas le voir, mais il s'arrêta soudain, se retourna, et appela Cadfael qui se tourna également, brutalement arraché à ses réflexions.

– C'est vous! dit Philippe. C'est vous qui avez parlé en ma faveur après Emma, devant le shérif. Et je vous ai reconnu à ce moment, c'est vous qui étiez venu m'aider à me remettre sur pied et à me sauver quand les gens d'armes sont intervenus sur la jetée. Je n'avais pas encore eu l'occasion de vous remercier, et je le fais volontiers maintenant.

– Je crains de n'avoir pas réussi bien longtemps à vous sortir de vos ennuis, dit tristement Cadfael, examinant ce grand jeune homme dégingandé d'un œil critique autant qu'approbateur. Avait-il eu le temps de se pencher sur son sort en prison ou plus vraisemblablement celui de penser à Emma? Toujours est-il que Philippe avait mûri en peu de temps.

– Je suis heureux de vous voir de nouveau parmi nous et en pleine forme.

– Je ne suis pas encore disculpé, répondit Philippe. Il y a toujours des charges qui pèsent sur moi, y compris celle concernant le meurtre.

– Mais elles ne sont plus très solides, riposta gaiement Cadfael. On peut les réfuter à tout moment. Avez-vous entendu dire qu'il y avait eu un autre meurtre?

– Oui, en effet, et d'autres violences aussi. Mais cela n'a aucun rapport avec le reste. Jusque-là il s'agissait d'une action dirigée contre maître Thomas. L'autre homme n'était pas de chez nous, mais de Chester. Pouvez-vous m'accorder quelques minutes, mon frère? ajouta-t-il avec sérieux, posant la main sur la manche de Cadfael. Je n'avais pas les idées très claires cette nuit-là, maintenant j'ai besoin de savoir tout ce que j'ai fait et ce qu'on m'a fait. Il faut que je reconstitue chaque minute de cette soirée, ce qui n'est pas très facile.

– Rien d'étonnant, après ce coup sur la tête. Allons nous asseoir dans le jardin. On ne nous dérangera pas.

Il prit le jeune homme par le bras, le conduisit près de l'entrelacs de la haie et le fit asseoir sur le même banc – mais Philippe l'ignorait – où Emma et Ivo s'étaient assis la veille.

– Alors! Qu'est-ce qui vous tracasse? Il est normal que vos souvenirs manquent de précision. Mais vous avez la tête dure et heureusement une bonne tignasse, sinon on vous aurait emmené sur un brancard.

Philippe, hésitant, fronça les sourcils, regarda au loin, se demandant ce qu'il allait dire et ce qu'il allait garder pour lui. Le regard patient et réconfortant de Cadfael le décida à se confier.

– Je sors de chez Emma. Je sais qu'elle est mieux protégée que je ne saurais le faire, mais au moins, j'ai trouvé quelque chose qui pourrait lui rendre service. Elle veut que celui qui a tué son oncle soit livré à la justice et j'ai l'intention de m'en charger.

– Le shérif et ses hommes aussi, remarqua Cadfael, méditatif, mais sans grand succès jusqu'à présent. Un homme de plus pour se pencher sur ce problème découvrira peut-être le fin mot de l'histoire. Pourquoi pas? Mais comment allez-vous vous y prendre?

– Eh bien, si j'arrive à prouver, je dis bien prouver, que je suis innocent, je tomberai peut-être sur quelque chose qui me mènera au coupable. Je peux toujours commencer par essayer de retrouver ce que j'ai fabriqué cette nuit-là. Non seulement pour me défendre, précisa-t-il gravement, mais parce qu'il me semble que j'ai aidé à couvrir ce meurtre par ma conduite et que le coupable s'est servi de moi et de la bagarre que j'ai déclenchée. Oui, cela l'a bien arrangé car il savait que s'il y avait un meurtre de commis cette nuit, c'est d'abord à moi qu'on penserait. Je ne sais pas qui c'est, mais il a dû s'intéresser à mes allées et venues, sinon je ne lui aurais servi à rien. Si j'avais toujours eu une dizaine d'amis autour de moi, je n'aurais jamais été soupçonné et le shérif aurait tout de suite commencé à chercher ailleurs. Mais j'étais ivre, malade, j'ai longtemps traîné seul près du fleuve, ça je m'en souviens. Assez longtemps pour que ce soit vrai, et le meurtrier le savait.

– Cela se tient, acquiesça Cadfael approbateur. Et qu'allez-vous faire ensuite?

– Me rendre au bord du fleuve, là où quelqu'un m'a assommé et suivre mes traces jusqu'à ce que je les retrouve clairement. Je ne me souviens de ce qui s'est passé là-bas qu'à partir du moment où vous m'avez tiré des pattes des hommes du shérif et que deux amis m'ont emmené; mais j'avais les jambes en coton, l'esprit confus et du diable si je me rappelle qui c'était. Si vous le savez, je peux commencer par là.

– L'un d'eux était l'ouvrier d'Edric Flesher. L'autre était grand, jeune, costaud, avec des cheveux filasse et il était deux fois plus large que vous.

– John Norreys! s'écria Philippe en claquant des doigts. Il me semble le revoir plus tard dans la nuit. Cela suffit, je vais commencer par eux et voir où ils m'ont laissé, et dans quel état, ou bien où je me suis débarrassé d'eux, ce qui est fort possible, je n'étais pas un compagnon très agréable. Je vais reconstituer toute la soirée, si je peux.

Et il se leva, jetant un pan de son manteau par-dessus son épaule.

– Très bien! s'exclama Cadfael. Du fond du cœur, je vous souhaite de réussir. Et si vous essayez de retrouver vos traces dans quelques-unes des auberges de la première enceinte, pensez à moi et ouvrez l'œil, d'accord? Si vous parvenez à découvrir votre ennemi, vous trouverez peut-être aussi l'homme que je cherche.

Et il lui expliqua minutieusement les indices révélateurs.

– Regardez celui qui lève le bras pour boire ou qui le pose sur la table et vous verrez peut-être ce que je cherche. La manche a une fente longue comme la main depuis le poignet et il porte un manteau brun-roux, recousu avec du fil plus clair. Si les hommes ont les bras nus, cherchez une longue blessure superficielle faite par un couteau ou le bandage qui la protège si elle saigne encore. Mais si vous tombez sur cet homme, ne le provoquez pas, ne lui dites rien, si c'est possible. Venez simplement me dire comment il s'appelle et où le trouver.

– C'est le meurtrier du gantier? demanda Philippe, enregistrant gravement les détails en inclinant la tête. Vous pensez que c'est peut-être le même que celui qui a commis l'autre crime?

– Si ce n'est pas le même, ils se connaissent, et

ils sont tous les deux dans le coup. Trouvez l'un, et l'autre ne sera pas loin.

– Je ferai bien attention, en tout cas, dit Philippe et il se dirigea à grands pas, délibérément, vers le portail, pour commencer son enquête.

3

Après cela, frère Cadfael réfléchira souvent à ce qui s'ensuivra, se demandant si la prière peut agir après coup et influencer également l'avenir. Ce qui s'était produit s'était produit, cependant il se serait trouvé confronté à la même situation s'il n'était pas allé tout droit à l'église, après le départ de Philippe, avec le désir passionné de prier pour soutenir ses efforts personnels, qui ne déboucheraient vraisemblablement sur rien. C'était là un problème théologique complexe et délicat qu'on n'avait encore jamais soulevé à sa connaissance ou, si on l'avait soulevé, aucun théologien n'avait osé écrire sur ce sujet de crainte, probablement, de se voir accusé d'hérésie.

Cependant il éprouva le besoin urgent, puisqu'il avait manqué plusieurs offices aujourd'hui, de confier de nouveau ses difficultés et son échec à quelqu'un qui voyait tout et qui était capable d'ouvrir toutes les portes. Il choisit la chapelle du transept d'où on avait emporté le cercueil de maître Thomas et qui était de nouveau sanctifié par la messe célébrée pour lui. Il avait le temps à présent de s'agenouiller et d'attendre; il s'était donné du mal jusqu'à maintenant, comme un homme qui s'efforce de gravir une montagne alors qu'il connaissait l'existence d'une force capable de faire se courber la montagne. Il récita une prière pour acquérir la patience et l'humilité, et puis pria pour Emma, pour l'âme de maître Thomas, pour l'enfant qui allait naître chez Hugh et Aline, pour Philippe et ses parents qui l'avaient retrouvé, et pour toutes les victimes de l'injustice, tous ceux à qui on faisait tort, et qui parfois oubliaient que le shérif n'était pas leur seul recours.

Et puis il fut grand temps de se relever et d'aller accomplir son devoir, même si un sujet autrement violent requérait son attention. Il s'occupait de l'herbarium et de la fabrication des remèdes depuis seize ans, et on avait foi en eux bien au-delà de la clôture; et même si Mark était le plus dévoué des assistants et s'il ne se plaignait jamais, il n'était pas juste de le laisser trop longtemps assumer seul cette responsabilité. Cadfael se hâta de regagner son atelier, soulagé de s'être déchargé de ses soucis sur quelqu'un de plus fort, tout comme Mark le serait en le voyant arriver.

L'odeur entêtante du jardin des simples, après ce long moment de chaleur et d'ensoleillement, se répandait partout comme une bénédiction particulière pour les sens et non pour l'esprit. Sous l'auvent de l'atelier, les bouquets d'herbes sèches bruissaient comme des oiseaux chantant dans l'air tiède, alors qu'il n'y avait presque pas de vent. Même les poutres de la cabane, huilées pour qu'elles ne se fendent pas, répandaient la douceur de leur arôme.

– J'ai fini de préparer les baumes contre les ulcères, dit Mark faisant fidèlement son rapport, heureux de savoir le travail accompli. J'ai récolté toutes les têtes de pavots mûres, mais je ne les ai pas encore ouvertes; j'ai pensé qu'il valait mieux les laisser sécher au soleil un jour ou deux.

Cadfael pressa une des têtes entre ses doigts, et approuva.

– Et l'eau d'angélique pour l'infirmerie?

– Frère Edmond l'a envoyée chercher il y a une demi-heure. Je l'avais préparée. Et j'avais un malade, dit Mark, occupé à ranger sur une étagère les petites soucoupes d'argile qu'il utilisait pour trier les graines. Juste avant le dîner. Un palefrenier qui s'était blessé au bras. Il a dit qu'il s'était fait ça à un clou, aux écuries en descendant un harnais, mais pour moi ça ressemblait à un coup de poignard. La plaie n'était pas très propre, je l'ai nettoyée et j'ai mis dessus un peu de votre onguent de grateron. Ils jouaient aux dés dans le grenier la nuit dernière. Pour moi il y a eu une bagarre et on l'a frappé. Voilà, c'est tout, conclut Mark en s'essuyant les mains et se tournant en souriant. Ce fut un après-midi tranquille, vous n'avez pas à vous inquiéter.

– Mais pourquoi me regardez-vous comme ça? s'exclama-t-il, surpris, en voyant l'expression de Cadfael, et ses sourcils remontèrent comiquement. Il n'y a vraiment pas de quoi écarquiller ainsi les yeux.

« Ni la bouche! » se dit Cadfael, et il la referma tout en songeant à l'étrangeté des hommes et à la récompense imméritée qu'ils recevaient parfois. Non, peut-être pas, car en l'occurrence Mark, qui, modeste, ne demandait jamais rien, en avait profité.

– A quel bras était-il blessé? s'enquit-il, surprenant encore plus Mark qui naturellement ne pouvait imaginer en quoi c'était important.

– Le gauche. De la face externe du poignet, à la partie inférieure de l'avant-bras. Presque jusqu'au coude. Pourquoi?

– Avait-il un manteau?

– Pas quand je l'ai vu, dit Mark que l'absurdité de ce dialogue fit sourire. Mais il le portait sur son bras valide. C'est important?

– Plus que tu ne le crois! Mais je t'expliquerai plus tard. De quelle couleur était-il? As-tu vu la manche qui aurait dû couvrir son bras?

– Oui, je lui ai proposé de la recoudre. Je n'avais pas grand-chose à faire à ce moment. Mais il a dit que c'était déjà fait; c'était vrai d'ailleurs; assez mal, avec du fil noir. J'aurais fait beaucoup mieux, car à l'origine il s'agissait de lin non blanchi. La couleur? Brun-roux, comme ce que portent souvent les palefreniers et les hommes d'armes, mais du bon drap.

– Tu le connaissais? ce n'est pas un des serviteurs de l'abbaye?

– Non, mais celui d'un hôte, dit Mark sans s'impatienter. Pas un mot à son seigneur, a-t-il dit! C'est un des palefreniers d'Ivo Corbière, le plus âgé, le grincheux, celui avec la barbe.

Gilbert Prestcote en personne, seul, à pied, avait été faire un tour à la foire, l'après-midi, pour veiller lui-même à l'ordre public. A son retour de la ville, il tenait conférence avec Hugh Beringar quand Cadfael arriva du jardin en grande hâte, avec les dernières nouvelles. Lorsqu'il eut terminé, sans y aller par quatre chemins, ils le regardèrent, puis se regardèrent, étonnés et méfiants.

– D'après Aline, Corbière est chez moi depuis

une bonne heure, dit Hugh. Emma lui a tourné la tête; je me demande s'il a pensé à autre chose ces deux derniers jours. Du moment que le travail était fait, ses hommes ont eu la bride sur le cou. Peut-être le blessé est-il celui qu'on cherche.

– Son seigneur a le droit d'être prévenu, déclara Prestcote. La discipline se relâche quand on voit le pays déchiré et les nobles bafouer la loi. Je suppose que rien n'a été fait ni dit qui puisse l'inquiéter? Il n'a aucune raison de s'enfuir. Et il compte sur la protection que lui vaut le nom de son maître.

– Personne d'autre que vous n'est au courant, remarqua Cadfael, et ce qu'il raconte est peut-être vrai.

– J'ai le petit lambeau de tissu sur moi, dit Hugh. On doit pouvoir vérifier si c'est le bon.

– Demandez à Corbière de venir, ordonna le shérif.

Hugh se chargea du message puisque Corbière était son hôte. Pendant qu'ils attendaient en un silence tendu, deux hommes d'armes de l'abbaye arrivèrent avec leurs grands arcs, encadrant Turstan Fowler, armé de son arbalète. Apparemment ils étaient tout heureux et s'entendaient comme larrons... en foire. Le dernier jour de la foire d'ailleurs, il y avait souvent des concours de lutte, de tir sur les souches dans les prairies le long du fleuve, opposant le grand arc[1] à l'arbalète, bien que dans la région le grand arc ressemblât plutôt à l'arc court du pays de Galles qui se tirait à hauteur de la poitrine et non de l'oreille. L'arc d'un

1. On distinguait à l'époque le grand arc, qui était une arme de guerre, et l'arc court, en général utilisé pour la chasse. (*N.d.T.*)

mètre quatre-vingts était assez rare, même si on en connaissait l'existence. Il y avait aussi des courses et on s'affrontait à la quintaine [1] dans la lice du château. Le commerce et l'amusement vont bien ensemble, ce qui profite surtout aux tavernes où les gagnants ne tardent pas à perdre ce qu'ils ont gagné et où les perdants compensent leurs pertes.

Ces trois-là se retrouvaient dans une discussion amicale d'où les plaisanteries n'étaient pas exclues, chacun semblant vanter l'arme qu'il utilisait. Ils n'avaient pas traversé la moitié de la cour que Hugh sortit de l'hôtellerie, avec Corbière à côté de lui. Ivo vit son archer se diriger vers l'écurie et il lui fit impérieusement signe de rester là.

Depuis sa disgrâce de la première nuit, il n'y avait plus rien à reprocher à Turstan. Comme on lui faisait signe de ne pas bouger mais de se tenir prêt, il obéit sans poser de questions et continua à s'amuser avec ses contradicteurs. Il avait dû bien tirer juste, car tous semblaient parler de son arbalète; il passa le pied dans l'étrier métallique et tendit la corde pour leur montrer qu'il n'était guère moins rapide qu'eux qui n'avaient qu'à lever le bras. La discussion entre la vitesse et la distance durerait probablement aussi longtemps que les deux armes existeraient. Cadfael avait utilisé les deux en son temps, ainsi que l'arc oriental, l'épée et la lance des cavaliers. Même en ce moment crucial, il trouva le temps de s'intéresser à la discussion amicale qui se déroulait à quelques pas.

1. Mannequin pivotant dont usaient les chevaliers pour s'entraîner au maniement de la lance. (*N.d.T.*)

Puis Ivo fut parmi eux, il avait perdu sa belle confiance et son charme. Il avait l'air inquiet, et sous l'arc orgueilleux de ses sourcils châtains et ses belles boucles d'or, son regard était chargé de questions.

– Vous vouliez me voir, messire? Hugh ne m'a rien dit, mais il m'a semblé que c'était urgent.

– Il s'agit d'un de vos hommes, dit le shérif.

– Mes hommes?... répéta-t-il, dubitatif et se mordant les lèvres. Je ne suis au courant de rien... Pas depuis que Turstan s'est stupidement enivré, qu'il s'est fait pardonner et qu'il se conduit de nouveau normalement, et même au pire moment, il n'a fait de tort à personne qu'à lui-même, l'animal. Mais il faut bien qu'ils s'occupent quand ils ont fini leur travail. La foire est ouverte à tout le monde. Que se passe-t-il concernant mes hommes?

Le shérif se chargea de le lui dire. Ivo pâlit en écoutant, et son visage bronzé se creusa.

– Alors mon serviteur est soupçonné de ce meurtre auquel j'ai été mêlé. Mon Dieu! Pas plus tard que ce matin. Vous le savez peut-être, il s'appelle Ewald, et vient d'un manoir du Cheshire; ses ancêtres sont originaires du nord mais il ne s'est jamais montré dangereux avant, bien qu'il ne soit pas gai et n'ait que peu d'amis. J'en suis navré. C'est moi qui l'ai amené ici.

– Vous pouvez peut-être résoudre le problème, suggéra Prestcote.

– C'est possible, dit-il, serrant les lèvres. Et même certain! Je me préparais à monter; mon cheval n'a pas beaucoup travaillé ici, et il faudra qu'il me ramène demain. Ewald est son palefrenier. Il devrait être en train de le seller en ce moment. Voulez-vous que je le fasse appeler? Il doit m'attendre. Non! ajouta-t-il aussitôt, fronçant les sourcils. Ça n'est pas la solution, je vais y aller moi-même. Si j'envoyais Turstan, vous pourriez penser qu'ils se soutiennent entre eux et qu'il l'avertirait. Vous croyez qu'il ne nous surveille pas depuis un moment? Vous croyez que notre petite conversation a l'air naturel?

Certes pas. Turstan, balançant son arme prête à servir, n'avait plus envie d'éclairer ses rivaux qui, sentant que quelque chose qui ne les regardait pas posait problème, se reculèrent puis s'éloignèrent, en jetant toutefois de discrets regards en arrière. Ils finirent par disparaître dans la cour de la grange.

– J'y vais, décida Ivo et il se dirigea à grands pas vers l'écurie. Turstan hésita, le laissa passer, puisqu'il ne lui disait rien, après quoi il pivota, courut derrière lui, et l'interrogea, inquiet. Il le suivit quelques mètres, puis ils virent Ivo tourner la tête et lui donner sèchement ses ordres. Refroidi dans ses ardeurs, Turstan recula, et regagna le portail, perplexe.

Quelques minutes s'écoulèrent avant qu'ils perçoivent distinctement le bruit clair des sabots sur les pavés de la cour. Puis le grand bai à la robe de nuit, brillant comme du cuivre noir, que le manque d'exercice rendait nerveux, sortit en dansant dans la cour, tenu en main par le palefrenier massif et barbu, et suivi par Ivo à quelques pas.

– Voici Ewald, mon serviteur, dit-il brièvement et il recula, comme le remarqua Cadfael, entre le portail ouvert et eux.

Turstan Fowler se rapprocha discrètement, silencieusement, dévisageant vivement chacun des protagonistes, cherchant à comprendre. Ewald, tenant toujours la bride du cheval, plissait les yeux, inquiet, sous le regard impassible du shérif. Quand l'animal, qui avait besoin de bouger, s'agita et secoua la tête, le palefrenier leva la main gauche pour saisir la bride et de la main droite caressa d'instinct l'encolure brillante, mais sans détourner le regard un seul instant.

– Mon seigneur me dit que vous avez quelque chose à me demander, dit-il d'une voix lente et peu aimable.

Sous son avant-bras gauche, on voyait nettement la reprise à sa manche, le tissu marqué de larges points et l'extrémité d'un fil frémit sous le soleil et la brise, dansant comme un insecte.

– Enlevez votre manteau. Allez! Pas de rouspétance! ordonna le shérif, voyant que l'homme ouvrait la bouche sous l'effet de la surprise, réelle ou apparente.

Lentement Ewald retira son manteau, un peu maladroitement car il n'était pas facile de continuer à tenir la bride. Le cheval s'attendait à prendre l'air et à sortir et il s'efforçait de gagner le portail qui l'attirait particulièrement. Il avait déjà dépassé le groupe, sauf Cadfael qui se tenait à l'écart, sans rien dire, un peu plus près de la porte.

– Relevez votre manche. La gauche.

L'homme jeta à la ronde un regard affolé, puis baissa la tête comme un taureau, les mâchoires crispées et s'exécuta, le bras droit passé dans la bride pendant qu'il remontait le drap grossier jusqu'au coude. Frère Mark, par-dessus l'onguent, avait bandé la plaie avec un linge propre, dont la blancheur éclatait.

– Vous vous êtes blessé, Ewald? demanda Prestcote, calme et menaçant.

Il a une chance, se dit Cadfael, s'il a assez de présence d'esprit pour modifier son récit et dire franchement qu'il a pris un coup de couteau dans une rixe de taverne, et qu'il a raconté des fariboles à frère Mark pour cacher sa mauvaise conduite. Mais non, il ne prit pas le temps de réfléchir; il avait son histoire toute prête et croyait qu'elle suffirait. Cependant si, quand il l'avait soigné, Mark avait pu distinguer une coupure d'une égratignure, Prestcote en ferait autant du premier coup d'œil.

– Oui, je me suis blessé avec un clou à l'écurie, messire, en descendant un harnais.

– Et vous avez déchiré votre manche par la même occasion. Ce clou était étrangement coupant, Ewald, car c'est du bon drap solide. Vous avez le lambeau de tissu? demanda-t-il en se tournant soudain vers Beringar.

Hugh sortit de sa bourse un morceau de vélin plié et l'ouvrit sur un fragment de tissu insignifiant, qui ressemblait surtout à une herbe séchée, dont les fibres se séparaient et pourrissaient au bord, mais c'était suffisant. Ewald se recula d'un pas, si vivement que le cheval recula de plusieurs mètres en direction du portail; le palefrenier se tourna et se servit de ses deux mains pour le calmer. Ivo dut s'écarter rapidement pour éviter de se faire bousculer.

– Passez-moi votre manteau, ordonna Prestcote quand le bai se fut calmé, et fut disposé à rester tranquille, bien que sans enthousiasme.

Le palefrenier regarda le petit bout de tissu qu'il avait reconnu, puis le shérif, calme mais implacable; il n'hésita qu'un moment et fit ce qu'on lui demandait, ou presque. Il leur jeta le lourd manteau au visage et d'un bond se hissa sur la selle du bai. Il enfonça les talons dans les flancs brillants et d'un grand cri lança le cheval en plein galop en direction du portail.

Seul Ivo s'interposa. Le palefrenier dirigea le cheval droit sur lui à bride abattue. Le jeune homme sauta de côté, mais bondit comme un félin, pour attraper la bride alors que la bête lui filait sous le nez; il parvint à la saisir, fut tiré un moment, jusqu'à ce que l'homme lui décrochât un méchant coup de pied; le cuir se rompit et Ivo, projeté hors du chemin, tomba lourdement et roula sous les pieds du shérif et de Hugh qui s'élançaient derrière le fuyard. Ewald passa le portail et tournant à droite prit la première enceinte ventre à terre; personne n'ayant de cheval, nul ne pouvait le poursuivre et pour une fois le shérif se trouvait seul et sans archers.

Mais Ivo en avait un. Turstan Fowler s'était précipité pour l'aider à se remettre sur pied, ce dont Ivo semblait ne pas soucier; il sortit sur la première enceinte et d'un pas lourd, essouflé, furieux, le visage égratigné, se lança derrière Ewald en boitillant. Le petit groupe s'arrêta au milieu de la grand-route, regardant cheval et cavalier disparaître au loin sans rien pouvoir faire et incapable de les suivre. L'homme était un assassin, et il allait s'en tirer; une fois loin de Shrewsbury, il pourrait disparaître dans la forêt et se cacher tranquillement comme un renard dans sa tanière.

– Descends-le! cria Ivo, s'étouffant à moitié de rage.

L'arbalète de Turstan était toujours armée et prête à servir, et il avait l'habitude d'obéir au doigt et à l'œil. Le carreau sortit de sa ceinture et l'instant d'après le sifflement de son vol fit tourner la tête des gens et crier les femmes sur la première enceinte.

Ewald, courbé sur l'encolure du cheval, eut soudain un sursaut violent et redressa la tête très haut. Il lâcha les rênes et ses bras retombèrent. Pendant un instant, il sembla suspendu dans l'air, puis il pivota lourdement sur le côté et glissa lentement de la selle. Le bai, effrayé, continua comme un fou, dispersant dans tous les sens les marchands et les clients saisis de panique, mais il ne savait plus où aller maintenant que sa légèreté soudaine le désorientait. Il ne s'éloignerait guère. Quelqu'un l'arrêterait sûrement, le calmerait et le ramènerait.

Quant à Ewald le palefrenier, il était mort avant que le premier marchand, effaré, ne parvînt jusqu'à lui, mort probablement avant d'avoir touché le sol.

4

– C'était un de mes vilains [1], affirma Ivo énergiquement dans la chambre de la loge où ils avaient apporté et déposé le corps, et j'ai le pouvoir de haute justice [2] sur mes gens, or Ewald était un meurtrier. Je n'ai nul besoin de nous défendre, mon archer et moi-même, lui n'a fait qu'obéir à mes ordres. Nous avons vu que cet

1. Vilain : paysan libre au Moyen Age. (*N.d.T.*)
2. Haute justice : droit de condamner à mort. (*N.d.T.*)

homme ne s'est pas blessé à un clou mais qu'il a reçu un coup de poignard et ce que vous avez prélevé sur la dague du marchand s'adapte parfaitement à sa manche. Quelqu'un a-t-il le moindre doute sur sa culpabilité?

Non, personne. Cadfael était avec eux dans la pièce, à la demande de Hugh et il n'avait aucun doute. C'était bien l'homme que Euan de Shotwick avait marqué avant de se faire tuer. De plus, on avait retrouvé une partie des marchandises et de l'argent de Euan dans les quelques affaires qu'Ewald avait laissées derrière lui : son paquetage contenait une belle bourse en cuir pleine de pièces et deux paires de gants de femme, cadeaux pour une épouse ou une sœur, qui sait? Aucun doute, c'était lui l'assassin. Turstan, qui l'avait tué, ne se considérait nullement comme tel, pas plus qu'un archer de Prestcote, s'il avait reçu l'ordre de tirer. Il ne paraissait guère ébranlé par les événements. Pourquoi l'aurait-il été? Il avait simplement obéi à son maître et il était allé souper ensuite sans que son acte lui coupât l'appétit.

– C'est moi qui l'ai amené, dit Ivo avec amertume, essuyant les traces de sang sur sa joue blessée. C'est mon honneur qu'il a défié tout comme la loi de ce pays. J'avais le droit de me venger.

– Bon, eh bien, c'est fait, répliqua brièvement Prestcote. Voilà qui évite au comté un procès et une pendaison, et je ne suis pas sûr que ce soit la pire des solutions pour ce misérable. Mais c'était un coup hasardeux, et votre homme tire étonnamment bien. Je n'aurais jamais cru qu'il ferait mouche à cette distance.

– Je sais ce que vaut Turstan, riposta Ivo avec un haussement d'épaules, sinon je n'aurais pas risqué la vie de mon cheval ou celle d'un des nombreux innocents qui vaquent à leurs occupations sur la première enceinte. Mais je ne pensais pas qu'il serait tué...

– On peut regretter une chose, remarqua le shérif. S'il avait des complices, il ne pourra plus nous dire qui ils sont. Selon vous, Beringar, ils étaient probablement deux?

– Vous êtes convaincus, je pense, que ni Turstan ni Arald, mon jeune palefrenier, n'ont rien à voir là-dedans? protesta Ivo.

Il avait insisté pour qu'on les interrogeât tous les deux. Depuis sa faute, Turstan était un modèle de vertu; avec l'adolescent au frais minois campagnard, ils s'étaient fait des amis parmi les autres serviteurs. Ewald était morose et taciturne, il ne se mêlait pas aux autres et la révélation de son crime n'avait pas surpris grand-monde.

– Mais il y a encore les autres délits. Y était-il mêlé, à votre avis?

– Je ne peux m'empêcher de penser que maître Thomas a été tué par un homme seul, affirma lentement Beringar. Et mon petit doigt me dit, sans aucune raison logique, qu'il n'avait rien à y voir. Quant au reste, mystère et grenouille bleue! Le veilleur de Thomas a parlé de deux hommes, mais il a pu en rajouter un pour excuser sa couardise, ou son bon sens si vous préférez. Mais celui qui est venu sur la péniche en plein jour, et d'un bon pas j'imagine, comme s'il avait quelque chose à y prendre ou à déposer était sûrement seul. Là où ils étaient deux, il était probablement dans le coup. Maintenant, je ne sais pas qui était l'autre.

Après Complies, Cadfael alla faire son rapport

à l'abbé, qui avait déjà reçu une visite de courtoisie et quelques renseignements du shérif, mais il pensait que son observateur accrédité aurait un autre point de vue et qu'il serait plus concerné par la réputation et l'image de marque de l'abbaye. Dans un ordre religieux où la modération était à la source de tout, il pouvait se passer des événements aussi regrettables qu'immodérés.

Radulf écouta calmement et en silence sans qu'il y eût moyen de lire sur son visage ce qu'il pensait de cette justice expéditive.

– La violence n'amène jamais rien de bon, remarqua-t-il pensivement, mais nous vivons dans un monde souvent aussi laid et violent qu'il peut être bon et beau. Cependant deux choses me préoccupent particulièrement. L'une d'elles, mon frère, vous paraîtra peut-être de peu d'importance : on n'a ni tué ni versé le sang dans nos murs. De cela, je suis reconnaissant. Vous avez vécu dans le siècle avant d'entrer au couvent ; ce qu'on doit accepter et supporter ici comme au-dehors, pour vous, c'est tout un. Mais beaucoup de nos frères n'ont pas votre expérience ; pour eux et pour la paix que nous nous efforçons de préserver ici afin que les autres puissent y trouver refuge, mieux vaut que ce lieu n'ait pas été souillé. Le second point est aussi important pour vous que pour moi : cet homme était-il coupable ? Est-il sûr que c'était un assassin ?

– Absolument, répondit Cadfael, choisissant ses mots avec soin, il était mêlé à ce meurtre, très vraisemblablement avec au moins un complice.

– Alors, aussi dur que soit son sort, c'était justice. Vous n'êtes pas satisfait ? demanda-t-il devant le lourd silence de Cadfael et levant vivement la tête.

– Il était complice de ce crime, d'accord. Les preuves sont évidentes. Mais la justice dans tout cela? Ils étaient deux. L'un paie pour les deux, et l'autre s'en sort. C'est ça, la justice? En mon âme et conscience, je suis sûr qu'il y a autre chose qu'on ignore encore.

– Et demain tous ces gens retourneront à leurs affaires, rentreront chez eux, les innocents comme les coupables. Cela ne saurait être le dessein de Dieu, dit l'abbé.

Puis il réfléchit un moment en silence et il reprit :

– Cependant Dieu veut peut-être que nous n'y soyons plus mêlés. Continuez à veiller jusqu'à demain, mon frère. Après, d'autres reprendront le flambeau.

Frère Mark était assis au bord de sa paillasse, dans sa cellule du dortoir, les coudes sur les genoux, la tête dans les mains, effondré. Enfant, il avait eu une vie difficile; les privations, les brimades, la souffrance avaient été ses fidèles compagnes jusqu'à ce qu'il entrât au couvent, d'abord à contrecœur. Mais la mort lui paraissait trop horrible, trop inadmissible quand elle arrivait ainsi, foudroyante, sans possibilité de rachat. Même si on était maltraité, affamé, si on travaillait sans cesse, du moins on était vivant, avec le ciel au-dessus de la tête, les arbres, les fleurs, les oiseaux, le cycle des saisons, la beauté. Même dans les pires circonstances, la vie était une amie, et la mort une ennemie inconnue.

– Mon petit, il en va toujours ainsi, dit Cadfael patiemment, assis à côté de lui. L'été dernier, quatre-vingt-quinze hommes sont morts ici, en ville; ils n'avaient tué personne. Ils n'avaient pas fait le bon choix, et ils sont morts. Pendant la guerre, cela arrive à des femmes innocentes, et aussi en temps de paix parce qu'il y a des hommes méchants. Cela tombe sur des enfants qui n'avaient fait de mal à personne, sur des vieillards qui avaient toujours été bons et que l'on tue brutalement, sans raison. Mais il faut que tu gardes la foi : tout cela s'équilibre par la suite. Ce que tu vois n'est qu'une partie d'un tout, qui lui est parfait.

– Je sais, murmura Mark derrière sa main, honnête mais inconsolé. Mais mourir ainsi, sans jugement...

– Comme les quatre-vingt-quatorze de l'an passé, répliqua doucement Cadfael. Le quatre-vingt-quinzième, lui, a été assassiné [1]. La justice que nous voyons n'est aussi qu'un fragment brisé. Mais il est de notre devoir d'en rassembler le plus possible, de préserver le maximum et pour le reste, d'avoir confiance.

– Mais il est mort sans confession! cria Mark.

– Sa victime aussi. Il n'avait ni tué ni volé, ou alors Dieu seul le sait. Nombreux sont les hommes qui ont franchi la porte sans sauf-conduit, qui iront au paradis avant ceux qui sont passés par l'absolution et tout le cérémonial et dont les affaires étaient en ordre. Les rois et les princes de l'Église se verront peut-être préférer des bergers et des serfs, et d'aucuns qui prétendent avoir fait le bien devront céder la place à des misérables qui ont fait le mal, mais qui l'ont reconnu et s'en sont repentis.

1. Voir *Un cadavre de trop*, dans la même collection, n° 1963. (*N.d.T.*)

Mark, tout à l'écoute, commençait à comprendre. Il expliqua humblement pourquoi il souffrait.

– J'avais son bras entre mes mains. Je l'ai vu grimacer quand j'ai nettoyé la plaie, et j'ai souffert avec lui. Ce n'était pas une grande peine, mais je l'ai éprouvée. J'étais content de l'aider, de mettre de l'onguent sur sa blessure; je lui ai fait un bandage tout propre; je sais qu'il était soulagé. Et maintenant il est mort, avec un carreau d'arbalète dans le corps. A quoi sert de soigner un homme si on le brise sans rémission quelques heures plus tard? poursuivit-il, essuyant ses larmes brièvement, rageusement et découvrant un visage accusateur.

– Nous parlions des âmes, pas des corps, lui rappela calmement Cadfael. Et qui sait? Ton onguent, ton bandage ont peut-être été plus efficaces contre un mal plus profond? Il n'est pas de flèche pour transpercer l'âme, mais il existe peut-être un onguent.

5

Occupé à retracer sa propre piste, Philippe avait fini par retrouver son ami John Norreys à l'endroit des cibles près du fleuve, où s'entraînaient les archers en herbe de la ville et tous deux dénichèrent le jeune ouvrier d'Edric Flesher dans la cour derrière la boutique de son patron. L'odyssée de Philippe, la veille de la foire, avait commencé avec ces deux-là à qui frère Cadfael l'avait confié quand les hommes du shérif étaient descendus sur la Gaye.

Ils lui racontèrent qu'ils l'avaient emmené par les vergers et les sentiers étroits derrière la première enceinte, en évitant la grand-route, et qu'ils l'avaient fait asseoir dans la première échope où l'on vendait à boire pour qu'il retrouvât un peu ses esprits. Il s'était montré très ingrat, dès qu'il avait commencé à se remettre du choc et à tenir à peu près sur ses jambes.

Exaspéré par sa propre bêtise, ce fut contre eux qu'il avait dirigé sa mauvaise humeur leur disant, expliqua John gentiment, qu'il n'avait pas besoin de nourrice et qu'ils feraient mieux d'aller prévenir les autres vauriens qui cassaient tout sur la première enceinte que les gens d'armes arrivaient. Ce qu'ils avaient écouté sans se fâcher, sachant qu'il avait alors très mal à la tête; ils l'avaient suivi un moment à bonne distance comme il s'éloignait sur le champ de foire d'un pas mal assuré jusqu'à ce qu'il leur retombât dessus et leur ordonnât de ficher le camp. Ils étaient restés à le surveiller puis, haussant les épaules, l'avaient laissé puisqu'il ne voulait pas d'eux.

– Tu marchais de nouveau bien, dit John, et comme tu nous envoyais au diable, on s'est dit que le mieux était de te laisser te débrouiller. Seul, tu n'irais pas loin, mais si on te suivait, Dieu sait de quoi tu serais capable, juste pour nous embêter.

– Il y avait quelqu'un d'autre qui te surveillait, un peu inquiet, ajouta l'ouvrier boucher après réflexion, quand on a quitté la buvette avec toi. Il est sorti avec nous, et a pris la même direction que toi. Je suppose qu'il s'est dit que tu étais soûl comme une grive et qu'il pourrait te donner un coup de main.

– Trop aimable! s'exclama Philippe, se redressant indigné et voulant dire par là que l'inconnu était sacrément indiscret. Quelle heure était-il? Pas encore huit heures?

– A peine, j'ai entendu la cloche de Complies peu après, par-dessus le mur. C'est drôle comme on l'entend, même quand il y a du bruit.

C'était si vrai que sur la première enceinte les gens se réglaient sur les cloches des offices.

– Qui était ce type? Vous le connaissiez?

Ils se regardèrent et haussèrent les épaules, indifférents; parmi les milliers de visiteurs d'une grande foire, les indigènes étaient perdus.

– Jamais vu. Il n'était pas d'ici. Peut-être qu'il ne te suivait pas en fait. Il allait juste dans la même direction.

Ils lui dirent exactement où ils l'avaient laissé et quelle direction il avait prise. Philippe suivit fidèlement leurs indications, mais dans cette foule qui se répandait sur la première enceinte et dans tous les espaces libres, il avançait toujours à l'aveuglette. Il savait simplement qu'avant neuf heures, il était complètement ivre, qu'il buvait encore chez Wat et qu'il exhalait d'une langue pâteuse sa haine et son désir de vengeance contre Thomas de Bristol. Mais qu'avait-il fait entretemps? Peut-être était-il venu là directement et était déjà bien parti quand l'étranger avait entendu ses menaces.

Philippe serra les dents et continua à remonter la première enceinte, si obsédé par sa tâche qu'il n'entendait rien, pas même la nouvelle qui se colportait dans toute la foire avec force variations et améliorations avant d'atteindre le triangle éloigné de la foire aux chevaux. La nouvelle était déjà vieille de deux heures, mais elle n'était toujours pas parvenue aux oreilles de Philippe, qui ne pensait qu'à son problème. Tout autour de lui les échoppes redevenaient des planches et des tréteaux, les boutiques fermaient; on en rendait les clés aux intendants de l'abbaye. On ne faisait presque plus d'affaires, mais la soirée n'était pas finie, et après le travail on s'amuserait.

La taverne de Walter Renold était à l'autre bout de la foire aux chevaux, pas sur la route de Londres, mais sur une route plus calme, menant vers le nord-est. C'était pratique pour les gens de la campagne qui amenaient leurs produits au marché, et à cette heure, la salle était pleine. Philippe commanda à contrecœur un pot de bière alors qu'il se lançait dans une enquête si cruciale, mais c'est le commerce qui fait vivre les tavernes et il était maintenant devenu si sobre qu'il pouvait se permettre cette fantaisie. Le garçon qui lui apporta sa boisson était à peine sorti de l'enfance; ses cheveux couleur d'étoupe et son visage grêlé ne disaient rien à Philippe. Il attendit de voir Wat lui-même pendant un bref moment de calme.

– J'ai appris qu'on vous a libéré, déclara Wat posant ses bras bronzés sur la table en face de lui. J'en suis heureux. Je n'ai jamais cru à votre culpabilité, je le leur ai dit quand ils sont venus m'interroger. Quand vous ont-ils relâché?

– Un peu avant midi.

Beringar lui avait promis qu'il dînerait chez lui, et c'était vrai, bien qu'à une heure un peu plus tardive.

– Personne ne pouvait vous accuser de ce qui s'est passé après. Une belle foire, hein! Il a fait beau, les affaires ont bien marché, beaucoup de visiteurs, et même pas trop de casse, dit Wat, méditatif, fort de son expérience en la matière. Deux marchands assassinés pourtant, le deuxième venait du nord, on l'a trouvé dans sa boutique la nuque brisée pas plus tard que ce matin. Vous êtes au courant? Ça n'était jamais arrivé ici! C'est pas des gens de Shrewsbury – je le leur ai dit, hein! – qui feraient des choses pareilles. Cherchez donc parmi les étrangers. On sait se conduire par ici!

– Oui, je sais. Pourtant ce n'est pas de ça qu'on m'accusait, mais du premier meurtre, le marchand de Bristol.

Le nord et le sud s'étaient rencontrés ici, se dit-il, et cela avait été fatal aux deux hommes. Pourquoi? Les deux victimes venaient de loin; et il y avait sur place des gens qu'il valait la peine de voler.

– Celui-là, on ne pourrait pas vous le mettre sur le dos, affirma Wat avec un large sourire, même si on vous a libéré aujourd'hui. C'est du passé. Vous connaissez la nouvelle? Il s'en est passé des choses, sur la première enceinte tout à l'heure. Le meurtrier s'est fait prendre la main dans le sac, il a essayé de se sauver avec le cheval de son seigneur qu'il a envoyé rouler dans la poussière d'un coup de pied. Et il a été tué net sur l'ordre de son seigneur. Un sacré coup, paraît-il. Le gantier a été vite vengé. Vous ne saviez pas?

– Mais non! J'ai seulement entendu dire qu'on cherchait quelqu'un dont la manche était déchirée et qui était blessé au bras. Quand est-ce arrivé?

Apparemment frère Cadfael avait trouvé son homme tout seul, après tout.

– Moins d'une heure avant Vêpres. Moi j'ai seulement entendu crier sur la première enceinte, vers l'abbaye. Le shérif était là en personne, paraît-il.

Donc vers cinq heures, moins d'une heure peut-être après que Philippe eut quitté Cadfael pour chercher John Norreys. Les événements n'avaient pas traîné; plus besoin maintenant de regarder de près la manche des hommes qu'il croiserait.

– Ils sont sûrs de ne pas s'être trompés de bonhomme?

– Aucun doute. Le marchand l'avait marqué et ils ont trouvé dans le sac du criminel de l'argent et des affaires qui venaient de la boutique. Le coupable est un palefrenier, un nommé Ewald, je crois...

C'était donc ça, un voleur qui était allé trop loin. Rien à voir avec ce que cherchait Philippe. Il était libre de se concentrer de nouveau sur ses propres recherches avec une énergie accrue. Ce qui avait commencé comme un exercice de pénitence prenait peu à peu une tout autre tournure. Il s'était certes donné en spectacle mais ses raisons d'agir et de faire agir les autres n'avaient rien eu de ridicule et il n'avait pas à en avoir honte. C'est seulement quand tout s'était effondré autour de lui qu'il avait cessé de se conduire raisonnablement et qu'il s'était laissé aller à son chagrin comme un enfant boudeur.

– Ah si seulement je pouvais découvrir l'assassin de maître Thomas! C'est cette nuit-là que de graves soupçons ont commencé à peser sur moi, et à juste titre, je l'avoue. C'est bien gentil d'être confié à la garde de mon père, mais personne n'a dit que j'étais complètement blanchi. Je veux bien payer pour ce que j'ai fait, mais il faut que je prouve que je n'ai pas touché à ce marchand. J'étais ici cette nuit-là, je le sais, la veille de la foire, vous vous rappelez? A partir de quelle heure? Car moi, je ne me souviens de rien. D'après ses gens, maître Thomas était encore vivant à neuf heures vingt.

– Ah, vous étiez là, sans aucun doute! s'exclama Wat, qui ne put s'empêcher de sourire en se rappelant ce moment. Il y avait du bruit, on était occupés, mais vous vous êtes fait entendre! Sans rancune, mon garçon. Qui d'entre nous ne s'est jamais rendu ridicule en buvant un coup de trop? Il n'était sûrement pas plus de huit heures et quart quand vous êtes arrivé, et pour moi, vous n'aviez pas encore bu grand-chose à ce moment.

Un quart d'heure seulement après Complies. Il était donc venu directement après s'être débarrassé de ses amis. Directement n'était peut-être pas le mot, car il ne devait pas marcher très droit, mais au moins il ne s'était pas arrêté en chemin. C'était la seule chose à faire : s'écarter au maximum de la foule et mettre la plus grande distance possible entre ses compagnons et lui avant de s'arrêter quelque part.

– Vous savez, jeune homme, reprit gentiment Wat, si vous aviez pris votre temps, vous auriez tenu le coup. Mais vous étiez bougrement pressé. Je crois n'avoir jamais vu personne ingurgiter autant en aussi peu de temps; rien d'étonnant à ce que votre estomac se soit révolté.

Ça n'était pas très agréable à entendre, mais Philippe écoutait sans broncher. Il s'était certes rendu aussi ridicule qu'il l'avait craint, et dans son témoignage, l'archer n'avait pas exagéré.

– Je criais vraiment vengeance contre l'homme qui m'avait frappé? Parce que c'est ce qu'on m'a dit.

– Oh, je n'irais pas jusque-là, mais enfin ça n'est pas faux non plus. Disons que vous ne le portiez pas tellement dans votre cœur. Ça se comprend, la marque qu'il vous avait laissée était facile à voir. Vous l'avez traité d'avare, d'arrogant et d'autres noms que j'ai oubliés. Et vous avez répété à qui voulait l'entendre qu'avec son orgueil, il ne l'emporterait pas au paradis et que ça ne tarderait pas. C'est sûrement ce que ceux qui ont témoigné contre vous avaient en tête. Mais je n'ai entendu aucun de mes clients dire qu'ils s'étaient rendus à l'audience, ou alors bien plus tard. Mais qui a raconté tout ça?

– Une seule personne. Je ne lui reproche rien, notez, il semble avoir dit la vérité. Je n'en ai jamais douté d'ailleurs. Je me suis conduit comme un imbécile cette nuit-là.

– Mon pauvre ami, quand on a pris un bon coup sur la tête, on a bien le droit de dire des bêtises. Mais qui c'est, ce type-là? Avec tous ces visiteurs, j'ai eu beaucoup de clients que je ne connais pas ces jours-ci.

– Le serviteur d'un des hôtes de l'abbaye, un nommé Turstan Fowler, paraît-il. Il a dit qu'il était venu boire ici, de la bière d'abord, puis du vin et ensuite quelque chose de plus fort. Il semble avoir fini dans le même état que moi; on l'a ramassé inconscient plus tard et il a terminé la nuit dans une cellule de l'abbaye. Il ne manque pas d'allure, mais il était voûté et mal fagoté quand je l'ai vu au tribunal. Dans les trente-cinq ans, à vue de nez, bronzé, des cheveux bruns épais...

– Ça ne me dit rien, dit Wat en secouant la tête après quelques secondes de réflexion, pourtant j'ai une bonne mémoire des visages. C'est le métier qui veut ça. Maintenant, si c'est un étranger, je ne vois pas pourquoi il aurait fait un faux témoignage; il aura sûrement mal interprété ce que vous disiez parce qu'il ne vous connaissait pas.

– A quelle heure suis-je parti d'ici?

Philippe grimaça en se rappelant ce départ soudain et désespéré; il avait mal au cœur, la tête qui tournait et les deux mains crispées sur ses mâchoires contractées. Il avait à peine eu le temps de traverser la route en trombe et de se jeter dans le premier taillis où il s'était soulagé, puis il avait fait quelques pas en trébuchant vers les vergers de la Gaye pour se cacher et il s'était effondré tout tremblant dans l'herbe, secoué de nausées, avant de s'endormir du sommeil de l'ivresse dont il n'avait émergé qu'à l'aube.

– Bon, en se fondant sur Complies, je dirais qu'il s'était écoulé une heure; il était dans les neuf heures.

Environ un quart d'heure après, Thomas quittait sa boutique pour retourner à la péniche. Et un inconnu armé d'un poignard l'avait intercepté en chemin. Rien d'étonnant à ce que la justice se fût intéressée de près à Philippe Corvisart qui avait de bonnes raisons de lui en vouloir et qui avait disparu d'un pas mal assuré, à la vue de tous, à peu près à la même heure, après avoir exhalé sa rancœur à haute et intelligible voix.

Wat se leva pour aller s'occuper de ses clients, trop nombreux pour ses deux petits serveurs, et Philippe, le menton appuyé sur le poing, resta à rouler de sombres pensées. La plupart des lumignons devaient être éteints à présent sur la première enceinte, et les marchandises sur les étals emballées en vue du départ. Une belle nuit d'été de plus à l'odeur balsamique, source d'agréables profits pour les caisses de l'abbaye, une aubaine pour le commerce après un été gâché par la guerre et un hiver d'incertitude. Quant aux rues et aux murs de la ville, ils n'avaient toujours pas été réparés.

La porte était grande ouverte sur le chaud crépuscule lumineux et il y avait beaucoup de va-et-vient. Des jeunes arrivaient avec des pots et des pichets à apporter à leurs parents, des servantes avec une mesure de vin pour leur maître, des ouvriers et des serviteurs de l'abbaye entraient se désaltérer pendant un moment de calme. La foire de Saint-Pierre allait s'achever à la satisfaction de tous.

Un jeune homme au frais minois, vêtu d'un beau pourpoint de cuir, entra, suivi d'un homme robuste, au visage bronzé, qui avait au moins quinze ans de plus mais était tout aussi élégant. Il fallut un bon moment à Philippe pour reconnaître Turstan Fowler, à jeun, très correct, en odeur de sainteté auprès de son maître et des autres. Il lui fallut encore plus longtemps pour essayer de se rappeler à quoi il ressemblait quand il était ivre, car la différence était incroyable. Il regarda l'enfant les servir. Wat était occupé de son côté et la salle était pleine. Le dernier jour de la foire était toujours très animé. Le lendemain à la même heure, tout serait beaucoup plus calme, voire triste.

Philippe ne sut jamais au juste pourquoi il avait

tourné la tête et présenté ses épaules aux hommes d'Ivo Corbière. Il n'avait rien contre eux, mais il ne voulait pas être aperçu par eux ni qu'ils le félicitent pour sa libération, ou s'apitoyent sur son sort; bref, sympathie ou pas, il ne tenait pas à attirer l'attention sur lui. Il continua à leur tourner le dos, heureux qu'il y eût tant de monde, surtout des étrangers.

– La foire, ça fait tourner le commerce, remarqua Wat, revenant à sa place et se laissant tomber sur le banc avec un soupir de satisfaction; je voudrais bien que ça dure toute l'année, mais je ne rajeunis pas et j'ai à peine eu une heure de repos pendant ces trois jours. Qu'est-ce que vous disiez?

– J'essayais de vous décrire le type qui a rapporté mes propos au tribunal. Jetez donc un coup d'œil par là-bas et vous le verrez. Les deux habillés de cuir qui sont entrés ensemble, le plus vieux.

Wat avait le regard vif; il observa Turstan Fowler sans s'y intéresser en apparence, mais très attentivement. Puis il se tourna vers Philippe.

– Voûté et abattu, hein? Il est drôlement élégant ce soir. Alors c'est lui? Oh, je m'en souviens très bien. J'oublie rarement un visage, mais je ne connaissais ni son nom, ni son état.

– Il avait sûrement moins belle allure ce soir-là, il reconnaît avoir beaucoup bu. A ce qu'il raconte, deux heures après, il n'y était plus pour personne.

– Et c'est ici qu'il a bu tout ça? s'étonna Wat, le front plissé.

– C'est ce qu'il dit. « C'est là que j'ai eu mon compte. » Ce sont ses propres mots.

– Ah oui? Eh bien, ce que j'ai à vous dire va vous intéresser, mon ami, confia Wat, se penchant sur la table. Maintenant que je le vois, je sais comment il était la dernière fois que je l'ai vu. A peu près comme maintenant, si vous m'en croyez. Et qui plus est, je sais ce qu'il avait à voir avec vous et vos affaires; je me rappelle des petites choses qui se sont passées cette nuit-là auxquelles je n'avais pas réfléchi auparavant, pas plus que vous ne l'auriez fait à ma place. Il est venu deux fois cette fameuse nuit, ou plutôt il est d'abord resté devant la porte, et il n'a franchi le seuil que plus tard. Il s'est planté à regarder pendant dix bonnes minutes après que vous êtes entré. Il vous fixait attentivement, mais je n'en ai pas fait cas à ce moment-là; il faut reconnaître qu'il y avait de quoi car vous êtiez bien parti. Mais pour vous regarder, il vous regardait et vous soupesait, puis il est parti. On l'a revu une demi-heure après peut-être; là il est entré, il a pris une mesure de bière et une grande fiasque de genièvre très fort, il a bu sa bière tranquillement en vous surveillant de temps à autre, et encore une fois, il y avait de quoi : vous êtiez tout vert et bien silencieux tout d'un coup. Mais Philippe, mon garçon, savez-vous quand il a fini sa bière et qu'il est parti? A la minute même où vous êtes sorti en courant. Avec sa fiasque sous le bras, intacte. Ivre, lui? Allons donc! Quand il est sorti, il était parfaitement sobre.

– Mais il avait emporté le genièvre avec lui, riposta Philippe. Il était complètement soûl deux heures après, plusieurs témoins peuvent en jurer. Il a fallu le ramener à l'abbaye sur un brancard.

– Et combien de genièvre avait-il encore avec lui? Est-ce qu'on a parlé de ça? Est-ce qu'on a seulement retrouvé le flacon?

– Je n'en ai aucune idée, admit Philippe, dubitatif et stupéfait. Frère Cadfael était là. Je peux toujours lui poser la question. Mais pourquoi?

Wat lui posa gentiment une main protectrice sur l'épaule.

– Mon gars, il n'est pas très difficile de voir que vous n'avez jamais bu que du vin et de la bière, et je vous suggère de laisser les boissons fortes aux gens costauds. J'ai parlé d'une grande fiasque tout à l'heure, et le mot n'était pas trop fort. Il y avait un litre de genièvre là-dedans! Et si un homme l'avait vidée en deux heures, ce n'est pas ivre mort qu'on l'aurait ramené, mais mort tout court. Et s'il avait survécu, il n'aurait sûrement pas été capable de raconter son histoire le lendemain, ah ça non! Ce type-là était aussi sobre que le shérif quand il est sorti derrière vous. Je serais bien en peine de vous dire pourquoi il a menti là-dessus, mais il a bel et bien menti. Maintenant vous pourrez peut-être m'expliquer la raison pour laquelle il s'est donné autant de mal pour s'accuser de quelque chose qu'il n'avait pas fait et qui lui a valu en prime de passer la nuit en prison. A moins, ajouta-t-il, très intéressé, que ça lui ait permis de se sortir de quelque chose de pire.

Le plus âgé des serveurs, les mains pleines de chopes vides, s'arrêta pour envoyer à Wat un coup de coude dans l'épaule et lui murmurer quelques mots à l'oreille.

– Savez-vous qui nous avons là, cher maître? demanda-t-il avec un mouvement de tête en direction des deux hommes vêtus de cuir. Le plus jeune est palefrenier comme celui qui a été tué sur la première enceinte tout à l'heure et l'autre –

c'est ce que vient de me dire Will Wharton qui était tout près et qui a tout vu! – c'est celui qui a tiré! Sur son compagnon, notez-bien! Est-ce vraiment l'endroit où il devrait être ce soir et en pleine forme? Il a l'estomac plus solide que le mien. « Descends-le » dit le maître et lui exécute, sans sourciller. On aurait pu croire qu'il aurait un peu trop la tremblote pour faire mouche. Pensez-vous! Vlan entre les épaules et en plein cœur, d'après Will. Et c'est le même bonhomme qui sirote sa bière comme tout bon chrétien.

Ils le regardaient tous deux, bouche bée, puis ils se tournèrent pour fixer de nouveau brièvement et intensément Turstan Fowler assis calmement, sa chope à la main, ses jambes solides étendues sous la table. Philippe n'avait pas songé à demander pour qui travaillait le mort et Wat n'aurait peut-être même pas su répondre. Sinon, il l'aurait dit.

– C'est lui? Vous êtes sûr? insista Philippe.

– Will Wharton l'affirme. Il a aidé à transporter le pauvre diable qui s'est fait abattre.

– Turstan Fowler, le fauconnier d'Ivo Corbière! Et c'est Corbière qui lui a ordonné de tirer?

– Je ne sais pas comment il s'appelle, ni Will non plus. Un jeune seigneur, un des hôtes de l'abbaye. Un beau garçon, d'après Will. On ne peut guère lui reprocher d'avoir voulu empêcher un voleur et un meurtrier de s'enfuir, surtout qu'il venait de lui voler son cheval et de lui faire mordre la poussière quand il a essayé de l'arrêter. Et quand le seigneur commande, il vaut mieux s'empresser d'obéir. Cependant ce n'est pas drôle de travailler avec quelqu'un durant des mois et des années et de recevoir l'ordre de le tuer! Et d'obéir!

Le serveur ouvrit des yeux ronds, siffla longuement, et continua à emporter ses chopes, les laissant tellement perdus dans leurs pensées qu'ils se turent tous deux.

Mais il n'y avait sûrement rien là-dedans qui le concernât. En quittant la taverne, Philippe jeta un bref regard en arrière : Turstan Fowler et le jeune palefrenier étaient tranquillement assis, bavardant gaiement avec une demi-douzaine d'autres consommateurs qui se trouvaient à proximité. Ils ne l'avaient pas remarqué, ou bien ils ne l'avaient pas reconnu, et ni l'un ni l'autre ne semblaient particulièrement préoccupés pour le moment. Bizarrement, pourtant, cet homme était mêlé à tout ce qui se passait de pas catholique dans le coin, jamais directement, mais toujours d'assez près.

Quant à cette histoire de fiasque, que signifiait-elle vraiment? Quand on l'avait ramassé, il était trop soûl pour pouvoir parler, personne n'avait cherché cette bouteille, elle avait très bien pu rester sur place, encore à moitié pleine, et si cette boisson était aussi forte que Wat le prétendait, un rôdeur nocturne l'avait peut-être trouvée en remerciant sa bonne étoile. Il y avait une dizaine d'explications possibles à tout cela. Pourtant, c'était bizarre. Pourquoi s'était-il cru obligé de prétendre qu'il était ivre en sortant de chez Wat si en vérité il était sobre comme un chameau? Plus important encore, pourquoi était-il parti si vite derrière Philippe? Car enfin Wat avait le coup d'œil.

Ces petites incohérences agaçaient le jeune homme comme des piqûres d'ortie. Il était bien trop tard maintenant pour déranger qui que ce soit; le dernier office était fini depuis longtemps, les moines, leurs hôtes et leurs serviteurs étaient tous couchés ou prêts à se coucher, sauf les quelques serviteurs laïcs qui avaient presque terminé leur travail et qui seraient contents de faire un peu la fête ce soir. En outre, ses parents n'apprécieraient guère qu'il les ait abandonnés toute la journée et il pouvait s'attendre à ce qu'on lui demandât des explications sur un ton comminatoire dès qu'il rentrerait.

Il traversa quand même la route en direction du taillis comme il l'avait fait l'autre nuit et trouva quelques traces de son passage dans l'herbe piétinée. Puis il repartit vers le fleuve, évitant les rues, restant à couvert dans le bois et il tomba sur l'endroit où il avait dormi pour se remettre de sa cuite avant de se relever tout courbatu et de rentrer en ville d'un pas mal assuré. La lumière était suffisante pour qu'il se repère et voie l'herbe tout écrasée. Mais non, ça n'était pas là! Il distinguait un sentier à peine visible alors que lui s'était beaucoup plus avancé dans les buissons et sous les arbres, en aval du fleuve, se cachant même de la nuit. Ce taillis était très semblable à l'autre, mais ça n'était pas le bon. Quelqu'un cependant, ou quelque chose de la taille d'un homme, avait reposé là, et pas au calme. Plusieurs personnes avaient piétiné le terrain. Des amants qui avaient saisi l'occasion de profiter d'un des plaisirs traditionnels de la foire? Ou un tout autre combat? Non, il n'y avait pas eu vraiment lutte; cependant on avait traîné quelque chose vers le fleuve, pâle rayon lumineux qu'on apercevait en bas de la colline, entre les arbres. Il y avait entre les racines du bouleau auquel il s'appuyait une surface nue, sèche et pâle comme de l'argile, pleine de rubans d'écorce dont les plus grands étaient curieusement sombres, et non argentés comme les autres. Il se baissa pour en ramasser un et il eut un mouvement de recul devant la tache noire qui s'y était incrustée. S'il revenait en plein jour, en cherchant bien il trouverait peut-être d'autres taches semblables dans l'herbe.

En recherchant l'endroit où il avait éprouvé une telle humiliation, il était tombé sur quelque chose de bien différent : le lieu où maître Thomas s'était fait tuer.

APRÈS LA FOIRE

1

Le lendemain matin, Cadfael sortit de Prime pour trouver Philippe qui, inquiet, arpentait la grande cour en se dandinant d'un pied sur l'autre comme si le sol était brûlant. Il faisait une telle tête qu'on ne pouvait douter qu'il avait du nouveau. Dès qu'il vit Cadfael, il bondit vers lui et le prit par la manche.

– Vous voulez bien venir avec moi voir Hugh Beringar? Vous, il vous écoutera. Il est très tôt, je ne savais pas s'il serait réveillé à pareille heure, alors je vous ai attendu. Je crois avoir trouvé l'endroit où maître Thomas a été tué.

Ce n'était sûrement pas ce qu'il cherchait et sur le moment cela parut si absurde à Cadfael qu'il s'arrêta et le regarda, décontenancé.

– Vous avez *quoi*?

– C'est vrai, je vous jure! Il était si tard la nuit dernière que je n'ai voulu déranger personne avec ça; je n'y suis pas retourné de jour, mais quelqu'un qu'on a tiré vers la rivière a saigné là-bas...

– Venez! s'exclama Cadfael, se remettant de

ses émotions. On y va ensemble, et il fila vers l'hôtellerie, suivi de Philippe. Si ce que vous dites est vrai, il va vous demander de lui montrer l'endroit. Vous saurez y retourner?

– Oh oui! Vous verrez pourquoi.

Hugh, vêtu de sa chemise et de ses chausses, vint les accueillir en bâillant, mais il était bien réveillé et même rasé.

– Parlez tout doucement! dit-il, un doigt sur les lèvres et fermant sans bruit la porte de ses appartements. Les femmes dorment encore et j'aurais scrupule à flanquer dehors un protégé de frère Cadfael.

Philippe lui raconta le strict nécessaire. Il serait toujours temps de s'occuper de ses affaires à lui. Ce qui comptait maintenant, c'était cette clairière à l'orée des bois, après les vergers de la Gaye.

– Je remontais ma piste la nuit dernière et en cherchant le chemin que j'ai pris pour aller vers la rivière, je n'ai pas marché longtemps. Je suis arrivé quelque part sous les arbres – je saurais y retourner – où quelque chose de lourd est resté pendant un moment avant qu'on le tire vers l'eau. L'herbe est tout aplatie à cet endroit et il y a des traces le long de la pente, là où on l'a traîné, bien qu'il se soit écoulé trois jours depuis. Il me semble qu'il y a aussi des traces de sang.

– Le marchand de Bristol? demanda Hugh, stupéfait, après un moment de silence.

– Je le crois. On pourra mieux s'en assurer maintenant qu'il fait jour.

Hugh se tourna pour vider sa bière et finir d'avaler le morceau de gâteau d'avoine qu'il était en train de manger.

– Vous avez dormi chez vous? En ville?

Tout en parlant il remit hâtivement de l'ordre dans sa tignasse noire, attacha les lacets de sa chemise et prit sa tunique.

– Et c'est moi que vous êtes venu voir plutôt que le shérif? Bon, ça ne fait rien, nous sommes plus près, ça gagnera du temps, déclara-t-il, en laissant où ils étaient son épée et son ceinturon, et en enfilant ses chaussures. Vous allez manquer le petit déjeuner, Cadfael, emportez donc ces gâteaux et buvez quelque chose pendant qu'il en est temps. Et vous, mon ami, vous avez mangé?

– Pas d'escorte? s'étonna Cadfael.

– A quoi bon? Nous avons de bons yeux, vous et moi. Et moins il y aura de bottes pour piétiner ce coin d'herbe, mieux ce sera. Partons avant qu'Aline ne nous entende, un rien la réveille et je préférerais qu'elle se repose. Allons Philippe, en route. Vous êtes sur votre terrain. Prenez au plus court.

Résignées à la façon soudaine qu'avait Hugh de disparaître sans rien dire, Aline et Emma prenaient leur petit déjeuner quand Ivo se fit annoncer. Pointilleux comme toujours, il demanda à voir Hugh.

– Mais comme mon mari est déjà sorti, appelé par son travail et que c'est certainement vous, Emma, qu'il veut voir, va-t-on le laisser entrer? J'étais sûre qu'il ne partirait pas sans venir vous saluer. Et il s'est probablement mis le cerveau à la torture pour vous voir encore par la suite. Il n'était pas au mieux de sa forme hier soir, ce qui n'a rien d'étonnant après ce qui s'est passé pendant la journée et compte tenu des ecchymoses dues à sa chute.

Emma ne répondit pas, mais son visage se colora de charmante façon. Elle s'était levée avec le sentiment de commencer une vie nouvelle, et elle se sentait beaucoup plus capable qu'avant de décider pour elle-même. A l'heure qu'il était, la péniche de maître Thomas avait dû sérieusement se rapprocher de Bristol. Elle était soulagée d'avoir pu échapper à la sollicitude empressée de Roger Dod et de ne plus avoir à se sentir coupable de lui faire l'injure de douter de la pureté de ses sentiments à son égard. Elle s'était procurée des sacoches à la foire où, en vue du voyage, elle avait soigneusement rangé ses affaires, car quoi qu'il arrive, elle quitterait l'abbaye ce jour. Si elle ne trouvait personne pour l'accompagner, elle partirait avec Aline et attendrait que Hugh trouve une solution; et s'il n'y avait pas d'autre possibilité, il avait promis de la ramener lui-même à Bristol.

L'animation du départ se faisait sentir autour des écuries; dans la grande cour, comme dans l'hôtellerie, la moitié des chambres étaient déjà vides. Turstan Fowler et le jeune palefrenier réunissaient sûrement les affaires et les achats de leur maître et sellaient le bai qu'un commis audacieux, qui en avait été récompensé royalement, avait ramené à l'abbaye; ils s'occupaient aussi de leurs deux haridelles. La troisième serait tenue par la bride. Emma frissonna en se rappelant ce qui était arrivé au troisième cavalier et ce qu'il avait fait. Une mort si soudaine la remplissait d'horreur. Mais l'homme était un assassin et ne s'était pas privé de frapper son seigneur quand il avait été démasqué. Il n'y avait rien à reprocher à Ivo pour ce qui s'était passé, même s'il avait donné cet ordre dans un moment de fureur bien compréhensible en voyant comme on s'était servi de son nom et comme on l'avait offensé. En vérité, Emma avait été touchée la veille au soir par la véhémence avec laquelle Ivo s'était justifié, si révélatrice de ses doutes et de ses regrets. A la fin, c'est elle qui l'avait rassuré et réconforté. Quelle terrible chose, se dit-elle, que ce droit de vie et de mort sur ses semblables, quels que soient leurs crimes.

Si Ivo avait manqué de l'équilibre et de la confiance en lui dont il faisait preuve ordinairement, ce matin, il s'était manifestement repris. Il était toujours aussi soigné de sa personne et ses vêtements, très simples, mettaient son beau corps en valeur. Avoir été jeté dans la poussière et se relever contusionné, boiteux, devant une dizaine de témoins l'avait autant malmené qu'offensé. A présent, il avait pris grand soin de son apparence et il portait même ses bandages sur la joue gauche comme des ornements. Mais dès qu'il entra, Emma vit qu'il boitait encore de sa chute.

– Je suis désolé d'avoir manqué votre mari, dit-il en pénétrant dans la chambre où elles étaient assises, mais j'ai appris qu'il était déjà parti. J'avais une idée à lui proposer. Oserai-je vous la présenter à sa place?

– Vous m'intriguez déjà, répondit Aline en souriant.

– Emma a un problème, et moi, j'ai la solution. J'y pense depuis le moment où vous m'avez dit il y a deux jours, Emma, que vous ne teniez pas à retourner à Bristol en péniche, mais que pour rentrer par la route, il vous fallait une escorte. Évidemment, je n'ai pas le droit de m'imposer, mais si Beringar accepte de vous confier à moi... Je suis sûr que vous devez rentrer dès que possible.

– Absolument, dit Emma, le regardant avec admiration et attendant ce qu'il allait dire. Il y a tant de choses dont il faut que je m'occupe.

Ivo s'adressa à Aline avec le plus grand sérieux.

– J'ai une sœur à Stanton Cobbold qui a décidé de prendre le voile, et le couvent qu'elle a choisi a consenti à l'accepter. Or la chance a voulu qu'elle veuille entrer chez les bénédictins, au prieuré de Minchinbarrow, qui est à quelques miles seulement. Elle m'attend pour que je l'y emmène, et à dire vrai j'ai tardé pour lui laisser le temps de changer d'avis mais elle est bien décidée à n'en faire qu'à sa tête. Enfin, puisque c'est ce qu'elle veut... Maintenant si vous acceptez de me confier Emma, et je vous jure que vous pouvez me faire confiance, je serais ravi de lui rendre service, il n'y a pas de raison qu'elle ne fasse pas confortablement le voyage avec Isabelle. J'ai assez d'hommes pour qu'elle soit en sécurité, bien entendu j'accompagnerai l'escorte en personne. Voilà ce que je voulais proposer à votre époux, et j'espère qu'il n'aurait pas eu à formuler d'objection et qu'il aurait pu me donner son approbation. Quel dommage qu'il ne soit pas là...

– Voilà qui me semble parfait! s'exclama Aline, écarquillant les yeux de plaisir, et je suis sûre que Hugh eût été ravi de vous confier Emma. Mais ne vaudrait-il pas mieux demander à l'intéressée elle-même ce qu'elle en pense?

Le sourire ébloui et le visage tout rose d'Emma étaient déjà assez révélateurs.

– Je crois que pour moi, ce serait la meilleure solution, et je vous suis reconnaissante de cette délicate attention. Mais je dois vraiment partir le plus tôt possible et votre sœur – oui, mais vous avez dit que vous vouliez lui donner le temps de réfléchir...

– J'ai déjà abandonné tout espoir, dit Ivo avec un petit rire mélancolique, de la persuader de rester dans le monde. Ne vous faites pas de souci, ce n'est pas vous qui forcez la main d'Isabelle; depuis qu'on l'a acceptée, c'est elle qui essaie de forcer la mienne. Et après tout, si c'est sa vocation, je ne me sens pas le droit de me mettre en travers de son chemin. Elle est déjà prête, et elle sera ravie si je viens lui dire qu'on peut partir demain. Si vous ne craignez pas de rester seule avec moi d'ici à Stanton Cobbold, et de dormir ce soir sous notre toit, nous pourrons être partis au matin. On vous trouvera un cheval et une selle, si ça ne vous gêne pas de monter, ou bien une litière pour vous deux si vous préférez.

– Oh! ça ne m'ennuie pas de monter, dit-elle radieuse. J'en serais ravie.

– Alors, c'est parfait. *Si*, dit-il en se tournant vers Aline avec un sourire presque timide, j'ai votre permission et celle de messire Beringar. Sinon je ne me permettrai pas d'insister. Mais puisque je dois faire ce voyage tôt ou tard et que pour Isabelle le plus tôt sera le mieux, pourquoi ne pas en profiter pour rendre également service à Emma?

– Il est vrai que cela arrangerait tout le monde, acquiesça Aline.

Et il ne saurait y avoir de doute, songea Emma, se persuadant elle-même de ce qu'elle désirait par-dessus tout, que cela soulagerait heureusement Aline de savoir que Hugh n'aurait pas à faire le voyage, se privant ainsi plusieurs jours de sa compagnie.

– Emma sait qu'elle a le droit de choisir ce qui lui convient le mieux car vous et nous, à ce qu'il semble, sommes également à son service. Quant à mon approbation, vous l'avez, bien sûr, et je suis sûre que Hugh aurait été d'accord.

– J'aurais pourtant souhaité le voir, je serais plus tranquille s'il me le disait lui-même. Mais puisqu'on a du chemin à faire, autant ne pas traîner. Je sais, j'ai dit que tout était prêt en ce qui concerne Isabelle, mais ce n'est pas une raison pour perdre du temps.

Emma hésitait entre son désir de partir et le regret de s'en aller sans avoir remercié Hugh et lui avoir exprimé sa gratitude. Mais ce départ le soulagerait grandement, il n'aurait plus à assumer la lourde responsabilité de veiller sur elle; il la saurait en sécurité.

– Aline, vous avez été si bonne pour moi, et je suis triste de vous quitter. Mais par les temps qui courent, il vaut mieux éviter un voyage supplémentaire à Hugh, et je lui ai déjà donné tant de travail, et vous l'avez si peu vu ces derniers jours... Si vous m'y autorisez, j'aimerais partir avec Ivo. Cela me fâche pourtant de m'en aller sans le remercier...

– Ne vous en faites pas pour lui, il vous trouvera sûrement très raisonnable d'avoir profité d'une offre aussi agréable et qui tombe si bien. Je lui transmettrai toutes vos gentilles pensées. Mais quand il disparaît, allez savoir quand il va revenir; Ivo a raison, j'en ai peur, il vaut mieux ne pas perdre de temps, et c'est aussi vrai pour Isabelle. C'est une grande décision pour elle.

– C'est ce que je lui ai dit, confirma-t-il, mais ma sœur a assez de cran pour désirer ce sacrifice.

Nous n'avons que quelques miles à faire aujourd'hui, Emma. Verriez-vous un inconvénient à monter en croupe derrière moi? Demain, on vous trouvera un cheval, une selle et le reste.

– En vérité, dit Aline, les regardant tous deux avec un petit sourire discret, je commence à vous envier.

Il envoya le jeune palefrenier chercher les sacoches dont le poids s'ajouta, sans grand dommage, aux balles de tissus achetées par Corbière et à son manteau qu'elle avait soigneusement plié et rangé dans ses affaires, car en cette belle journée, elle n'en aurait sûrement pas besoin. Il lui semblait pénétrer dans un monde nouveau, attirant et ensoleillé, mais dont l'immensité l'effarouchait. Un devoir solennel, c'est vrai, l'attendait à Bristol, en particulier l'aveu d'un échec, mais malgré cela, elle avait le sentiment d'avoir presque fait table rase du passé, et elle avait tout lieu d'en être satisfaite; elle pénétrerait libérée dans cet univers inconnu, sans plus avoir à se méfier, tenant véritablement sa destinée dans ses mains.

Aline l'embrassa affectueusement et leur souhaita bon voyage à tous deux. Emma se tourna souvent vers le portail jusqu'au dernier moment, au cas où Hugh reviendrait, mais en vain; elle chargea donc Aline de le remercier pour elle. Ivo monta le premier puisque, comme il le dit, le bai était d'humeur ombrageuse et capable de faire des bêtises, puis il se tourna pour lui tendre une main ferme tandis que Turstan l'aidait à se hisser en croupe.

– Même en nous portant tous les deux, cet animal est plein de feu après un trop long repos, dit son cavalier en souriant par-dessus son épaule. Par précaution, tenez-moi bien par la taille et agrippez ma ceinture. Voilà, c'est parfait!

Il salua Aline avec grâce et courtoisie.

– Je veillerai à ce qu'elle arrive à Bristol sans danger. Promis!

Il franchit le portail en manches de chemise comme il était entré, suivi des deux hommes qui lui restaient, et le cheval de bât était ravi de sa charge légère. Emma n'eut aucun mal à prendre Ivo par la taille et à travers la chemise elle sentit son corps tiède, mince et puissant. Comme ils parcouraient la première enceinte qui se vidait rapidement maintenant, il posa sa main gauche sur les mains crispées d'Emma et les pressa contre son ventre plat; elle avait beau savoir qu'il voulait simplement s'assurer qu'elle le tenait bien, elle ne put s'empêcher de ressentir également ce geste comme une caresse.

Elle avait ri et secoué la tête en écoutant les rêveries romanesques d'Aline, refusant de croire possible une union entre la noblesse terrienne et le commerce, sauf si chacun en tirait profit... Maintenant elle commençait à se demander si les sceptiques ont toujours raison.

Le vallon où avait reposé le grand corps massif avait gardé l'empreinte approximative de la silhouette de maître Thomas, et tout autour l'herbe avait été piétinée, comme si quelqu'un avait tourné autour de lui alors qu'il gisait mort. Et c'est probablement ce qui s'était passé car c'est là qu'on avait dû le déshabiller pour le fouiller, et là que l'assassin avait essuyé son premier échec.

C'est ce qu'avait déduit Cadfael de ce qui s'était passé ensuite. Du vallon jusqu'à la berge surélevée du fleuve, il était facile de voir où on l'avait traîné, car l'herbe, qui devenait plus haute dès qu'elle n'était plus à l'ombre, ne s'était pas encore redressée.

Aucun doute non plus quant aux traces de sang, même s'il n'y en avait guère. Sur le ruban d'écorce de bouleau, on pouvait voir une mince pellicule qui avait noirci en séchant. En cherchant bien ils trouvèrent une ou deux taches supplémentaires, et une trace mince le long de la colline, où apparemment on avait retourné le mort sur le dos pour le jeter plus commodément à l'eau.

– C'est profond à cet endroit, dit Hugh, perché sur le monticule qui dominait le fleuve, et comme la berge est creuse, le courant l'aura sûrement emporté. Un homme seul pouvait y arriver. S'ils avaient été deux, ils l'auraient porté.

– Vous voulez dire qu'il a vraiment cru pouvoir rentrer à sa péniche par là? s'étonna Cadfael. Il savait bien que son bateau était quelque part en amont par rapport au pont. Il a peut-être essayé de couper par la première enceinte, après tout, et il a été un peu loin. Vous voyez, l'extrémité de la jetée où il a mouillé son bateau, en aval, n'est pas très loin de nous. Vous croyez qu'il était seul et qu'il ne s'attendait à rien quand on l'a attaqué?

Hugh examina attentivement le terrain. On ne s'y était pas battu, il y avait cette herbe aplatie, là où le corps était tombé et ces pas tout autour. L'herbe était couchée d'un seul côté, et non piétinée dans tous les sens, on ne discernait pas la moindre trace de lutte.

– Oui. Il ne s'est pas défendu. Quelqu'un s'est glissé derrière lui et l'a frappé sans discours ni remords. Il est tombé et c'est tout. Il rentrait chez lui par des chemins écartés et il est arrivé un peu plus bas qu'il ne s'y attendait. Seulement on l'avait surveillé et suivi.

– La même nuit, dit simplement Philippe, on m'a aussi surveillé et suivi.

Ils le regardèrent tous deux, attentifs, très intéressés.

– La même personne? suggéra doucement Cadfael.

– Je ne vous ai pas dit ce que j'avais fait, reprit Philippe. Ça m'est sorti de l'esprit quand je suis tombé sur cet endroit et que j'ai deviné ce qui s'y était passé. Je voulais savoir, découvrir tout ce que j'avais fait cette nuit-là et prouver que je n'avais pas commis ce meurtre. J'avais en effet fini par croire que le meurtrier avait jeté son dévolu sur moi depuis le début. Quand je suis sorti de cette émeute, j'étais sur la jetée, la tête en sang et une rage meurtrière au cœur. Si j'étais dans le cirage et que personne ne pouvait témoigner pour moi à l'heure du crime, quelle aubaine!

Il leur raconta très exactement ce qu'il avait découvert. Quand il eut terminé, ils le dévisagèrent tous deux, intensément, les sourcils froncés.

– Fowler? s'écria Hugh. Vous êtes sûr?

– Walter Renold l'affirme et je le crois bon témoin. Il se trouvait chez lui hier soir, je le lui ai montré et Wat m'a dit l'avoir vu cette nuit-là. Fowler a jeté un coup d'œil, noté l'état dans lequel je me trouvais, et il est reparti pendant une demi-heure peut-être. Puis il est revenu, a bu une bonne mesure de bière et il a acheté une grande fiasque de genièvre.

– Qu'il a laissée intacte, rappela Cadfael, dès que vous êtes parti vous soulager dans les buissons. Inutile d'en rougir maintenant. Qui d'entre nous n'en a pas fait autant une ou deux fois dans sa vie? Et combien ont fait bien pire! Après, que s'est-il passé? On le retrouve deux heures plus tard, ajouta-t-il, croisant le regard de Hugh, ivre mort près d'un tas de trétaux sur la première enceinte.

– Et Wat, le tavernier, jure qu'il était parfaitement sobre quand il a quitté l'auberge.

– J'ai toute confiance en ce que dit Wat, affirma Philippe. A l'en croire, si un homme avait vidé ce flacon en deux heures, ça l'aurait tué ou presque. Or Fowler témoignait au tribunal le lendemain et il ne semblait pas aller si mal que ça.

– Seigneur Dieu! s'exclama Hugh en secouant la tête. Je me suis penché sur ce type, j'ai écarté le manteau qui lui couvrait les épaules. Il puait l'alcool à plein nez. Il aurait tué un bœuf en lui soufflant dans les naseaux. Est-ce que je deviendrais idiot?

– Cette odeur ne vous aurait-elle pas frappé précisément quand vous avez ouvert son manteau? Je commence à penser à de drôles de choses, murmura Cadfael. Il me semble que cette fiasque de genièvre était destinée à l'usage externe et non interne.

– Fantaisie coûteuse, dit Hugh, songeur, au prix où sont les choses. Mais raisonnable, finalement, s'il a pu ainsi éviter d'être soupçonné de bien plus grave. Qu'est-ce que j'avais commencé par dire? Non, mais quel imbécile je suis! Qu'à le voir on était sûr qu'il était là depuis un bon moment. Et de là, où est-il allé? Passer tranquillement la nuit dans une des cellules de l'abbaye. Et qu'est-ce qu'on a cru simplement? Que cet abruti était soûl comme un cochon. Or dans ce bas monde, seuls les enfants et les ivrognes sont innocents! Si un meurtre a été commis cette nuit-là, qui aurait été soupçonner quelqu'un qui s'était d'emblée mis au-dessus de tout soupçon depuis le moment où maître Thomas a été vu vivant pour la dernière fois jusqu'à celui où on a ramené son corps à Shrewsbury?

Cadfael avait déjà poussé plus loin son raisonnement même si tout n'était pas encore parfaitement clair.

– Hugh, j'aimerais bien retourner à l'endroit où nous avons trouvé cet ivrogne, si on arrive à le retrouver. Un honnête soûlaud aurait sûrement gardé sa bouteille près de lui afin que tous puissent la voir. Si on ne l'a pas vue, si un rôdeur l'a trouvée, à moitié pleine au moins, tant mieux pour lui. Mais si par chance elle est restée cachée – ce qui nous évitera de nous demander combien il en a réellement bu et s'il tient bien l'alcool – que ferait un idiot sans malice? Il ne traverserait pas le champ de foire en empestant ainsi l'alcool. Son baptême du feu se situe là où on l'a trouvé. L'eau de ce baptême devrait s'y trouver aussi.

– D'accord mais, Cadfael, s'il n'était ni idiot ni sans malice, comment expliquez-vous ses allées et venues? Il a jeté un coup d'œil dans la taverne, a vu dans quel état était Philippe, il a écouté ses doléances et il a fichu le camp. Mais où?

– Jusqu'à la baraque de maître Thomas, peut-être pour s'assurer qu'il y était, à s'occuper de ses marchandises et qu'il y resterait encore un moment? Puis il est retourné à la taverne pour surveiller Philippe – quel merveilleux bouc émissaire! – qui allait manifestement terminer la soirée dans un état épouvantable. Après il l'a suivi assez longtemps pour être sûr qu'il n'y était plus pour personne, puis il est reparti filer maître Thomas qui revenait à sa péniche. C'est-à-dire qu'il n'a pas dépassé l'endroit où nous sommes.

– Il ne s'agit là que de suppositions, objecta Hugh.

– Certes, mais si on voit les choses ainsi, ça se tient.

– Après, il est revenu avec son flacon tout prêt, pour se glisser, ni vu ni connu, dans un endroit discret, et devenir la loque que nous avons trouvée. A votre avis, il lui a fallu combien de temps pour tuer son homme, le fouiller, le déshabiller, pour rien apparemment, et le traîner jusqu'à la rivière?

– En comptant le temps où il l'a suivi discrètement, et celui de revenir à la foire sans se faire remarquer après avoir fini, je dirais une bonne heure sur ces deux où il oscille entre l'ivresse et la sobriété. Non, reprit Cadfael, l'air sombre, je ne crois pas qu'il ait passé tout ce temps à boire.

– Est-ce lui aussi qui est monté sur la péniche? Mais non, ce n'est pas possible, il était chez le shérif. Et pour le marchand de Shotwick, on connaît l'assassin.

– L'un des deux, dit Cadfael. Et cette histoire ne saurait être dissociée du reste. Ces différentes affaires n'en font qu'une.

– Vous voyez bien à quoi tout cela aboutit, conclut Hugh, après un moment d'intense réflexion. Nous voilà avec deux hommes sur les bras : l'un est un assassin et l'autre est suspect. Et pas plus tard qu'hier l'un d'eux a abattu l'autre. Froidement, artistiquement... Avant d'en dire plus, lança-t-il abrupt, après avoir jeté un dernier coup d'œil au buisson, on va suivre votre suggestion et aller regarder de plus près l'endroit où on a trouvé cet individu.

2

Philippe, qui apprenait à écouter en silence, ne les lâcha pas d'une semelle quand ils rebroussèrent chemin par les jardins et les vergers de la Gaye. Ils me trouvèrent rien à redire à sa présence. Il avait mérité d'être là et comptait bien y rester. Tous les grands bateaux avaient déjà quitté la jetée. Bientôt les ouvriers commenceraient à démonter les passerelles et les quais et les rangeraient jusqu'à l'an prochain dans les magasins de l'abbaye ainsi que de nombreuses échoppes sur la première enceinte et deux charrettes de l'abbaye qui faisaient le va-et-vient entre le champ de foire et le portail.

– C'était au moins à mi-chemin, si mes souvenirs sont exacts, dit Hugh, et bien en retrait par rapport à la route. Il n'y avait guère de lumière, car les échoppes dans le coin sont essentiellement réservées aux gens de la campagne qui viennent pour la journée. C'est tout près maintenant.

Il y avait des tréteaux empilés cette nuit-là et des auvents en tissu tout prêts à l'usage. Ce matin, il y avait aussi des planches et des tréteaux entassés, qui serviraient pour la foire suivante. Ils passèrent au peigne fin toute la zone concernée, mais sans pouvoir retrouver l'endroit exact. L'une des deux charrettes était arrivée là et deux serviteurs laïcs y disposaient les planches à emporter, empilant les tréteaux en tas élevés. Cadfael examina le terrain qu'on dégageait progressivement.

– Vous en avez trouvé, des choses! s'étonna-t-il, car un coin de la charrette était plein d'objets inattendus : un soulier de grande taille, une courte tunique crottée mais encore en bon état, une poupée de bois qui avait perdu un bras, un capuchon vert, une corne à boire.

– Et encore, mon frère, ce n'est rien, lança le charretier, avec un sourire, il y en aura bien d'autres avant qu'on ait fini.

« On nous en réclamera certains. J'imagine que sa propriétaire voudra savoir où elle a perdu sa poupée. Quant à la tunique, elle est encore bonne; un jeune qui aura bu un coup de trop et qui aura oublié de la récupérer en partant viendra peut-être la rechercher. La chaussure est comme neuve; même si le gars a une sacrée pointure, il est bien possible qu'il vienne la réclamer, tout honteux. Quant à ce flacon, vous ne devinerez jamais où on l'a trouvé. »

Et glissant ses bras puissants sous un tas de tréteaux, il brandit l'objet. D'un mouvement de tête, il indiqua l'avant de la charrette auquel Cadfael n'avait prêté aucune attention. Attachée par un fin cordonnet de cuir, pendouillait une grande bouteille en verre aplati pouvant contenir un bon litre.

– On l'avait flanquée sur l'auvent d'un étal réservé aux paysans, tenu par une vieille femme qui vend des fromages; je la connais, elle vient chaque année et comme elle n'a plus vingt ans, on lui a monté son étal la nuit d'avant l'ouverture de la foire. Quand on l'a démonté ce matin, cette bouteille a failli fracasser le crâne de mon collègue ici présent! Non, mais vraiment! Jeter une bouteille à un endroit pareil, comme si ça ne coûtait rien! S'il l'avait rapportée chez Wat, il se serait fait payer à boire pour la peine.

Ayant mis ses tréteaux sur la charrette, il se tourna pour y ranger une pile de planches.

– Cette bouteille, elle vient bien de chez Wat? insista Cadfael, pensif.

– Il y a sa marque sur le cordonnet. On sait tous d'où ils viennent, ces beaux flacons. Mais ils ne nous reviennent pas souvent.

– Et où était l'étal où on l'a laissé? demanda Hugh par-dessus l'épaule de Cadfael.

– A moins de dix mètres d'ici.

Ils ne résistèrent pas à l'envie de vérifier : tout concordait parfaitement.

– C'est drôle, la vieille a dit que ça puait l'alcool à plein nez quand elle est venue disposer ses fromages. Et que ça sentait encore la nuit, comme si elle avait pataugé dedans. Mais après le premier soir, elle a oublié. Elle est à moitié galloise, alors hein... Pour moi, elle a rêvé.

Cadfael pensa plutôt qu'elle avait du flair et que, s'y connaissant un peu quant à la façon de distiller l'alcool, elle avait su exprimer exactement ce qui la gênait. Quelque part dans l'herbe, – il en était sûr maintenant, – on avait généreusement aspergé d'alcool le sol et aussi des vêtements. Rien d'étonnant à ce que la terre en ait gardé l'odeur. Peut-être que l'homme en avait bu une gorgée pour se parfumer l'haleine et se transformer en ivrogne crédible, mais pas plus car il savait parfaitement ce qu'il faisait quand des étrangers s'étaient penchés sur lui en respirant l'odeur convaincante de son ivresse. Des étrangers... oui, sauf un! Dans cette obscurité encore profonde, Cadfael commençait à entrevoir une lueur.

– Voilà qui tombe bien, dit-il, il faut qu'on passe voir Walter Renold. Voulez-vous qu'on lui rapporte la bouteille? La récompense sera pour vous.

– Prenez-la, mon frère, répliqua gaiement le charretier et il détacha le flacon. Dites-lui que c'est de la part de Richard Nyall. Il me connaît.

– Elle était vide, je suppose, quand vous l'avez trouvée, hasarda Cadfael, soulevant l'objet fatal.

– Oui, bien sûr, mon frère. Nos visiteurs oublient peut-être le contenant, mais avant de tomber raide, ils font un sort au contenu.

Les planches étaient entassées et le sol piétiné restait à nu; la charrette s'éloigna. D'ici quelques jours, avec le retour des pluies d'été, la belle herbe verte repousserait et recouvrirait progressivement l'argile dénudé.

– Pas de doute, c'est à moi, dit Wat, prenant la bouteille dans sa grosse main. Je n'en ai pas beaucoup de pareilles. Personne n'achète cette quantité d'alcool, même à une foire. Qui aurait assez d'argent pour ça? Et puis il n'y a pas grand-monde qui préfère l'alcool à un bon vin ou une bonne bière. J'en ai connu des hommes qui cherchaient à oublier qu'ils avaient une âme, et vite encore, mais rarement à une foire. Même ceux qui ne rigolent pas facilement viennent ici pour s'y amuser et pour se détendre. Il m'a étonné celui-là quand il m'a commandé ça et qu'il a payé recta, mais c'était manifestement le serviteur d'un seigneur. Il avait des ordres et aussi de l'argent. Et moi, mon métier, c'est de vendre de l'alcool. Maintenant oui, si ça peut vous rendre service, il s'agit bien du type que Philippe connaît et c'est bien ce flacon-là.

Un coin discret dans la grande salle de l'estaminet s'avéra aussi favorable qu'un autre pour leur permettre de s'asseoir et de réfléchir avant de passer à l'action et d'essayer de trouver un sens à ce qu'ils avaient découvert.

– Wat a dit tout haut ce qu'on pensait tout bas, commença Cadfael. On aurait dû comprendre plus vite. Manifestement c'était le serviteur d'un seigneur, il avait des ordres et de l'argent. Un serviteur aurait pu être acheté par un inconnu pour commettre un meurtre, et décider de son propre chef de s'enrichir en volant et en tuant, je veux bien. Mais que cela arrive à deux serviteurs de la même maison, là, je dis non. Ils ne travaillaient pas pour eux-mêmes, mais pour leur maître.

– Vous voulez dire *Corbière*, murmura Philippe, le souffle coupé par l'énormité de cette supposition. Mais enfin... son palefrenier l'a bel et bien frappé, à ce qu'on m'a dit. Il lui a fait mordre la poussière alors qu'il essayait de l'arrêter. Comment expliquez-vous cela? Ça n'a aucun sens.

– Attendez! Reprenons au début. Supposons que la nuit où maître Thomas est mort, on ait envoyé Fowler pour s'occuper de lui et s'emparer de ce que tout le monde ici désire si fort. Son seigneur a pris ses précautions, lui a parlé d'un éventuel bouc émissaire et lui a donné l'argent pour acheter l'alcool qui lui servirait d'alibi pour l'heure du crime. Il était indispensable qu'il ne soit pas inquiété, que chacun l'ait vu hors d'état de nuire. Le maître, lui, nous serre de près et se joint à nous quand nous partons à la recherche du marchand disparu. Rappelez-vous, Hugh, c'est *Corbière* qui a découvert son serviteur, pas nous. On ne l'avait pas vu, ce qui ne lui convenait pas du tout. Il fallait qu'on le trouve, qu'on constate qu'il n'était pas capable de faire de mal à une mouche et que tout le monde sache qu'il serait sous clé pendant un bon moment. Dix meurtres auraient pu être commis cette nuit-là, personne n'aurait songé à Turstan Fowler.

– Mais ça n'a servi à rien, objecta Hugh. Il fallait tôt ou tard qu'il dise à son maître que ce meurtre avait été inutile : maître Thomas ne portait pas son trésor sur lui.

– Je ne pense pas qu'il l'ait su avant le lendemain matin, quand il l'a fait sortir de prison. Il l'a donc fait témoigner pour attirer l'attention sur Philippe et pendant qu'on était tous sagement au tribunal, il l'a envoyé fouiller la péniche. Chou blanc une fois de plus. Ça va? Vous me suivez?

– Oui, continuez, soupira Hugh, l'air sombre. On n'est pas arrivés au pire. Qui, à votre avis, s'est chargé du sale boulot ce jour-là?

– Je doute qu'ils aient utilisé le plus jeune. Deux suffisaient pour ce qu'il y avait à faire. Pour moi, c'est Ewald, le palefrenier. Ces deux-là ont fait le coup, mais le cerveau, ce n'était pas eux.

– Au cours de cette même nuit, ils ont cambriolé la baraque, toujours sans succès. La nuit suivante, ils ont attaqué et tué Euan de Shotwick, dit Hugh sans toucher mot du viol de la sépulture de maître Thomas. Pour rien une fois de plus, comme vous l'avez démontré. Jusque-là, je vous suis. Mais venons-en à l'étrange affaire d'hier. Bon Dieu, ça n'a ni queue ni tête! Je le surveillais, ce type, je l'ai vu changer de couleurs, je vous le jure! Il était furieux, choqué, offensé, il n'y avait pas à s'y tromper! Il n'a pas voulu envoyer son palefrenier de peur qu'il avertisse son collègue, il est allé le chercher lui-même. Il s'est placé entre son homme et la porte, il aurait pu être blessé ou pire en tentant de l'empêcher de fuir...

– Ouais, acquiesça Cadfael, d'un ton lourd, et pourtant c'est clair, mais d'une clarté abominable, pire que ce que l'on avait imaginé. Ewald était aux écuries et ne pouvait s'échapper à moins de franchir notre enceinte. Corbière est venu à la demande du shérif qui lui a tout dit. Son palefrenier ne pouvait plus nier, il avait le dos au mur, il allait parler et accuser son seigneur. Pensez à tout ce qui est arrivé à ce moment. Fowler avait été s'exercer aux cibles et il avait son arbalète. Corbière est allé chercher Ewald aux écuries. Turstan a fait mine de le suivre, oui, et ils ont échangé quelques mots. Mais que se sont-ils dit? Ils étaient trop loin pour qu'on les entende. Impossible aussi de savoir quels propos ont été échangés aux écuries. Plusieurs minutes se sont écoulées avant qu'ils ne sortent. D'accord? Assez longtemps pour que Corbière mette son serviteur au courant, lui dise de ne pas perdre la tête et lui promette qu'il s'en sortirait. « Amène le cheval, je ferai en sorte d'être entre la porte et toi, choisis le bon moment, saute en selle et file. Cache-toi (au manoir sans doute), tu ne le regretteras pas. Mais arrange-toi pour qu'on pense que je n'ai rien à voir là-dedans. Attaque-moi, joue bien ton rôle et je saurai jouer le mien. » C'est ce qu'il a fait – quel merveilleux acteur! Il s'est mis entre Ewald et le portail et ils se sont servis du cheval pour nous tenir à l'écart. Il a vaillamment essayé d'attraper les rênes, ce qui lui a valu une bonne chute. Le temps qu'il se relève, le palefrenier était loin.

Ils le regardaient tous les deux, muets, fascinés, l'œil rond. Cadfael reprit :

– Seulement il avait gardé une carte dans sa manche. Il ne comptait pas du tout le laisser filer. C'était trop risqué. Il pouvait se faire prendre et parler. « Abats-le » a-t-il crié et Fowler a obéi. Sans état d'âme; tel maître, tel serviteur. Ainsi quelqu'un qui en savait trop sur tous les deux serait muet à jamais.

Effarés, ils se turent un long moment. Même Beringar qui en savait pourtant long sur le mal et la trahison (qu'il haïssait) était si choqué qu'il ne trouvait plus rien à dire. Philippe, l'œil fixe, se leva lentement. Il manquait d'expérience, ne connaissait guère que la région et en homme honnête qu'il était, il admettait difficilement que ses semblables se conduisent comme des monstres.

– Mais ça n'est pas possible! Cet homme va la voir, il la courtise! Pourtant vous avez dit qu'il voulait prendre quelque chose qui était à son oncle qu'il n'a trouvé ni sur lui, ni sur sa péniche, ni dans sa boutique. C'est donc Emma qui l'a, qui court des risques pendant que nous nous attardons dans cette taverne!

– Emma est avec ma femme, dit Hugh calmement, à l'hôtellerie de l'abbaye. Que peut-il lui arriver?

– Ah oui! s'écria Philippe, passionné. Mais vous venez de me dire qu'on avait affaire à des démons et non à des hommes!

Et tournant vivement les talons, il sortit en courant de la taverne et fila comme une flèche sur la première enceinte.

Cadfael et Hugh restèrent à se regarder sans mot dire de part et d'autre de la table, mais un instant seulement.

– Bon Dieu! Voilà que les innocents en savent plus que nous!, s'écria Hugh. Ne traînons pas. Ce garçon m'a fait peur.

Philippe arriva à l'hôtellerie hors d'haleine. Le souffle court, il demanda à voir Aline qui survint souriante, mais seule.

– Eh bien, Philippe, que se passe-t-il?

Puis elle se dit que ce pauvre garçon était fou d'Emma et elle regretta qu'il fût arrivé trop tard pour lui faire dignement ses adieux et recevoir, en guise de réconfort, quelques mots gentils, qui ne coûtaient pas grand-chose.

– Je suis désolée, Philippe, reprit-elle, ils ne pouvaient pas attendre; elle est déjà partie car ils manquaient de temps. Elle aurait souhaité que je vous fasse ses adieux et que...

Les mots moururent sur ses lèvres. Elle reprit :

– Qu'y a-t-il, Philippe? Ça ne va pas?

– Partis? cria-t-il. Elle est partie? Vous avez dit « ils ». Qui « ils »? Qui est avec elle?

– Mais... messire Corbière. Il lui a proposé de l'emmener à Bristol avec sa sœur qui va entrer au couvent. Cela tombait très bien... Philippe, enfin! Qu'est-ce que j'ai dit? Qu'est-ce qui ne va pas?

Il poussa un gémissement de fureur et d'angoisse et tendit une main pour lui agripper le poignet.

– Où ? Où l'emmène-t-il ? *Là, aujourd'hui* ?

– Ils passeront la nuit à son manoir de Stanton Cobbold. Sa sœur est là-bas...

Mais il était parti, avant qu'elle ait eu fini de répondre. Déjà, il avait filé vers les écuries et non vers le portail comme s'il avait le diable à ses trousses. Tant pis pour les conséquences : il manquait de temps pour demander la permission ou respecter le bien d'autrui. Il s'empara du cheval qui lui parut le meilleur et qui par chance – pour Philippe et non pour son propriétaire ! – était sellé et n'attendait qu'un cavalier. Avant qu'Aline, stupéfaite autant qu'effrayée, n'eût atteint la porte de la grande salle, Philippe avait franchi le portail, poursuivi, bien inutilement, par un palefrenier furieux et volubile.

Puisque le chemin le plus court pour gagner la route menant au sud vers Stretton et Stanton Cobbold était de tourner à gauche au portail, puis de nouveau à gauche par le chemin étroit de ce côté-ci du pont, Cadfael et Hugh Beringar, qui remontaient hâtivement la première enceinte, ne virent rien de l'agitation causée par le départ de Philippe. Ils arrivèrent au portail, puis dans la grande cour sans se douter de ce qui était arrivé. Il y avait encore des hôtes qui partaient et la bousculade était normale pour un lendemain de foire. Rien qui pût les inquiéter. Hugh alla droit à l'hôtellerie et Cadfael qui le suivait comme son ombre fut soudain arrêté par une grande main sur son épaule et une voix familière et cordiale lui parlant aimablement en gallois.

– Ah! Je vous cherchais! Je viens vous faire mes adieux, mon frère, et vous remercier de votre compagnie. La foire s'est bien passée! Je vais regagner mon bateau maintenant, et rentrer en ayant fait de bonnes affaires.

Sous sa barbe et ses cheveux épais, Rhodri sourit largement.

– Il y en a au moins deux qui ne pourront pas en dire autant, répondit tristement Cadfael.

– Oui, mais eux, en quoi consistaient leurs affaires? Bien qu'en définitive, on en revienne toujours à l'argent. Quelle autre raison les hommes ont-ils de se donner du mal?

– Pour défendre une cause, je ne sais pas, moi. Vous avez dit vous-même, si mes souvenirs sont exacts, qu'il n'y avait pas de meilleur endroit pour rencontrer quelqu'un avec qui on ne tenait pas à être vu que ces grandes foires. On n'est jamais si seul que sur une place de marché! Je suppose, ajouta-t-il doucement, qu'Owain Gwynedd lui-même avait ses espions ici. Toutefois il fallait qu'ils parlent bien anglais pour pouvoir être efficaces, remarqua-t-il en toute innocence.

– Eh oui. Je n'aurais pas pu lui servir à grand-chose. Vous avez raison, toutefois. Owain a, comme tout le monde, besoin de renseignements pour maintenir son royaume en paix et y ajouter quelque miles de plus par-ci par-là. Tiens, je me demande qui de mes confrères lui fera discrètement son rapport.

– Et quels conseils il lui donnera?

Rhodri fourragea dans sa barbe florissante et un éclair de malice brilla dans ses yeux noirs.

– Pour moi, il pourrait bien lui dire que le message que le comte Ranulf attendait du sud ou d'outre-mer – qui sait? – n'arrivera jamais, et s'il veut profiter du moment, ce serait l'occasion d'agrandir son domaine, car il n'est pas homme à prendre des risques mais à veiller sur ce qu'il a. Owain aurait intérêt à jeter son dévolu sur Maelienydd et Elfael et à laisser Ranulf tranquille.

– Tiens, j'y songe, émit Cadfael. Ce serait une excellente ruse pour les espions d'Owain de demander ici l'aide d'un interprète et que ça se sache. On parle plus volontiers devant un sourd.

– Excellente idée, approuva Rhodri. On devrait bien la suggérer à Owain.

Mais apparemment le prince de Gwynedd n'avait pas besoin qu'on l'aidât à réfléchir, Dieu ne lui ayant pas refusé l'intelligence. Cadfael se demanda combien d'autres langues ce simple marchand parlait. Le français certainement, qui lui était indispensable. Un peu de flamand, peut-être; nul doute qu'il n'ait voyagé dans ce pays. Il n'aurait pas été surpris non plus si l'homme avait connu un peu de latin.

– Reviendrez-vous l'an prochain à la foire de Saint-Pierre?

– Pourquoi pas, mon frère? Qui sait? Accepterez-vous de nouveau de me servir d'interprète?

– Volontiers. Moi aussi, je suis de Gwynedd. Saluez vos montagnes pour moi. Et bon retour.

– Dieu vous garde! s'exclama Rhodri, toujours rayonnant et, lui frappant gentiment sur l'épaule, il se dirigea vers le fleuve.

Hugh ne mit pas plutôt le pied dans la grande salle qu'Aline se jeta dans ses bras avec un cri où se mêlaient le soulagement et le désespoir et s'empressa de lui confier son trouble et son angoisse.

– Hugh, j'ai dû faire une grosse bêtise. Ou alors Philippe Corvisart a perdu la tête. Il est venu demander Emma et quand je lui ai dit qu'elle était partie, il est sorti comme un fou et il y a un marchand de Worcester aux écuries qui l'accuse de lui avoir volé son cheval et de s'être enfui avec; je n'ose imaginer ce que cela signifie, mais j'ai peur...

Hugh la serra tendrement contre lui, inquiet, empressé.

– Emma est partie? Mais elle devait revenir chez nous. Pourquoi a-t-elle changé d'avis?

– Tu sais qu'il lui tourne autour... Il est venu ce matin pour te voir.

« Il paraît que sa sœur va entrer au couvent de Minchinbarrow, et comme il devait l'y emmener et que c'est à cinq miles de Bristol il pouvait aussi bien se charger d'Emma en même temps.

« Il était prévu qu'ils passeraient la nuit au manoir et qu'ils partiraient demain. Emma a accepté, et je n'y ai pas vu malice, il n'y avait pas de raison. Mais en entendant ce nom, Philippe est devenu comme fou... »

– Corbière? demanda Hugh, la tenant par les épaules et la dévisageant avec inquiétude.

– Mais oui! Ivo, bien sûr, qu'y a-t-il de mal à ça? Il l'emmène chez sa sœur à Stanton Cobbold – l'idée m'a paru excellente, et à elle aussi, et tu n'étais pas là pour donner ton avis. En outre, elle a l'âge de savoir ce qu'elle fait.

C'est vrai, elle savait ce qu'elle voulait, elle appréciait l'homme qui lui avait fait cette proposition et dont la sollicitude la flattait. De toute façon, pour protéger son indépendance, elle aurait décidé de partir et si Hugh avait été présent, il aurait manqué d'éléments pour s'y opposer.

Il resserra son étreinte sur son épouse tremblante et pressa sa joue contre les cheveux soyeux.

– Mon amour, tu ne pouvais rien faire d'autre; j'aurais agi de même. Mais il faut que j'y aille. Ne m'interroge pas maintenant, tu sauras tout plus tard. On la ramènera et tout ira bien...

– Ainsi c'est donc vrai! murmura Aline dont il sentit le souffle léger contre sa gorge. Il y a des raisons d'avoir peur? Et je l'ai laissée faire quelque chose de dangereux?

– Tu ne pouvais pas l'empêcher. C'est elle qui a choisi. N'y pense plus, tu n'as rien à te reprocher. Comment pouvais-tu deviner? Où est Constance? Ma chérie, ça m'ennuie de te laisser comme ça.

Il pensait bien sûr, comme tous les hommes, qu'un tel bouleversement chez une femme enceinte pouvait avoir des conséquences pour l'enfant. Du coup elle se reprit. Elle n'était pas du genre à exiger de son mari qu'il lui prêtât attention à elle seule, même si en tant qu'épouse elle avait un droit de priorité. On avait besoin de lui ailleurs. Elle se dégagea résolument.

– Bien sûr que tu dois y aller. Je me porte très bien, et je ne risque rien. Allez file! Ils ont au moins trois heures d'avance et si tu tardes, Philippe, qui est seul, risque de gros ennuis. Prends vite les hommes que tu pourras rassembler, et de mon côté, je vais essayer de calmer ce marchand dont on a emprunté le cheval...

Comme il hésitait encore à la laisser, elle lui saisit le visage entre ses mains, l'embrassa farouchement et lui fit faire demi-tour juste au moment où Cadfael arrivait.

– Elle est partie avec Corbière, dit Hugh, essayant d'être le plus bref possible. Pour un des manoirs du Shropshire. Philippe est parti à leur poursuite et j'y vais aussi. Je vais avertir Prestcote d'envoyer des hommes le plus vite possible. Vous vous occuperez d'Aline...

Celle-ci en douta en voyant briller un éclair belliqueux dans l'œil de Cadfael.

– Je n'ai pas besoin de nourrice, protesta-t-elle. Filez, tous les deux!

– J'ai mes ordres, s'exclama Cadfael, qui s'en servit pour couvrir ses ardeurs. L'abbé m'a chargé de veiller à ce que rien n'arrive à notre invitée sous notre toit, et j'ai bien l'intention de ne pas m'arrêter au dit toit. Il comprendra. Vous avez bien cheval pour moi, Hugh, à part votre gris pommelé. Allons! Voilà un an que nous n'avons chevauché de concert.

3

Le manoir de Stanton Cobbold était bien à dix-sept miles de Shrewsbury, au sud du comté et jouxtait les vastes domaines des évêques de Hereford dans cette région, qui couvraient une bonne dizaine de châteaux. La route traversait les étendues dégagées et ensoleillées de la Forêt Longue et à son extrémité sud filait vers des collines bombées, situées à l'ouest d'une longue crête dénudée s'étendant sur quelques miles. Çà et là longeant son flanc nu, il y avait une de ces vallées boisées dans laquelle tourna Corbière, suivant un chemin bien tracé pour les charrettes. C'était le tout début de l'après-midi, le soleil était à son zénith mais malgré cela sous les arbres épais, il faisait froid et sombre. Après avoir été tout feu, tout flamme, le bai avançait doucement, portant sa double charge. Une fois, dans la forêt, ils s'accordèrent un court répit, Ivo avait sorti du vin et des gâteaux d'avoine, traitant Emma avec une extrême délicatesse. Il faisait beau, elle découvrait de jolis paysages et se trouvait embarquée dans une aventure agréable. Elle était impatiente d'arriver, flattée par la déférence d'Ivo, et très désireuse de rencontrer sa sœur.

Descendant de la crête, un ruisseau courait le long du sentier qui devint plus étroit, et le bois s'épaissit.

– On est presque arrivés, dit Ivo par-dessus son épaule.

Au bout de quelques minutes, le terrain en pente s'ouvrit devant eux en une clairière étroite, plate, fermée devant par une palissade de bois. A l'intérieur, le manoir s'adossait solidement à la colline; et derrière les arbres le cernaient de part et d'autre. Un garçon vint leur ouvrir la porte, et ils pénétrèrent dans l'enclos; le long de la palissade il y avait des écuries et des étables. Le manoir lui-même constituait un long socle de pierre, muni de remparts et percé de deux portes assez larges pour que des charrettes puissent entrer, et au-dessus, un étage d'habitation, en pierre également sur presque toute la longueur, où se trouvaient la grande salle, les cuisines et l'office, mais à droite ce matériau était remplacé par le bois et les meneaux de pierre par des fenêtres de bois et d'épais volets. Cet appartement était plus haut que l'autre; on aurait dit qu'il y avait un étage supplémentaire au-dessus du cabinet. Un monumental escalier de pierre menait à la porte de la grande salle.

– Ce n'est pas très grand, dit Ivo qui tourna la tête et lui sourit, mais il y a une chambre à votre disposition pour vous accueillir.

Il avait un personnel efficace. Des palefreniers arrivèrent au pas de course avant que le cheval ne se fût arrêté, une servante apparut à la porte de la grande salle et commença à descendre à leur rencontre.

Ivo déchaussa les étriers, passa gracieusement la jambe par-dessus l'encolure inclinée du cheval, sauta à terre, fit signe à Turstan Fowler de s'écarter et tendit les bras à Emma pour l'aider à descendre. Elle ne pesait pas lourd et ne lui coûta guère d'effort; pour le lui montrer, il la garda un moment à bout de bras en riant, avant de la poser à terre.

– Venez, je vous emmène dans le cabinet.

D'un geste de la main, il écarta la servante, qui les suivit dans l'escalier sans rien dire, mais ne les accompagna pas quand ils arrivèrent dans la grande salle. Les murs épais faisaient régner un froid palpable. La pièce était vaste et haute, avec un plafond noirci par la fumée, mais maintenant en été, l'âtre gigantesque était vide. Les fenêtres à meneaux laissaient entrer une atmosphère bien plus gaie qu'à l'intérieur, ainsi qu'une lumière réconfortante, mais elles étaient étroites et ne suffisaient guère à rendre moins oppressante l'atmosphère de ce lieu.

– Ce n'est pas ma demeure préférée, avoua Ivo avec une grimace, mais sur les marches galloises on construit surtout pour se défendre et pas pour le confort. Allons dans le cabinet. L'aile en bois a été rajoutée, mais même là, la maison est sombre et froide. En été aussi, on a besoin de faire un peu de feu.

Un petit escalier menait à une large galerie où s'ouvraient deux portes.

– La chapelle, dit-il, en montrant celle de gauche. Il y a deux petites chambres au-dessus, assez sombres car elles donnent sur la colline et les bois tout proches. Maintenant, si vous voulez bien m'excuser, je vais aller m'occuper de nos bagages et des chevaux. Je vous rejoindrai ici dans un instant.

Dans le cabinet où il la fit entrer, il y avait une table massive, un banc sculpté, des chaises avec des coussins, des tapisseries aux murs et l'endroit ne manquait ni de confort ni d'élégance malgré son côté sombre et froid, dû aux collines toutes proches, aux grands arbres et aux fenêtres étroites qui laissaient passer si peu de jour filtrant à travers les branches épaisses. Il n'y avait pas d'âtre ici, les cuisines et la grande salle étant desservies par une cheminée unique, mais sur le sol, au centre du cabinet, il y avait de larges dalles et un brasero où l'on pouvait faire du feu sans que les cendres volent et, en ce jour d'été, on en avait allumé un. Le charbon de bois et le bois y crépitaient, bien disposés pour réchauffer agréablement sans fumer. La lumière de l'été était insuffisante pour pénétrer à travers les murs énormes et malgré la présence chaleureuse du bois (de construction), le soleil se risquait à peine à pénétrer.

Emma s'avança dans la pièce et regarda autour d'elle avec intérêt. Elle entendit Ivo fermer la porte, faible bruit se perdant dans un silence profond.

Elle pensait qu'Isabelle apparaîtrait tout de suite, dès le retour d'Ivo. Elle avait beau savoir que ça n'était pas raisonnable, elle était déçue. Comment aurait-elle pu savoir, puisqu'Ivo n'avait pas annoncé son arrivée? Peut-être avait-elle les meilleures raisons du monde d'être sortie dans les collines en cette belle journée d'été, ou bien elle avait à faire ailleurs. Quand elle apprendrait le retour de son frère, accompagné par-dessus le marché d'une visiteuse de son âge, elle en serait heureuse, d'autant plus qu'elle aurait la satisfaction d'apprendre qu'elle n'avait plus besoin d'attendre pour entrer au couvent. Son absence n'en était pas moins une déception et qu'Ivo n'en ait rien dit ou ne s'en soit pas excusé avait sapé son enthousiasme.

Elle commença à explorer son domaine, s'intéressant à tout. Sa propre demeure était plus confortable en comparaison, mais pas moins sombre et serrée, non pas par des arbres, mais par les maisons qu'on construisait avec les mêmes arbres. Elle se rendait bien compte qu'elle était née dans un milieu assez riche, mais cette richesse signifiait *une* maison confortable et bien meublée alors que ce manoir frontalier représentait peut-être le dixième de ce que possédait Ivo, compte non tenu des terres autour de ces châteaux. Il avait lui-même dit que ça n'était pas sa demeure préférée, cependant cela supposait de vastes terres dont elle ignorait la superficie, des tenanciers libres et d'autres qui ne l'étaient pas. C'était un autre monde, qu'elle avait vu de loin, qui l'avait éblouie, mais jamais aveuglée.

Elle eut soudain la conviction que cet univers n'était pas pour elle, sans savoir toutefois si elle en était satisfaite ou désolée.

Tout de même, il y avait ici des témoignages de culture et de goût qui dépassaient son champ d'expérience. Le brasero était beau et faisait honneur à l'artisan qui l'avait fabriqué ; sur son trépied semblable à de jeunes branches, le panier à feu ressemblait à une treille. On ne pouvait lui reprocher qu'une chose, peut-être, d'être trop haut pour une parfaite stabilité. Les coussins des chaises étaient couverts de belles broderies représentant des scènes de chasse aux couleurs légèrement passées par l'usage et le contact de doigts un peu gras. Il y avait une étagère à livres sous la table, avec un psautier, un cahier de musique en vélin et un vieux grimoire fatigué aux étranges diagrammes. Les sculptures de la table, des chaises et des bancs évoquaient des plantes en pleine floraison. Les tapisseries tendues sur tous les murs entre les fenêtres et la porte étaient sûrement coûteuses, merveilleusement ouvragées et on pouvait encore deviner la splendeur de leurs anciennes couleurs çà et là, dans les plis, moins exposés, des étoffes ; mais la fumée les avait noircies jusqu'à les rendre indéchiffrables et complètement pourries à certains endroits. Elle écarta un pli et le chien de chasse qui plongea, les babines relevées et les pattes tendues, tomba en poussière entre ses doigts, et flotta dans l'air avant de s'évanouir lentement. Elle abandonna les fils qu'elle tenait et recula, effarée. Dans ses paumes, la poussière avait une odeur de cendre.

Elle attendit, mais personne ne vint. Elle n'avait donc sûrement pas attendu aussi longtemps qu'elle le pensait, ces instants lui avaient seulement paru longs, mais elle avait l'impression qu'il s'était écoulé un temps infini.

A la fin, elle se dit que cela ne dérangerait personne si elle se rendait seule à la chapelle. Elle saurait au moins si on s'agitait un peu au rez-de-chaussée. Ivo avait acheté des tapisseries flamandes pour son nouveau manoir du Cheshire, il était peut-être en train de les déballer, ravi de leurs couleurs vives. Elle pouvait bien lui pardonner de la négliger un peu dans ces circonstances.

Elle avança la main vers le loquet de la porte qu'elle souleva sans méfiance. La porte ne s'ouvrit pas. Elle essaya de nouveau, plus fort, mais l'obstacle résista. Aucun doute, la porte était fermée à clef.

Elle éprouva d'abord une incrédulité pure et simple, et même de l'amusement, comme si à la suite d'un accident stupide le loquet était retombé, l'enfermant par erreur. Puis vint le désir instinctif de toute créature enfermée : sortir, c'est seulement après qu'elle s'inquiéta soudain et qu'elle se mit à réfléchir sérieusement, furieuse, cherchant à comprendre. Aucune erreur possible! Ivo l'avait bien enfermée!

Elle n'était pas du genre à faire une crise de nerfs, ni à se taper la tête contre les murs. A quoi cela servirait-il? Elle s'immobilisa, la main sur le loquet, pendant qu'elle cherchait une réponse avec la même ardeur que le chien de la tapisserie. Elle était dans cette pièce à l'étage; il n'y avait pas d'autre porte, et les fenêtres étaient trop étroites même pour son corps mince, et assez hautes, à cause de la pente. Il fallait attendre que la porte s'ouvre.

Elle était venue sans méfiance, de bonne foi et avait trouvé un geôlier. Qu'attendait-il d'elle?

Elle se savait belle, mais comprit soudain qu'il ne se serait pas donné tout ce mal uniquement pour ça. Ce n'était pas elle qui l'intéressait, non, elle ne possédait qu'une chose pour laquelle quelqu'un était résolu à aller jusqu'au bout, et dont plusieurs morts violentes avaient jalonné le chemin. Un des serviteurs d'Ivo avait causé l'une de ces morts, et le jeune seigneur avait exercé une justice sommaire. Une agression sordide motivée par l'argent, un vol qui s'était accidentellement terminé par un meurtre, avec des objets qu'on avait volés, à titre de preuve! Comme tout le monde, elle n'avait pas cherché plus loin. En douter aurait signifié regarder dans un abîme trop noir pour qu'on pût y croire, mais c'est bien ce qu'elle faisait maintenant. C'était Ivo, et personne d'autre, qui l'avait enfermée.

Si elle était incapable de sortir par la fenêtre, la lettre qu'elle avait sur elle le pouvait, mais d'autres risquaient de la trouver. Elle ne pesait pas lourd, et n'atterrirait pas loin. N'importe, elle alla vers la fenêtre et jeta un coup d'œil vers l'herbe et les arbres en dessous, et là, confortablement assis contre le tronc d'un bouleau, elle vit Turstan Fowler, son arbalète à la portée de la main, qui regardait justement vers les fenêtres. Quand il l'aperçut derrière le montant, il grimaça un sourire. Rien à faire de ce côté-là.

Elle s'écarta de la fenêtre, tremblante. Rapidement elle sortit de l'endroit où il reposait entre ses seins un petit sac serré, en vélin, que maître Thomas lui avait accroché au cou avant qu'ils n'arrivent à Shrewsbury. Le sac était à peu près long comme sa main, large de deux doigts et le cordon de soie qui le retenait avait la finesse d'un fil de la vierge. Il ne lui fallait pas une bien grande cachette. Elle enroula le cordonnet autour du petit sac, et le glissa soigneusement dans ses longues tresses bleu nuit sous sa résille de soie où il disparut totalement. Quand elle eut bien réajusté sa résille et qu'elle se fut parfaitement recoiffée, elle crispa les mains très fort pour les empêcher de trembler et inspira profondément jusqu'à ce que son cœur recommençât à battre normalement. Puis elle mit le brasero entre elle et la porte et, parcourant la pièce du regard, elle sentit de nouveau son cœur battre vigoureusement.

Une fois encore, elle n'entendit pas la clé dans la serrure. Il l'avait parfaitement graissée. Il était dans l'encadrement de la porte, souriant, très à l'aise, et il referma sans quitter Emma des yeux. Au mouvement de son bras et de son épaule, elle comprit qu'il avait fait passer la clé de l'autre côté et qu'il avait refermé derrière lui-même. Dans son propre château, avec tous ses gens, il ne prenait pas de risques. Et pourtant, Emma Vernold n'avait rien d'un adversaire redoutable. C'était une manière de compliment dont elle se serait bien passée.

Puisqu'il n'était pas censé savoir si elle avait essayé de sortir ou non, elle décida de se conduire comme si elle n'avait pas de raison de s'inquiéter. Elle le salua d'un gentil sourire et allait faire un effort pour lui poser une question anodine, mais il la devança.

– Où est-elle? Si vous me la donnez gentiment, il ne vous arrivera rien. Je vous conseille d'obéir.

Il avait tout son temps et souriait toujours. Mais elle vit maintenant qu'il s'agissait d'un sourire de commande, froid, lisse, agréable à regarder comme un plaquage doré. Elle posa sur lui ses grands yeux surpris, interrogateurs, comme s'il lui parlait une langue inconnue.

– Je ne comprends pas! Que faut-il que je vous donne?

– Ne faites pas l'innocente, ma chère petite. Je veux la lettre que votre oncle apportait au comte Ranulf de Chester, et qu'il avait prévu de remettre à Euan de Shotwick, qui tient lieu d'yeux et d'oreilles à mon noble parent.

Il avait le temps et pouvait donc se permettre d'y aller doucement avec elle, il trouvait même cette idée amusante; il était tout prêt à admirer la façon dont elle allait s'y prendre, à condition toutefois de l'emporter à la fin. Il reprit :

– Ne me dites pas, douce enfant, que vous n'avez jamais entendu parler de cette lettre. Je doute que vous sachiez mentir aussi bien que moi.

– C'est vrai, avoua-t-elle, secouant désespérément la tête, je ne comprends rien du tout. Que voulez-vous que je vous dise? J'ignore tout de cette lettre. Si, comme vous le prétendez, c'est mon oncle qui l'avait entre les mains, il ne m'en a rien dit. Pensez-vous qu'un marchand confierait des affaires importantes à une femme? Si vous croyez cela, on voit bien que vous ne le connaissiez pas.

Corbière fit tranquillement un ou deux pas dans la pièce et elle vit qu'il ne boitait plus du tout. Les flammes du brasero, toutes droites, étaient très claires et leur lueur, comme l'éclat du couchant, se reflétait sur ses cheveux dorés.

– C'est ce que j'ai cru, admit-il, riant à ce souvenir. J'en ai mis du temps, bien trop, pour arriver jusqu'à vous, madame. Moi, je n'aurais pas fait confiance à une femme, ça non... mais apparemment, maître Thomas voyait les choses autrement. Et il faut avouer, jeune dame, que vous n'êtes pas n'importe qui. Ça n'a guère d'importance, mais je vous admire. Seulement, ce sentiment ne m'arrêtera pas, croyez-moi. Ce que vous détenez est trop précieux pour que je me laisse étouffer par les scrupules, si j'étais sujet à ce genre de faiblesse.

– Mais je ne l'ai pas, je me tue à vous le répéter! Comment puis-je vous donner ce que je ne possède pas! Que faut-il que je dise pour vous convaincre? protesta-t-elle, exprimant pour la première fois l'impatience et l'indignation, tout en sachant d'avance que c'était peine perdue; il savait.

Il secoua la tête et sourit.

– Elle n'est pas dans vos bagages. On a même défait les coutures de vos sacoches. Donc, vous l'avez sur vous. Il n'y a pas d'autres solutions. Votre oncle ne l'avait pas sur lui, elle n'était ni dans la péniche, ni dans la boutique. Il ne restait que vous et Euan de Shotwick, si, je ne sais comment, un messager m'avait échappé. Vous, je savais que vous seriez là et que vous viendriez me manger dans la main. Certes, à un moment, j'ai craint que vous n'ayez par prudence remis cette lettre dans le cercueil de Thomas; mais là, ma chère, je vous surestimais, malgré toute votre finesse. Euan ne l'avait pas reçue, il n'y avait donc plus que vous. Pas ses valets, ils ne sont pas assez malins; sans compter qu'Euan avait reçu l'ordre exprès de se taire. A propos, je ne crois pas vous avoir expliqué ce que contient cette lettre.

C'est vrai, elle n'en avait pas la moindre idée. Son oncle lui avait simplement dit de la garder car on ne penserait jamais qu'elle pût servir de courrier, il lui avait seulement signifié à quel point elle était importante. Qu'elle soit remise en mains propres était une question de vie ou de mort, avait dit son oncle, sinon il faudrait la renvoyer à celui qui l'avait écrite ou à défaut la détruire totalement.

– J'en ai assez de vous répéter que vous avez tort de croire que je sais quoi que ce soit, à moins que cette lettre n'ait jamais existé que dans votre imagination, dit-elle avec force. Vous m'avez amenée ici soi-disant pour que votre sœur me tienne compagnie et pour nous conduire à Bristol toutes les deux. Avez-vous l'intention de tenir votre promesse?

Il rejeta la tête en arrière et éclata de rire, les flammes dansantes se reflétèrent sur son visage fin.

– Vous ne seriez pas venue avec moi s'il n'y avait pas eu une femme dans l'histoire. Si vous êtes sage, peut-être vous présenterai-je à ma sœur unique. Elle est mariée à l'un des chevaliers de Ranulf et me tient informé de ce qui se passe à la cour de mon parent. Et elle aurait fait une redoutable nonne si elle n'était pas déjà mariée! Mais pour vous renvoyer saine et sauve à Bristol, aucun problème si vous me donnez ce que je veux. Et que j'aurai, ajouta-t-il très sèchement et sa belle bouche se contracta pour devenir aussi mince qu'une lame de rasoir.

A ce moment elle faillit presque lui obéir et lui céder ce qu'elle avait conservé contre vents et marées. Elle avait peur soudain, mais était aussi d'autant plus furieuse qu'elle s'interdisait de montrer ses sentiments. Il se rapprocha d'elle, avec le rictus d'un chat regardant un oiseau, et elle se déplaça, comme lui, pour laisser le brasero entre eux. Ce jeu l'amusa, mais il ne perdit nullement patience.

– Je ne comprends pas, dit-elle, les sourcils froncés, comme si sa curiosité commençait vraiment à s'éveiller. Pourquoi cette lettre est-elle aussi importante? Je suis en votre pouvoir. Si je l'avais, croyez-vous que je vous la refuserais? Pourquoi y attachez-vous tant d'intérêt? Que peut-il y avoir dans une simple lettre?

– Ma pauvre fille, soupira-t-il avec condescendance devant tant de naïveté, elle représente la vie, la mort, la richesse, le pouvoir, et même des terres peut-être. Ce petit paquet, savez-vous ce qu'il vaut? Pour Étienne : son royaume. Et pour moi : un comté, peut-être. Vous n'allez quand même pas me dire que vous ignorez les intentions de Robert de Gloucester envers Mathilde? Il veut l'amener en Angleterre et faire de sa venue une arme lui permettant de conquérir le trône. Par l'intermédiaire de ses agents, il s'est efforcé d'obtenir le soutien de Ranulf dès qu'ils arriveront. Mon valeureux parent a la tête dure et il a demandé des preuves, attestant la solidité de cette cause avant de se décider. Des noms, des chiffres, des détails, si je connais mon Ranulf, et il les a forcés à tout écrire. La liste de tous les ennemis du roi, tous ceux qui font semblant de lui rendre hommage mais se préparent à le trahir... Il y a peut-être cinquante noms et croyez-moi, elle me servira à abattre Ranulf, car si son nom n'y figure pas, il a bien l'intention de l'y ajouter.

Qu'est-ce qu'Étienne ne donnerait pas pour mettre la main dessus? Et attention, tout est écrit, même la date où ils ont prévu de prendre la voile et le port où ils comptent débarquer, qui sait? Tous ses ennemis faits prisonniers avant d'avoir pu se rassembler, et la prison toute prête pour Mathilde avant d'avoir mis le pied en Angleterre. Voilà ce que je compte offrir au roi, et je ne doute pas qu'il m'en donne un bon prix!

Choquée, elle le fixait, les sourcils froncés, protégée par le brasero, et elle se sentit glacée jusqu'aux os. Dire qu'il n'appartenait même pas à une des deux factions! Il avait déjà commis ou fait commettre trois meurtres, froidement, méthodiquement, non pour défendre une cause, mais pour servir ses propres intérêts. Il se moquait bien de savoir qui de Mathilde ou d'Étienne porterait la couronne. S'il avait pu mettre la main sur des renseignements qui auraient plutôt avantagé Mathilde et s'il avait senti qu'elle avait des chances de l'emporter ou de le récompenser richement, il aurait trahi Étienne et ses alliés de la même façon.

Pour la première fois, la terreur la saisit et la pensée de toutes ces existences en danger lui fut un poids intolérable. Elle ne douta pas un instant de la valeur de ses informations. Il savait à peu près tout de ce que contenait cette lettre, assez en tout cas pour condamner à mort un grand nombre d'hommes appartenant à la faction que son oncle avait servie de tout son cœur. Il en avait été un partisan fervent et il en était mort. Maintenant, à moins qu'elle ne pût accomplir un miracle, le message qu'il transportait allait coûter d'autres vies, le sang allait encore couler, et des hommes se retrouveraient totalement ruinés. Et tout cela pour la plus grande gloire d'Ivo Corbière! Elle avait suivi et soutenu maître Thomas en tant que loyale parente. Aujourd'hui cela ne signifiait plus rien et elle ne souhaitait plus qu'une chose : tenter désespérément d'éviter d'autres meurtres et ne faire tomber personne aux mains de ses ennemis. Il valait bien mieux aider chaque fugitif, chaque être pourchassé, faire en sorte que les femmes ne deviennent pas veuves, ni les enfants orphelins plutôt que de provoquer d'autres combats ou de sacrifier d'autres vies humaines pour Mathilde ou pour Étienne.

Non, elle n'allait pas lui donner ce plaisir! Tant pis pour les conséquences, elle ferait tout son possible pour l'empêcher d'obtenir son comté en sacrifiant les autres à ses ambitions.

– Je n'ai rien contre vous, déclara Corbière, parfaitement calme et sûr de lui. Donnez-moi la lettre et vous rentrerez à Bristol. Vous n'y perdrez pas au change. Mais si vous essayez de me tenir tête, je n'aurai aucun scrupule à vous le faire payer, et cher encore!

Elle resta immobile, le visage dans les mains, comme si elle essayait de dominer sa peur. Mais, sans qu'il s'en aperçoive, du bout des doigts, elle chercha dans sa résille et les mèches de ses cheveux le petit rouleau de vélin. En face d'elle, son ennemi ne remarqua rien.

– Franchement, vous ne m'attirez pas au point d'avoir peur que je vous viole, dit-il avec un sourire dédaigneux... Si vous vous conduisez raisonnablement. Mais je n'aurai guère de mal à vous arracher vos vêtements si vous vous obstinez. Je pourrais même y prendre plaisir. Sachez donc que vous me la donnerez cette lettre, de gré ou de force. Vous devriez comprendre que je ne laisserai personne se mettre en travers de mon chemin, surtout pas la fille d'un boutiquier de rien du tout.

De rien du tout! Non, elle n'avait jamais rien représenté pour lui, jamais, sinon un moyen de satisfaire ses intérêts et ses ambitions. Elle était toujours immobile, mais quand il s'avança nonchalamment vers elle, elle se déplaça imperceptiblement pour laisser entre eux le brasero au cœur de braises rouges. Elle demeura tout près, comme si sa chaleur la réconfortait et la protégeait; et soudain, dans la hâte à prendre la lettre, elle arracha sa résille délivrant ses cheveux. Elle n'osa pas la jeter au feu purement et simplement, elle pourrait rouler sur le côté ou bien il la récupérerait trop facilement. D'un bond désespéré elle la plongea au cœur du feu où elle la maintint au prix d'un moment de souffrance; puis elle se retira, les doigts brûlés, avec un cri léger où la douleur se mêlait au triomphe.

Il poussa un hurlement de rage et se précipita pour l'arracher aux flammes, mais la résille s'était aussitôt enflammée et de petites langues de feu lui léchèrent la main, qu'il retira après n'avoir touché que le sceau de cire qui avait fondu en lui collant aux doigts. Il retira sa main et gémit. Elle s'entendit rire sans pouvoir croire que ce son venait d'elle. Elle l'entendit la maudire avec fureur mais il tenait trop à récupérer son bien pour s'occuper d'elle. Il arracha sa tunique dont il s'enveloppa la main et se pencha de nouveau pour attraper le cylindre brûlant dressé dans le panier à feu. Et il allait l'avoir, rongé, incomplet peut-être mais cela lui suffirait à obtenir ce qu'il voulait. L'enveloppe extérieure n'avait pas brûlé complètement. Il ne l'aurait pas, ça non! Alors qu'il le retirait du feu, elle se pencha et de sa main valide lui retourna le brasero sur les chevilles et les pieds.

Il poussa un hurlement et fit un bond en arrière. Les braises s'écroulèrent, se répandirent sur le sol, creusant un sillon brun; la fumée s'éleva, une odeur de laine brûlée monta du tapis le plus proche et atteignit le bord des tapisseries accrochées au mur entre les deux fenêtres. Il y eut un bruit étrange évoquant une respiration profonde et aussitôt un serpent de flammes escalada le mur, et un arbre de feu surgit, s'épaissit, ses branches se disséminèrent dans toute la pièce, occupant tout l'espace entre les fenêtres et, passant des deux côtés, atteignirent les tentures poussiéreuses des murs les plus proches. Avant qu'Emma horrifiée ait eu le temps de bouger, le feu dansant avait envahi toute la pièce. Elle vit les chasseurs des tapisseries s'embraser et revenir brièvement à la vie, les chiens bondir, les arbres de la forêt trembler dans la lumière violente avant de devenir braise rougeoyante. La fumée monta d'une dizaine de petits foyers, troublant peu à peu la vue.

Quelque part, dans cet enfer déchaîné, de l'autre côté du foyer d'incendie, Ivo Corbière, sur qui était tombée une tapisserie enflammée, les cheveux et la chemise en feu, se tordait et hurlait, souffrant comme un damné, et ses cris la déchiraient. Derrière elle un mur était encore dégagé mais les flammes s'en approchaient à droite et à gauche.

Elle arracha la tapisserie intacte derrière elle et

essaya d'atteindre la torche vivante, mais la fumée, qui lui piquait les yeux et l'aveuglait, s'épaissit rapidement et les langues de feu qui en jaillirent la forcèrent à reculer. Elle jeta le tapis pour le cas où il pourrait s'en saisir et s'enrouler dedans pour étouffer les flammes, mais elle savait qu'il était trop tard, et qu'on ne pouvait plus rien pour lui. La pièce était pleine de fumée. De sa large manche, elle se protégea la bouche et le nez et s'éloigna des cris affreux qui lui perçaient les tympans. Et il avait la clé sur lui! Aucun espoir maintenant d'arriver jusqu'à lui pour la récupérer. La pièce était en feu et le bois des fenêtres, des murs et du plancher commença à gémir et à se fendre bruyamment en produisant d'étranges jets pourpres.

Emma recula, se protégeant le visage et tapa du poing contre la porte, appelant à l'aide, essayant de couvrir le fracas de l'incendie. Il lui sembla entendre crier en dessous, mais loin. Elle se cramponna aux tapisseries de part et d'autre de la porte là où le feu n'était pas encore arrivé, arrachant le tissu pourri qu'elle roula serré pour résister aux flammes et le jeta dans la fournaise de l'autre côté de la pièce. Au moins la porte resterait dégagée. Elle fit tomber toutes les tentures qui n'avaient pas encore brûlé. Elle se servait de sa main blessée, dont elle avait oublié la douleur. Les autres étaient hors de danger, personne ne lirait la lettre que Ranulf attendait. Et même le misérable qui était enfermé avec elle était sûrement presque mort, car le ronflement du feu avait presque totalement recouvert les gémissements humains de son grondement, pas très différent du bourdonnement du champ de foire. Elle aussi risquait sa peau. Elle était jeune, furieuse, décidée, elle ne se rendrait pas sans combattre. Elle tapa à la porte et appela de nouveau. Personne ne vint. Elle n'entendit aucune réponse, aucun pas dans l'escalier menant à la galerie, rien que la clameur du feu, qui devint comme le rugissement d'émeutiers, mais plus harmonieux car exprimant une volonté unique.

Emma se pencha vers le trou de la serrure et appela aussi longtemps qu'il lui resta du souffle et des forces. A présent, elle ne pouvait plus y voir, ni réfléchir, l'obscurité se répandait partout et une main puissante lui comprimait la gorge. Puis elle tomba à genoux, et se laissa glisser le long de la porte, pressant le nez et la bouche contre l'espace étroit où passait un peu d'air frais. Au bout d'un moment, elle ne se rendit plus compte de rien, même pas qu'elle respirait encore.

4

Philippe se perdit un moment dans l'entrelacs des sentiers des vallées entre les collines après être sorti de la Forêt Longue et dut aller demander sa route à quelqu'un du pays. Il connaissait vaguement la région mais pas le château de Stanton Cobbold. Le paysan lui fournit des renseignements précis et se tournant pour lui montrer la direction, il vit le premier la mince colonne de fumée s'élever dans le ciel calme et devenir rapidement plus épaisse et plus noire.

– Ça pourrait bien être là, ou pas loin. Les bois sont assez secs pour ça. Dieu veuille que ça ne gagne pas la maison, car si un irresponsable a provoqué une étincelle...

– C'est encore loin? l'interrompit Philippe, très inquiet.

– Un peu plus d'un mile. Vous feriez mieux de...

Mais Philippe était déjà parti, après avoir d'un coup de talons mis au triple galop le cheval volé. Il ne quittait pas des yeux les volutes de fumée qui s'épaississaient au-dessus de la route et il prit des risques sur ces petits chemins escarpés et peu utilisés; il aurait pu tomber une bonne dizaine de fois si la chance n'avait pas été avec lui. Le spectacle devenait plus alarmant de minute en minute, avec cette fumée striée de flammes rouges. Bien avant d'atteindre le château et de sortir de la forêt ventre à terre il entendit les poutres éclater et se fendre sous l'effet de la chaleur avec un bruit plus fort que des coups de hache. C'était le manoir qui brûlait, pas la forêt.

La porte était ouverte et des serviteurs affolés couraient dans tous les sens, sortant de la grande salle et des cuisines tout ce qu'ils pouvaient sauver, et libérant des étables et des écuries – dangereusement proches de l'aile en bois du manoir – des chevaux hennissant et des vaches qui meuglaient. Le long bâtiment en pierre et les fondations seraient très abîmées, mais ne brûleraient pas, la partie en bois, en revanche, était déjà la proie des flammes. Des hommes ne sachant à quel saint se vouer et des servantes hurlaient, couraient partout, sans lui prêter la moindre attention. Tout était arrivé si vite qu'ils en avaient perdu la tête.

Philippe déchaussa les étriers, trop courts pour

lui, et qu'il n'avait pas pris le temps de rallonger, et sauta à terre, laissant le cheval libre d'aller où il voulait. Un des vachers, titubant, passa près de lui; Philippe l'attrapa par le bras, le forçant à lui faire face.

– Où est ton maître? Où est la jeune fille qu'il a amenée avec lui?

En état de choc, l'homme tarda à lui répondre. Le jeune homme le secoua comme un prunier.

– La jeune fille? Qu'a-t-il fait d'elle?

La lippe pendante, le serviteur montra la colonne de fumée.

– Ils sont dans le cabinet. Mon maître aussi... C'est là que le feu a pris.

Sans un mot, Philippe le planta là et prit sa course vers l'escalier menant à la grande salle. L'homme hurla pour l'arrêter:

– Vous êtes fou! C'est l'enfer, là-dedans! Tout le monde est mort! La porte est fermée à clé et c'est lui qui a la clé... Vous allez y laisser votre peau!

Philippe ne prêta pas la moindre attention à cette tirade mais en retint: « la porte fermée à clé ». Si c'était la seule solution, il faudrait bien entrer par là. Il fouilla dans tout ce désordre, ustensiles de cuisine et autres, empilé dans la cour pour trouver quelque chose lui permettant d'entrer dans la pièce en forçant la porte. La cuisine avait été vidée, il y avait des couteaux et des hachoirs et mieux encore une panoplie provenant de la grande salle. Apparemment l'un des ancêtres de Corbière avait un faible pour la hache d'armes. Et ces poltrons n'avaient même pas cherché à se servir d'un engin aussi pratique! Leur seigneur pouvait rôtir tout vif, ils n'allaient pas risquer de se brûler les doigts pour lui.

Montant les marches de pierre quatre à quatre, Philippe pénétra dans la fournaise noire et étouffante de la grande salle. La chaleur, après tout, n'y était pas si intense, les murs de pierre étaient épais et sur le sol, des dalles de pierre protégeaient les poutres du sous-sol. La fumée qui lui soufflait au visage son haleine âcre et pestilentielle était son pire ennemi. Il prit un moment pour arracher sa chemise et s'en couvrir le nez et la bouche, puis à toute vitesse il suivit le mur pour gagner l'autre côté de la pièce d'où provenaient la chaleur et la fumée. Sans chercher à réfléchir, il se contenta de faire ce qu'il fallait. Emma était quelque part dans cet enfer, la seule chose qui comptât était de l'en sortir.

A tâtons, il trouva le pied de l'escalier menant à la galerie et monta les degrés de pierre, courbé en deux car le gros de la fumée semblait se concentrer au plafond. Les volutes qui l'entouraient d'une colonne mince lui indiquèrent la porte du cabinet. Le bois n'en brûlait pas encore. Il tapa du poing, chercha à l'enfoncer, appela, mais il n'entendit rien à l'intérieur, que le vrombissement du feu. Rien à faire, il fallait entrer.

Tel un Viking en folie, il balança sa hache, visant le loquet. La porte était solide et le bois ancien et résistant, mais des haches moins redoutables avaient abattu les arbres dont elle provenait. Ses yeux le piquaient mais ses larmes humidifiaient le tissu qui lui couvrait la bouche. Malgré les coups qui ébranlaient le bois de la porte, le loquet tenait toujours bon. Philippe continua son travail. Il avait fait un grand trou au-dessus de la serrure, si bien qu'il eut du mal à retirer la hache. Inlassablement, il frappa au même endroit, voyant voler les échardes et soudain le loquet céda avec un bruit métallique aigu; le bord de la porte s'écarta pour se refermer après qu'il l'eut poussée seulement de la largeur d'une main. Quand il la toucha, la partie supérieure n'offrit pas de résistance. Il tâta le plancher à l'intérieur et sa main se referma sur une mèche de cheveux soyeux. Elle était couchée à ses pieds, la chaleur qui lui souffla au visage fut terrible, heureusement, seule la fumée l'avait atteinte, et non les flammes.

En s'ouvrant, la porte avait laissé pénétrer le vent qui attisa les flammes; elles étaient devenues si claires qu'il sut qu'il ne disposerait que de quelques instants avant que le brasier ne les dévorât tous les deux. Comme un fou, il se pencha pour l'attraper par le bras et la tirer sur le côté pour pouvoir écarter suffisamment la porte pour la faire sortir et la refermer aussitôt sur le démon déchaîné à l'intérieur.

Il y eut une grande explosion pourpre et une langue de flamme jaillit qui lui brûla les cheveux; enfin il la tira au dehors, et la hissa sur son épaule, douce, abandonnée. La porte claqua derrière eux. En titubant, il dévala l'escalier, tenant la jeune fille dans ses bras, talonné par ce feu d'enfer. Il ne se rendit même pas compte, avant de retirer ses souliers, que les marches avaient brûlé sous ses pieds.

Il atteignit la porte de la grande salle la tête basse, cherchant péniblement son souffle et dut s'asseoir sur les marches de pierre avec son précieux fardeau, de peur de tomber avec lui. Avidement, il aspira l'air frais du dehors et écarta de son visage sa chemise souillée par la fumée. Il ne voyait ni n'entendait très bien, il ne sut même pas que Hugh Beringar et sa garde venaient de pénétrer au galop dans la cour jusqu'à ce que Cadfael, grimpant hâtivement les marches, ne vînt doucement lui enlever Emma.

– Très bien, mon garçon. Je la tiens. Suivez-nous, appuyez-vous sur moi, voilà ! On va trouver un coin tranquille et voir ce qu'on peut faire pour vous deux.

Philippe, frissonnant soudain et si faible qu'il n'osait se fier à ses jambes, demanda affolé :

– Elle est ?...

– Elle respire, le rassura Cadfael. Venez m'aider à la soigner et avec l'aide de Dieu, tout ira bien.

Emma ouvrit les yeux : le ciel était clair et pâle et deux visages inquiets étaient penchés sur elle. Elle reconnut aussitôt celui de Cadfael à son expression douce et pénétrante, mais elle était incapable de deviner comment il était arrivé là ni même où elle était. L'autre visage était si près du sien qu'elle ne pouvait le voir clairement ; il était étrange et farouche, noir du front au menton, avec des rigoles creusées par la sueur ; sur un côté ses cheveux bruns avaient été brûlés, ce qui les faisait friser ! mais elle vit aussi deux beaux yeux bruns, honnêtes et clairs comme le jour, qui la regardaient avec tant d'adoration que ce visage que le feu n'avait pas embelli et qui n'avait jamais été particulièrement séduisant lui parut le plus agréable et le plus réconfortant qu'elle eût jamais vu. Celui qu'elle avait récemment contemplé, avant qu'il ne se changeât en une effroyable torche, aussi beau qu'il ait pu être, exprimait l'ambition, le meurtre et l'avidité. Celui-ci était l'autre face du Janus humain.

C'est seulement quand elle bougea légèrement et qu'il changea de position pour qu'elle fût plus à l'aise qu'elle comprit qu'elle était dans ses bras. Elle mit du temps à réorganiser le monde qui l'entourait et même la douleur revint petit à petit. Sa tête était appuyée au creux de l'épaule du jeune homme, et sa joue contre sa tunique. C'était du drap tissé, des vêtements d'artisan. Mais oui, il était cordonnier. C'était le fils d'un artisan de rien du tout! Il y avait beaucoup à dire là-dessus. L'odeur du feu et de la fumée les enveloppait encore tous les deux malgré les efforts de Cadfael armé d'un seau d'eau tiré au puits. Ce fils de boutiquier de rien du tout l'avait suivie au château et lui avait sauvé la vie. Elle comptait donc tant pour lui, elle, fille de boutiquier...

– Elle ouvre les yeux, murmura Philippe, enthousiaste. Elle sourit.

– Comment vous sentez-vous, mon enfant? demanda Cadfael, penché sur elle.

– Je suis vivante, dit-elle, d'un ton presque inaudible, mais plein de joie.

– Eh oui, grâce à Dieu, et à Philippe tout de suite après. Mais ne bougez pas, on va vous trouver un manteau pour vous couvrir; on a souvent froid quand il n'y a plus de danger. Et puis, il y aura la douleur, ma pauvre enfant. (Pour ça, elle n'en doutait pas.) Vous avez une vilaine brûlure à la main, et je n'ai pas de baume ici, je ne peux guère que vous mettre un bandage avant que nous ne rentrions en ville. Si c'est possible, laissez vos doigts en repos. Moins vous vous en servirez, mieux ça vaudra. Mais comment avez-vous fait pour vous en sortir intacte, sauf cette main sérieusement brûlée.

– Je l'ai mise dans le brasero, dit-elle, se rappelant.

Voyant à quel point Philippe était stupéfait, elle comprit la portée de ce qu'elle avait dit. Il lui parut soudain essentiel que Philippe ne sût pas tout, que sa candeur et sa naïveté ne fussent jamais confrontées au mensonge, à la trahison et aux subterfuges, même si on s'en servait pour la bonne cause. Un jour elle parlerait peut-être, mais pas à Philippe.

– J'ai eu peur de lui, dit-elle, se reprenant soigneusement, et j'ai renversé le brasero. Je ne voulais pas mettre le feu...

Quelque part, étrangement loin de l'endroit paisible où elle était étendue, Hugh Beringar, le sergent et les gens d'armes qui l'avaient suivi rassemblaient les serviteurs affolés qui sauvaient ce qui pouvait l'être et humidifiaient les appentis que menaçaient toujours des étincelles volantes et des débris enflammés de façon à abriter les bêtes et procurer un toit aux domestiques.

L'incendie avait été si violent qu'il était presque éteint mais pendant quelques jours, la chaleur serait encore trop forte pour pouvoir fouiller dans les cendres en quête du corps d'Ivo Corbière.

– Levez-moi, demanda Emma. Que je puisse voir !

Philippe la souleva et l'assit près de lui dans l'herbe fraîche. Ils étaient dans un coin de la cour, adossés à la palissade. Dans le soir tombant, les écuries et les étables fumaient encore des seaux qu'on y avait jetés. Près des appartements de bois, les hommes faisaient encore la chaîne et se passaient des seaux depuis le puits. Il y aurait assez de toits pour les chevaux, le bétail et les serviteurs, en attendant de pouvoir faire mieux. Ils disposaient des ustensiles de cuisine, les magasins du sous-sol étaient peut-être endommagés mais pas détruits. En ce bel été, ils se débrouilleraient et il faudrait s'arranger pour restaurer le château avant l'hiver. Finalement, ce désastre n'aurait coûté qu'une vie humaine.

– Il est mort, dit-elle, fixant cette ruine dont elle, et pas lui, s'était sortie vivante.

– Ça ne fait guère de doute, dit simplement Cadfael – qui supposait, alors qu'elle savait.

– Et l'autre?

– Turstan Fowler? Il a été arrêté. Le sergent le garde. C'est lui, je crois, qui a tué votre oncle, dit doucement Cadfael.

Elle aurait cru qu'en voyant approcher Beringar et les officiers de justice il aurait sauté à cheval et disparu au galop, mais après tout il n'avait pas de raison de se croire en danger. Personne ne l'avait accusé quand il avait quitté Shrewsbury. Chacun à l'abbaye croyait sûrement qu'on avait escorté Emma jusqu'à Bristol. Pourquoi se seraient-ils posé des questions? Mais oui, au fait pourquoi étaient-ils là? Elle en avait autant à apprendre qu'à raconter. Ils auraient le temps de parler, plus tard. Maintenant il fallait, toutes choses cessantes, vivre, se réjouir d'être en vie, en être reconnaissant, et peut-être, petit à petit, avec le plaisir de la découverte, parvenir à aimer. Elle voulut savoir ce qu'il adviendrait du coupable.

– Il dira sûrement tout ce qu'il sait et il accusera son maître tant qu'il pourra.

Cadfael doutait cependant qu'il espérât échapper à la potence, mais il garda cette réflexion pour lui. En ce moment elle s'interrogeait sérieusement sur la vie et la mort et souhaitait ardemment la clémence même pour les plus humbles et les plus vils, dans la mesure où cette clémence lui avait été accordée. C'était très bien ainsi ; Dieu le garde de la contredire sur ce point.

– Vous avez froid ? demanda tendrement Philippe, la sentant frissonner dans ses bras.

– Non, répondit-elle aussitôt et elle tourna un peu la tête au creux de son épaule, appuyant son front à la joue noire de suie du garçon.

Elle sourit, il sentit ses lèvres douces sur sa gorge ; et il eut le sentiment que nul ne lui prendrait jamais ce trésor.

Foulant l'herbe piétinée de la cour, Hugh Beringar vint les rejoindre ; malgré sa tenue impeccable, il sentait fort la fumée.

– On a fait ce qu'on a pu, dit-il, s'essuyant le visage. Le mieux est que nous rentrions à Shrewsbury. Pour le moment, mon sergent et la plupart des hommes vont rester ici ; mais vous, ce qu'il vous faut, ajouta-t-il avec un sourire un peu las à l'adresse d'Emma, c'est un bon lit, et des soins pour cette main. Ne pensez à rien, ne bougez pas, avant de vous sentir mieux. Bristol devra se passer de vous un moment. Je vous emmène auprès d'Aline à l'abbaye, vous y serez très bien.

– Non, dit Philippe, très sûr de lui, j'emmène Emma chez ma mère à Shrewsbury.

– Très bien, acquiesça Hugh, ça ne prendra guère plus de temps. Laissez simplement à Cadfael le temps de passer à l'abbaye pour se munir de baumes et de potions, ainsi Aline pourra s'assurer qu'Emma ne va pas si mal. Et n'oubliez pas, mon ami, que vous devez gratitude à ma femme pour s'être occupée du quidam dont vous avez volé le cheval et pour avoir protégé vos arrières jusqu'à ce que vous puissiez lui rendre son animal.

Philippe rougit sous sa couche de suie.

– C'est vrai, je risque de finir en prison pour vol, mais pas avant de m'être assuré qu'Emma est en sûreté chez ma mère.

Hugh se mit à rire et lui frappa amicalement l'épaule.

– Ce n'est pas demain que vous moisirez sur la paille, tant que j'occuperai ce poste, à moins que vous ne décidiez de braver la loi un de ces jours. On va donner satisfaction au marchand, Aline l'aura sûrement rendu de meilleure composition, vous verrez. Son cheval a été pansé, abreuvé, nourri pendant que vous étiez occupé ailleurs, on le lui rendra sans cavalier, et en pleine forme. Il y a assez de chevaux ici, je vais vous en trouver un capable de porter deux personnes.

Il n'avait pas quitté Emma du coin de l'œil pendant qu'il s'occupait des porteurs d'eau et du matériel domestique, il n'était pas assez naïf pour essayer de l'arracher aux bras de Philippe ou encore chercher une litière pour la ramener. Ces deux-là étaient si proches l'un de l'autre qu'il aurait fallu être fou pour essayer de les séparer, même quelques heures, et Hugh était loin d'être fou.

Ils enveloppèrent doucement la jeune fille dans une couverture empruntée à un lit qu'on avait pu sauver, pour qu'elle soit mieux installée plutôt que pour lui tenir chaud, car la soirée était encore douce, cependant, maintenant qu'elle n'avait plus d'efforts à faire, elle pourrait frissonner de froid. Elle accepta tout sans protester, comme perdue dans un rêve, et pourtant sa main devait lui faire mal. Elle semblait n'éprouver qu'une immense paix intérieure, qui rendait tout le reste secondaire. Ils donnèrent à Philippe un grand hongre aux reins larges, au pas calme, et ils lui passèrent Emma, enveloppée dans sa couverture; elle se blottit contre sa poitrine, protégée par le rempart de ses bras et de son épaule comme si Dieu l'avait destinée à s'installer là.

– Et après tout, pourquoi pas? murmura Cadfael, chevauchant derrière eux, tout près de Hugh Beringar.

– Pourquoi pas quoi? s'étonna celui-ci, que cette question tira de préoccupations bien différentes car Turstan Fowler était enchaîné entre deux gens d'armes.

– Pourquoi ne se serait-il pas occupé de tout? En définitive, c'est bien dans sa manière.

A mi-chemin de Shrewsbury, elle s'endormit dans les bras du jeune homme, nichée contre sa poitrine. A cause de ses cheveux noirs déployés qui sentaient la fumée, il ne voyait que la partie inférieure de son visage, mais sa bouche était douce, humide; elle souriait, et de tout son poids elle s'abandonnait contre le corps de l'homme qu'elle aimait comme on entre dans un lit conjugal. Dans son rêve, elle avait dépassé la douleur de sa main brûlée. C'est comme si elle avait plongé dans l'avenir, et qu'elle en émergeait intacte. De sa main valide, la gauche, elle le tenait par la taille, sous son manteau, se serrant contre lui.

5

La pénombre des belles nuits d'été, où il ne fait jamais vraiment noir, révéla un champ de foire désert, sans aucun signe du tumulte des trois jours précédents, mis à part les traces de pas nombreux et la marque des tréteaux dans l'herbe. Il n'y avait plus qu'à attendre l'année suivante. Les intendants de l'abbaye avaient ramassé le montant des loyers et autres taxes, rendu leurs comptes et étaient partis se coucher. Tout comme les moines, les serviteurs laïcs, les novices et les élèves. Un portier ensommeillé les fit entrer, et mystérieusement, comme pour les accueillir avec une discrétion circonspecte, la grande cour revint à la vie. Aline sortit en courant de l'hôtellerie avec le marchand grincheux qui était maintenant tout sucre tout miel, frère Mark surgit du dortoir et le propre secrétaire de l'abbé franchit le seuil du logis de Radulf avec de la part de ce dernier l'ordre destiné à Cadfael de se rendre chez lui aussi tard qu'il fût.

– En partant je l'ai informé de ce qui se passait, dit Hugh. Il m'a paru normal de le tenir au courant. Il veut sûrement savoir comment tout s'est terminé.

Pendant qu'Aline emmenait Philippe et Emma se rafraîchir et se reposer un peu à l'hôtellerie, que Mark filait vers l'herbarium prendre la pâte de feuilles de mûres et l'onguent de pied-de-lion, remèdes efficaces contre les brûlures, et que les gens d'armes emmenaient leur prisonnier au château, Cadfael s'exécuta et alla voir Radulf dans son cabinet. Que ce soit midi ou minuit, l'abbé était parfaitement réveillé. A la lueur de l'unique bougie, il dévisagea Cadfael et demanda simplement :

– Alors ?

– Tout va bien, père. Nous avons ramené Dame Vernold légèrement brûlée à la main et le meurtrier de son oncle est entre les mains du shérif. Enfin l'un des meurtriers : Turstan Fowler.

– Il y en a un autre ? demanda Radulf.

– *Avait* serait plus juste. Il est mort. Mais nul d'entre nous me l'a tué ni n'a porté la main sur lui. Il est mort dans un incendie.

– Racontez-moi tout.

Cadfael lui dit ce qu'il savait de l'histoire. Il ne pouvait que supposer ce que savait Emma.

– Mais que pouvait-il bien y avoir dans cette lettre pour qu'elle ait poussé un homme à commettre tant de crimes afin de s'en emparer ?, s'étonna Radulf.

– Nous n'en savons rien, et personne n'en saura jamais rien car elle a brûlé avec lui. Mais quand dans un pays, il y a deux factions ennemies, dit Cadfael, des hommes sans scrupules peuvent vouloir utiliser cette situation, vendre n'importe qui pour en tirer profit, se venger de leurs rivaux et se faire attribuer les terres de ceux qu'ils ont trahis. Enfin ce qu'il avait en tête ne risque plus d'aboutir maintenant.

– Tout cela s'est mieux terminé que je me commençais à le craindre, constata Radulf avec un soupir de satisfaction. Tout danger est écarté et tous nos hôtes sont hors de danger. Ce jeune homme qui a fait des merveilles pour nous et pour cette jeune femme, ajouta-t-il après réflexion, c'est le fils du prévôt, dites-vous ?

– Oui, père. Avec votre permission, je vais les

accompagner, pour veiller à ce qu'ils rentrent sans encombre et soigner leurs brûlures. Elles n'ont rien d'alarmant mais il faut les nettoyer et s'en occuper sans attendre.

– Allez et que Dieu vous accompagne! dit l'abbé. Cela tombe bien car j'ai un message pour le prévôt, que vous lui remettrez si vous le voulez bien. Faites-lui mes compliments et demandez-lui d'avoir l'obligeance de venir demain vers la fin du chapitre. J'ai des affaires à régler avec lui.

Voilà des heures que sans nul doute dame Corvisart devait fulminer en pensant à son vagabond de fils, ce bon à rien qui à peine sorti de prison était parti faire Dieu sait quelles pitreries jusqu'à des heures indues. Elle s'était sûrement dit une bonne dizaine de fois qu'elle se désintéressait de ce qui pouvait lui arriver, qu'il était inutile à présent de prier pour lui, qu'elle se moquait éperdument de ce qu'il fabriquait, et qu'il aille au diable. Malgré cela, son mari ne put la décider à se coucher, et dès qu'elle entendait le moindre pas, décidé ou hésitant devant la porte ou dans la rue, elle courait voir, prête à le traiter de tous les noms, mais le cœur plein d'espoir.

Et voilà qu'il était de retour, tenant dans ses bras une jeune fille aux grands yeux, un côté de ses cheveux était brûlé, son manteau sentait la fumée, sa chemise était en lambeaux, il était suivi par un bénédictin et il avait un air d'autorité et de maturité qui faisait oublier son allure de clochard. Aussi, au lieu de le gronder et l'embrasser, les prit-elle par la main lui et la jeune fille, et elle les entraîna à l'intérieur où elle leur donna des chaises et se mit en devoir de les nourrir et de s'occuper d'eux, en ne disant que l'essentiel. Demain elle déciderait peut-être Philippe à tout lui raconter. Cette nuit, ce fut Cadfael qui leur dit l'essentiel tout en soignant et pansant la main d'Emma avant de s'occuper des brûlures superficielles que Philippe avait au front et au bras. Mieux valait ne pas trop insister sur ce qu'avait fait le garçon. Emma s'en chargerait plus tard; sa belle-mère ne l'en apprécierait que plus.

Emma elle-même n'ouvrit presque pas la bouche, comme isolée par le bonheur et l'épuisement, mais elle ne quitta pratiquement pas Philippe des yeux, ou alors pour apprécier les meubles sombres et solides et les chaudes boiseries de cette demeure bourgeoise qui lui était si familière qu'y être acceptée était comme revenir à la maison. Son sourire discret, ravi, parlait pour elle; une mère ne se trompe pas à ce genre de regard. Avant même qu'on l'emmenât doucement se coucher dans le lit qu'on lui avait préparé, Emma était conquise; dame Corvisart l'installa avec la sollicitude d'une mère poule pour son unique poussin et veilla à ce qu'elle bût le sirop de pavot préparé par Cadfael, ce qui la ferait dormir et oublier sa main brûlée.

– Cette petite est absolument ravissante, dit-elle à son retour, regardant affectueusement son fils endormi dans un fauteuil. Alors voilà ce qu'il était parti faire, et moi qui pensais toutes sortes de vilaines choses sur lui! Je devrais pourtant le connaître!

– Il se connaît lui-même beaucoup mieux qu'il y a quelques jours, constata Cadfael, refermant sa besace. Je vous laisse ces médicaments, vous savez comment les utiliser. Mais je reviendrai la voir demain. Maintenant, je vais vous laisser, j'avoue que je ne serai pas fâché d'aller retrouver mon lit. Je me demande si j'entendrai la cloche de Prime demain.

Dans la cour, Geoffroi Corvisart avait lui-même mis à l'écurie le cheval de Stanton Cobbold avec le sien propre. Cadfael lui transmit le message de Radulf. Sceptique, le prévôt leva un sourcil.

– Que peut bien me vouloir messire l'abbé? La dernière fois que je suis venu au chapitre, le chapeau à la main, il m'a payé en monnaie de singe.

– Tout de même, objecta Cadfael, se frottant le nez, méditatif, si j'étais vous, je viendrais, ne fût-ce que par curiosité.

Qui sait? La monnaie de singe était peut-être devenue monnaie courante!

Rien d'étonnant à ce que Cadfael, qui avait réussi à se lever pour Prime, profitât de son endroit favori, derrière un pilier, pour s'assoupir pendant le chapitre. Il dormait si bien que pour une fois il faillit ronfler; frère Mark s'effraya et l'éveilla d'un coup de coude.

Le prévôt avait accepté l'invitation de l'abbé et il arriva juste à la fin du service. L'intendant venait de l'annoncer quand Cadfael ouvrit les yeux.

– Qu'est ce que le prévôt vient faire ici? souffla Mark.

– Est-ce que je sais, moi? On lui a demandé de venir. Silence!

Geoffroi Corvisart s'était mis sur son trente et un. Il salua respectueusement mais froidement l'assistance. Aucune escorte conséquente ne l'accompagnait cette fois, et à dire vrai, il éprouvait peut-être une certaine curiosité, mais n'attachait guère d'importance à cette rencontre. Il avait autre chose en tête. Il restait des problèmes à résoudre à Shrewsbury, c'était indéniable et à un autre moment il y aurait peut-être consacré toutes ses pensées, mais aujourd'hui son fils, dont il avait toutes les raisons d'être fier, avait été vengé et on lui en avait fait compliment; son bonheur reléguait au second plan les soucis publics.

– Vous m'avez demandé de venir, père abbé. Me voici.

– Et je vous remercie de vous être dérangé, répondit doucement Radulf. Il y a quelques jours, maître prévôt, avant la foire, vous êtes venu m'adresser une requête à laquelle il ne m'a pas été possible d'accéder.

Le prévôt ne souffla mot; il n'y avait rien à répondre, et il n'avait nulle envie de parler dans le vide.

– La foire est maintenant terminée, poursuivit l'abbé. Tous les loyers et autres taxes ont été prélevés et versés au trésor de l'abbaye comme le prévoit la loi. C'est bien cela?

– Tout à fait, affirma Corvisart. A la lettre.

– Bien! Nous voilà d'accord. Le droit a été respecté et les privilèges de cette maison maintenus. Et il m'était impossible de revenir là-dessus. Les abbés qui me succéderont m'en auraient fait reproche, et à juste titre. Or leurs droits sont sacrosaints. Mais maintenant qu'ils ont été pleinement respectés, il m'appartient, en tant qu'abbé, de décider de l'usage qu'il convient de faire de l'argent dont nous disposons. Ce que je ne pouvais vous accorder, car j'aurais mis la charte en péril, dit Radulf, très décidé, je peux en faire don de la part de cette maison. Et j'entends justement faire don à la ville de Shrewsbury du dixième de ce que nous a rapporté la foire, et ce pour l'aider à restaurer ses murs et repaver ses rues.

Le prévôt, à qui sa famille donnait déjà beaucoup de satisfaction, rougit, stupéfait et ravi. Généreux lui-même, il savait apprécier la générosité d'autrui.

– Seigneur abbé, j'accepte votre offrande avec autant de plaisir que de gratitude et je veillerai à ce qu'on en fasse bon usage. J'affirme ici-même que les droits de l'abbaye restent inchangés. La foire de Saint-Pierre est votre apanage et c'est à vous qu'il appartiendra de décider, quand la ville sera dans le besoin, si vous voulez la combler de vos largesses.

– Notre intendant va vous remettre l'argent, dit Radulf, se levant pour mettre un terme à cette agréable rencontre. Le chapitre est clos, conclut-il.

6

Le beau temps se prolongea pendant le mois d'août et chacun se prépara aux moissons. Aline et Hugh Beringar partirent, pleins d'espoir, pour Maesbury, nantis de leurs achats; le marchand de Worcester en fit autant, avec un jour de retard ainsi qu'une bonne compensation de la part du shérif pour l'emprunt de son cheval et en prime une histoire qu'il pourrait toujours placer dans les grandes occasions jusqu'à la fin de ses jours. Le prévôt et le conseil municipal de Shrewsbury rédigèrent une lettre très digne pour remercier l'abbaye de sa générosité; ils y mirent assez de formes pour montrer qu'ils avaient apprécié le geste, et aussi de prudence afin de ne pas compromettre les chances de succès d'éventuelles revendications dans l'avenir. Le shérif put classer une affaire criminelle à la suite des révélations de la jeune femme qui avait été enlevée sous un faux prétexte; apparemment on voulait lui voler une lettre qu'elle détenait mais dont elle ignorait totalement le contenu. Il y avait bien matière à soupçonner une conspiration, mais comme dame Vernold ne connaissait pas la portée du document qu'on lui avait confié et qui de toute manière avait irrévocablement disparu dans un incendie, l'action de la justice était éteinte. Le criminel était mort, son serviteur avait tout avoué de son plein gré : son maître l'avait forcé à commettre un meurtre; il attendait son jugement et faisait valoir qu'étant né vilain, il ne pouvait désobéir à son seigneur. Le suzerain du mort avait été mis au courant et le comte de Chester désignerait quelqu'un pour prendre Stanton Cobbold en saisine [1].

Chacun respira, se frotta les mains et se remit à l'ouvrage.

Cadfael retourna en ville le deuxième jour pour soigner Emma. Très satisfaits l'un de l'autre et du monde qui les entourait, le prévôt et son fils vaquaient à leurs occupations. Dame Corvisart retourna à ses fourneaux, laissant en tête à tête le médecin et sa patiente.

– Je souhaiterais vous parler, dit Emma, le

1. Saisine : droit du seigneur sur la prise en possession des héritages qui relevaient de lui. (*N.d.T.*)

regardant bien en face tandis qu'il lui refaisait son bandage. Il faut que je dise la vérité à quelqu'un, et ce quelqu'un, j'aimerais bien que ce soit vous.

– Je ne crois pas que vous ayez menti une seule fois au shérif, répondit tranquillement Cadfael.

– Non, mais je ne lui ai pas tout dit. J'ai prétendu ne pas savoir ce que contenait cette lettre, pas plus que le nom du destinataire ou de l'expéditeur. C'est vrai, je ne savais rien directement, mais je sais qui l'a apportée à mon oncle et aussi qu'il fallait la remettre au gantier qui la donnerait à qui de droit. Mais quand Ivo a exigé cette lettre et que j'ai gagné du temps en lui demandant ce qu'elle avait de si important, il m'a dit ce qu'il y avait dedans pour lui. Il était persuadé que le royaume d'Etienne en dépendait et qu'elle lui donnerait la possibilité de se débarrasser de ses ennemis, et lui, ça lui vaudrait un comté. Les amis de l'impératrice pressaient le comte de Chester de se joindre à eux, mais il ne ferait rien avant de connaître toutes les forces que Mathilde pourrait rassembler, et voilà ce qu'il y avait dans cette lettre, destinée à le convaincre qu'il n'avait rien à perdre en se joignant à Mathilde. D'après lui, une cinquantaine de personnes s'étaient déclarées en secret pour l'impératrice et il y avait aussi, avec un peu de chance, la date où Robert espérait l'amener en Angleterre et le port où ils comptaient débarquer. Il voulait les livrer pieds et poings liés à la vengeance du roi avec le comte de Chester en prime, puisqu'il aurait été jusqu'à favoriser ce débarquement! Il comptait les dénoncer, les vouer à la mort et obtenir une récompense pour *ça*. En tout cas, c'est ce qu'il m'a dit. Je n'ai aucun moyen de vérifier, mais j'ai la conviction que c'était vrai.

Elle s'humecta les lèvres et poursuivit, pesant ses mots.

– Je ne connais pas suffisamment le roi pour savoir ce qu'il aurait fait, mais je me rappelle ce qui est arrivé ici l'an dernier. J'ai vu ces hommes qui avaient choisi l'impératrice en leur âme et conscience, tout aussi honnêtement que les tenants du roi, jetés en prison puis exécutés et leurs familles privées de leurs terres, de tout moyen d'existence, parfois forcées à l'exil... J'ai vu la mort, la vengeance et l'amertume qui en découlerait si la fortune changeait encore de camp. Alors j'ai agi comme je l'ai fait.

– Je sais ce que vous avez fait, dit doucement Cadfael qui en tenait la preuve dans la main qu'il soignait.

– Mais pourtant, voyez-vous, continua-t-elle gravement, je ne suis pas sûre d'avoir eu raison, ni d'avoir servi la bonne cause. Etienne, du moins, maintient une sorte de paix là où il a pris le pouvoir. Mon oncle était un ardent défenseur de Mathilde, mais si elle débarque et que ses alliés se soulèvent, la paix n'existera plus. Où que je tourne les yeux, je vois la mort. Mais là-bas, sur le moment, je n'ai pensé qu'à une chose : l'empêcher *lui* de réussir par le meurtre et la trahison. Et le seul moyen, c'était de détruire cette lettre. Depuis, je me pose des questions... Enfin, je suppose qu'il faut maintenant que je vive avec ce que j'ai fait. S'il doit y avoir d'autres batailles et d'autres morts, que ce soit la volonté de Dieu et non celle des ambitieux et des méchants. Si on ne peut pas sauver ces vies, on peut toujours éviter d'aider à les détruire. Ai-je raison, à votre avis? J'ai besoin d'une réponse et la votre compte beaucoup pour moi.

– Puisque mon opinion vous intéresse, dit Cadfael, ces cicatrices qui ne disparaîtront peut-être jamais, si j'étais vous, je les porterais comme des bijoux.

Elle sourit, surprise et secoua la tête, vaguement dubitative.

– Il ne faudra jamais en parler à Philippe, l'implora-t-elle soudain en lui prenant la manche de sa main valide. Moi je ne lui dirai rien. Il doit me croire aussi innocente qu'il l'est lui-même.

A ces mots, elle fronça les sourcils, comme si elle n'avait pas réussi à exprimer exactement sa pensée, mais elle fut incapable de trouver une formule plus juste. Si « innocence » n'était pas tout à fait exact – après tout, de quoi était-elle coupable? –, « simplicité » conviendrait-il mieux, ou « clarté », « pureté »? Non, ce n'était pas encore ça. Frère Cadfael comprendrait peut-être quand même.

– Je me suis sentie quelque peu avilie, avoua-t-elle. Mais *lui*, Philippe, il n'est vraiment pas fait pour jouer les intrigants.

Cadfael promit de se taire. Pour rentrer, il passa par la ville en s'interrogeant sur ces êtres complexes que sont les femmes. Elle avait parfaitement raison. Philippe avait beau avoir deux ans de plus, être intelligent et avoir beaucoup mûri ces derniers jours, il serait toujours plus jeune, plus simple, et – oui, c'était bien le mot, après tout! – plus innocent. D'après l'expérience de Cadfael, il n'était pas mauvais, dans la perspective d'un bon mariage, que la femme soit pleinement consciente de ses responsabilités.

Le trente septembre, deux mois tout juste après la foire de Saint-Pierre, l'impératrice Mathilde et son demi-frère, Robert de Gloucester, débarquèrent près d'Arundel et firent leur entrée dans le château de la ville. Mais le comte Ranulf de Chester resta prudemment dans son palais à s'occuper de ses affaires et ne broncha pas pour leur apporter son soutien.

LA COMPOSITION, L'IMPRESSION ET LE BROCHAGE DE CE LIVRE
ONT ÉTÉ EFFECTUÉS PAR LA SOCIÉTÉ NOUVELLE FIRMIN-DIDOT
MESNIL-SUR-L'ESTRÉE
POUR LE COMPTE DE CHRISTIAN BOURGOIS ÉDITEUR
LE 19 SEPTEMBRE 1989

Imprimé en France
Dépôt légal : septembre 1989
N° d'édition : 1954 – N° d'impression : 12765